Scarlet
스카렛

www.bbulmedia.com

선
의

밥
상

선의 밥상

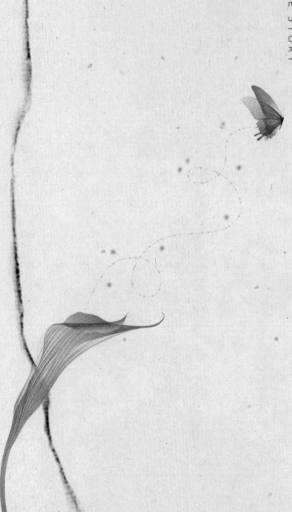

민(MIN) 장편 소설

SCARLET ROMANCE STORY

Contents

프롤로그

어느 마을 어귀에서 한참이나 더 들어간 시골.

논바닥에서 풀벌레 소리가 들리고 봄을 맞아 새로 자라난 초록 이파리들이 하늘을 향해 손을 뻗고 살랑대고 있었다.

길을 따라 조금 더 들어가면 낡은 자전거 한 대가 세워져 있는 마당이 보인다. 그곳에 조그마한 '선 한의원'과 '약선 밥상'이라는 간판을 단 건물이 주변 경치와 한 그림의 퍼즐처럼 꼭 들어맞는다.

이른 아침부터 연기가 모락모락 나고 대문 열린 틈 사이로 구수한 냄새가 솔솔 풍겨 나왔다. 구석의 식당 주방에서 흰 남방 위에 앞치마를 두른 여자가 분주히 몸을 움직이고 있었다.

아침부터 삐거덕 문소리가 들리더니 열린 대문으로 머리에 수건을 두르고 소쿠리를 든 할머니가 들어왔다.

"선아, 선이 있냐?"

밖에서 자신을 부르는 소리에 선이 앞치마에 손을 닦으며 밖으로 나왔다.

"네, 할머니. 무슨 일 있으세요?"

"아니, 어제 공짜로 침도 놔 주고 해서 닭 몇 마리 가지고 왔어."

"안 그러셔도 되는데요."

"안 되긴 무슨. 매일 공짜로 침도 놔 주고 돈은 안 받는다고 하니, 이거라도 줘야 내 맘이 편하지. 오늘 잡은 토종닭이야."

"아, 감사합니다."

고개 숙여 인사하고 두 손으로 닭을 받는 그녀를 보며 오늘도 어김없이 할머니의 걱정 소리가 들려왔다.

"자기 잇속도 챙길 줄 알고 그래야지, 그래 착하기만 해서는."

내 이름은 선(善)이다. 착할 선.

돌아가신 아버지와 어머니가 남을 위할 줄 알고 또 착하라고 지어 주신 이름이다.

부모님이 돌아가시고는 이곳에서 할아버지와 살았다. 여기는 모든 것이 좋은 곳이다. 공기도 좋았고, 밤마다 하늘을 올려다보며 별이 되어 버린 부모님을 보는 것도 좋았고, 나를 선이라 불러주는 마을 사람들이 좋았다. 무엇보다 나를 착한 선, 이름대로 있게 해 준 이 마을이 나는 너무나 좋았다.

여기서 계속 자라다가 고등학교, 대학교는 서울로 갔다. 가기 싫다는 나를 '네 이름대로 남에게 베풀고 싶다면 더 배워야 한 다'는 것이 할아버지의 생각이셨기에 이를 따랐다.

그리고 1년 전 할아버지가 돌아가신 후 나는 이곳으로 다시 돌아왔다.

내가 나인 곳으로…….

평소에도 할아버지가 하시던 음식을 어깨너머로 배워 온 선은 할아버지의 레시피에 약재를 가미한 약선 음식을 개발해 식당을 열었다. 그리고 할아버지가 평생 일구어 오신 식당 옆 빈 건물에 조그마한 한의원을 열었다. 선은 한의원과 약선 밥상을 함께 운영해 오고 있다.

친손녀처럼 안타까워하시며 계속 걱정하는 말을 하시는 할머니를 배웅하고 부엌으로 돌아온 선이 다시 칼을 들었다.

오늘 반찬으로 나갈 음식을 만드는 손이 분주해졌다. 주방에서 타닥타닥하는 도마 소리와 보글보글하는 냄비의 물 끓는 소리, 프라이팬에서 지글지글하는 소리가 들려온다.

아삭하게 씹히는 맛이 일품인 죽순과 호박을 네모나게 썰어 프라이팬에 기름을 살짝 두르고 볶아서 양념에 무쳐냈다.

겨자 소스의 톡 쏘는 맛이 매력인 콩나물 냉채부터 새콤달콤한 미역무침까지 다른 몇 가지의 밑반찬까지 만들어 내고 나서야 선이 허리를 폈다.

시계를 보니 벌써 점심때가 가까웠다. 밖에서 인기척이 들렸다. 손님이 왔나 보다.

"계세요?"

손님을 맞으러 나간 그녀의 눈에 들어온 앞마당에는 이 시골과는 어울리지 않는 고급 세단이 세워져 있었다.

대문 안으로 들어서는 중절모를 쓴 노신사와 우아한 중년의 부인은 처음 방문하는 손님인 듯했다. 그녀가 웃으면서 인사했다.

"어서 오세요. 처음 오셨나 봐요."

"네, 저희 아버님이랑 식사나 한 끼 할 수 있을까요?"

"그럼요. 어서 들어오세요."

노신사와 중년 부인은 안내하는 계단을 올라가서 멋들어지게 수묵화가 그려진 여러 창호지 문 중에서 아가씨가 안내하는 매화가 그려진 방으로 들어섰다.

자수가 놓아진 방석을 꺼내 앉은 두 사람은 두리번거리며 방을 살펴보기 시작했다. 서울에서 자주 가는 고급스러운 한식집 분위기랑 다르게 손때가 많이 묻어 있는 가구들이며 소박하고 정감 있는 식당이었다.

노신사가 선이를 바라보며 물었다.

"여기는 뭐를 잘하나?"

"저희는 약선 음식을 주로 대접해요. 오늘 좋은 토종닭이 들어왔는데, 한번 드셔 보시겠어요?"

"좋지, 좋아. 그걸로 한 상 차려 와 보게나."

"네, 잠시만 기다리세요."

주문을 받은 선이 조용히 문을 닫고 나가자 아침 댓바람부터 일어나 이 식당에서 밥 한번 먹겠다고 6시간 넘게 운전해서 온 시아버지를 보며 도 여사가 입을 열었다.

"아버님, 여기에서 식사하시려고 이렇게 먼 길을 오신 거예요?"

"그랴, 그리고 저 아가씨가 장차 니 며느릿감이야."

"며느릿감이라니 누구, 저희 현재 말씀하시는 거세요?"

"그랴, 니한테 아들은 고놈뿐이고 내한테도 손자는 그놈 하나뿐 아니냐?"

"처음 보는 아가씨 같은데 아버님은 어떻게 아시는 거세요?"

"내 하나뿐인 친구, 필두 손녀야. 우선 한번 보기만 해 보란 말이야."

"하지만 저희 현재가 어디 저희 말을 듣기나 하나요."

며느릿감을 보러 여기까지 왔다는 사실을 알게 된 중년의 부인은 일은 시작도 안 했는데 벌써부터 걱정이 앞섰다. 아들에게 할아버지께서 네 짝을 미리 점지해 두셨다는 말을 하게 된다면 입에서 무슨 말이 나올지 불 보듯 뻔했다.

언제나 냉철하고 사업가의 기질을 잘 발휘하는 아들이지만 무심하고 까칠하며, 거기다 얼마나 차가운지 엄마인 자신도 가끔은 자기 아들 대하기가 힘든데 그런 아들에게 저 아가씨를 소개시킨다니. 도 여사는 아가씨를 현재에게 선보이지도 않았는데 벌써부터 깊은 한숨을 내쉬었다.

자신도 모르는 사이에 누군가의 며느릿감으로 콕 점찍어진 것을 알 리가 없는 선이 주방에 들어섰다. 그녀가 손님께 나갈 상을 준비 중이던 아주머니께 부탁했다.

"아주머니, 아침에 미순 할머니가 주신 토종닭 있죠? 좀 꺼내 주세요. 수삼이랑 엄나무도 좀 부탁드려요."

토실토실 살이 오른 토종닭에 불린 찹쌀을 넣고 대추, 수삼, 마늘, 생강, 깐 밤을 넣고 닭의 다리를 힘껏 꼬았다. 마침 딱 맞춰 물이 끓는 냄비에 황기, 통계피, 엄나무를 넣고 약재를 끓여 내기 시작했다. 그리고 다른 한 마리는 통째로 물에 넣고 삶기 시작했다.

아침에 갓 만들어 놓은 반찬에 알맞게 익은 분홍빛이 예쁜 구기자 물김치, 말랑말랑한 버섯 장아찌까지 소담하게 담아서 쟁반에 담았다.

닭 익는 냄새가 날 즈음에 냄비를 여는 선의 손이 분주해졌다. 푹 익은 닭을 꺼내 먹기 좋게 살을 발라 수삼과 엄나무를 우려낸 국물에 넣고 닭죽을 만들기 시작했다.

죽이 다 되자 완성된 죽과 갖은 반찬까지 해서 선이 쟁반에 담아내었다. 선은 쟁반을 내 가면서 뒤돌아 아주머니께 부탁했다.

"아주머니, 약재 건져 내시고 닭 좀 넣어 주실래요? 이것만 가져다 드리고 나올게요."

음식을 담은 쟁반을 내려놓고 선이 문을 두드렸다.

똑똑.

방 안에서 이야기를 하고 있던 두 사람은 노크 소리가 들려오자 하던 대화를 멈추고 들어오는 선을 바라봤다. 들고 들어온 상에는 정갈하게 담긴 여러 반찬과 죽이 담긴 그릇이 놓여 있었다.

그녀가 조심스럽게 내려놓으며 음식을 권했다.

"맛있게 드셨으면 좋겠어요, 수삼 엄나무 닭죽이에요. 마침 토종닭 좋은 게 들어와서 황기 삼계탕을 끓였어요. 닭죽 먼저 드시고 계시면 삼계탕 가지고 들어올게요."

앞에 놓인 처음 보는 신기하고 예쁜 음식을 보고 부인이 감탄했다. 약재 냄새가 역하지 않고 은은하게 흘러나온다. 담긴 닭죽도 먹음직스러워 보인다.

부인이 노신사에게 먼저 권했다.

"아버님, 약선 음식이라니. 아버님 따라와서 제 입이 호강하네요. 한번 드셔 보세요."

그러자 노신사가 수저를 들고 닭죽을 한 입 떠먹었다.

"음, 괜찮구먼. 약재 냄새가 많이 날 것 같은데 그렇지도 않고……."

"아버님, 이 반찬들 좀 보세요. 신기한 반찬이 많아요. 이 돌돌 만 건 김치인가 봐요. 안에 연근인 거 같은데요. 모양도 예쁘고 색도 곱네요. 어디."

그녀가 돌돌 말린 연근 김치를 하나 집어 입으로 넣고는 말했다.

"맛있어요. 아버님. 맛이 깔끔하네요."

두 사람은 다른 음식들도 하나씩 맛을 보고 그제야 약재가 조금씩 들어간 음식이란 걸 알았다. 이런 게 약선 음식이구나.

"그랴, 맛있구먼. 이런 것만 먹는다면 건강해서 오래 살아지겠어. 허허."

죽이 바닥을 보일 무렵 선이 큰 뚝배기에 삼계탕을 가지고 들어왔다. 국물을 한 입 떠먹는데 삼계탕의 국물이 살짝 씁쓸하면서 구수했다.

처음 약선 음식을 맛보는 두 사람을 응시하던 선이 말했다.

"입에 맞으신지 모르겠어요."

"너무 맛있네요. 젊은 아가씨가 솜씨가 좋네요. 이 예쁜 김치들하며 닭도 너무 부드럽네요."

"맛있게 드셔 주시니 제가 더 감사합니다."

두 사람 모두 야들한 닭다리를 손에 들고 먹고는 안에 든 찹쌀까지 싹싹 비워 냈다.

식사를 모두 마친 후에 그녀가 후식으로 전통 찻잔에 계피차를 대접했다. 평소보다 든든하게 불러오는 배를 두드리던 노신사가 차를 따르고 있는 선에게 진짜 알고 싶은 것들을 묻기 시작했다.

"젊은 아가씨가 어찌 이런 시골에서 식당이나 하고 있나이? 하고 싶은 게 많을 나이인데."

"저에게는 제가 정성스럽게 만든 음식을 누군가가 맛있게 먹어주는 게 가장 보람된 일이거든요. 여기는 돌아가신 할아버지께서 지켜 오신 곳이에요. 지금은 제가 지켜 나가려고 노력 중이에요."

"흠흠, 젊은 아가씨가 요즘 사람 같지 않구만. 할아버지는 언제 돌아가셨는가?"

"1년쯤 됐어요."

"그랴, 필두가 간 지 1년이나 된 기야?"

처음 보는 손님의 입에서 자신의 할아버지의 이름이 나오자 놀란 선이 얼른 물었다.

"저희 할아버지를 아세요?"

"알다마다. 내 제일 친한 벗이었는디, 내 그 친구 가는 길도 못 보고 맘이 많이 안 좋아. 내가 이제야 찾아왔어이. 그랴, 처자 이름은 무엇이단가?"

"선입니다. 김선이에요. 어르신."

소개를 하는 선의 목소리가 잠겨 있었다. 그녀는 안 울려고 이를 꽉 물었지만 눈에서 눈물이 나오려 한다. 어쩐지 친근해 보이는 할아버지의 친구분을 뵈니 돌아가신 할아버지가 더 보고 싶어졌다.

고개 숙인 선의 손을 따뜻하게 잡고 노신사가 말했다.

"눈매가 필두를 많이 닮았어. 나는 이수복일세. 자네 할아버지가 날 복이, 복이 이렇게 불렀어이."

선이 할아버지를 닮았다는 말에 나오던 눈물을 멈추고, 물기

맺힌 눈으로 웃으며 대답했다.

"감사합니다. 찾아와 주셔서, 할아버지가 많이 좋아하실 거예요."

"나도 그 친구가 많이 보고 싶어이. 가만있어 보자, 여기는 내 며느리야. 내가 먼 길 온다고 부러 따라왔어이."

이 영감이 옆에 서 있는 고운 중년의 부인을 소개하자 선이 허리를 굽혀 인사했다.

"처음 뵙겠습니다. 김선입니다."

"반가워요, 나는 도옥숙이라고 해요. 아가씨가 요리를 너무 잘하네요."

"아니에요. 과찬의 말씀이세요."

"어머, 겸손하기까지."

세상을 살아가면서 누군가를 새롭게 알고 인연을 만들어 가는 일은 언제나 행복한 일이다. 더구나 할아버지의 친구 되시는 분을 만나 기분이 더 좋은 선이 얼굴에 환환 웃음을 매달았다. 그후 방 안에서는 대화 소리와 웃음소리가 끊이지 않았다.

바깥이 어두컴컴해져서야 돌아갈 길이 멀다고 두 사람이 아쉬움을 뒤로하고 자리에서 일어났다. 선이 앞치마 입은 모습으로 밖까지 따라 나와 배웅했다. 이 영감이 그녀의 손을 잡고 아쉬운 듯 부탁했다.

"내 오늘 아가씨 덕에 잘 먹고 가네. 후에 우리 집에 한번 놀러 오시게나?"

"예, 어르신. 초대해 주시면 한번 찾아 봬야죠. 그리고 어르신, 선이라고 불러 주시면 좋고요. 저 역시 저희 할아버지를 대접하는 것 같아 기분이 더 좋았어요."

"그럼 약속한 게야. 선이, 이 할비 집에도 놀러 온다고?"

"예, 어르신. 들어가세요."

할아버지는 선이 손을 잡고 아쉬움에 끝까지 놓지 않으셨다. 운전사가 정중히 고급 세단의 문을 열자 그때서야 할아버지와 도 여사는 차에 올랐다. 차에 타서도 할아버지는 창문을 내려 그녀에게 어서 들어가 보라며 손짓하셨다. 고급 세단이 천천히 출발했다.

선은 차가 보이지 않을 때까지 계속 서서 바라봤다. 차 안에 탄 두 사람은 계속 뒤를 보며 손을 흔들었다. 점점 멀어져 식당이 눈에 보이지 않자 몸을 돌려 앉은 이 영감이 도 여사에게 물었다.

"내 친구가 손녀 하나는 잘 키웠어. 어떠냐. 니 맘에는 드는 게야?"

"저는 아버님이 맘에 드시면 무조건 좋지요. 젊은 아가씨가 소탈하고 어르신을 공경할 줄도 아는 것 같고, 거기다 눈이 너무 선해 보이네요. 저는 맘에 드는데 현재가 저 아가씨를 맘에 들어 할까요?"

이 영감은 호언장담했다.

17

"그건 걱정하지 말게, 저런 애를 안 좋아하면 걔는 눈이 삔 기야, 내한테 좋은 수가 있어이. 김 실장, 현재한테 전화 넣으라이. 당장 집에 오라고이."

01

T호텔 사장실.

넓은 사무실에서 이현재 사장이 책상에 앉아 직원의 보고를 기다리고 있다.

한 치의 여유도 허락하지 않겠다는 듯 와이셔츠의 단추를 끝까지 채우고 보라색 실크 넥타이도 흐트러짐 없이 똑바로 매여 있다. 몸에 딱 맞게 입은 검은 조끼 실루엣에서 그가 얼마나 깐깐한 사람인지 가늠해 볼 수 있다.

현재가 날카로운 눈으로 앞을 응시하며 다음 보고를 기다리고 있다. 마케팅부 김 부장이 이번 달 분기 광고와 모델 기용에 대한 보고서를 들고 무거운 발걸음으로 사장실로 들어간다. 매일 하는 보고임에도 불구하고 보고할 때마다 어깨가 긴장되어 딱딱하게 굳고 이마에는 식은땀이 흘러내렸다. 사장 앞에만 서면 왜 이리 작아지는지. 눈만 마주쳐도 뒷머리가 찌릿하다.

눈을 마주친 김 부장이 인사를 하자 현재가 손을 까딱하며 시작해 보라는 표시를 했다. 그와 동시에 보고가 시작됐다.

"이번 분기 광고 콘셉트는 저희 호텔의 강점인 초호화스러움입니다. 모델로는 요즘 최고의 주가를 달리고 있는 탑스타인 김민준 씨를 생각하고 계속 컨택을 하고 있습니다. 또."

"잠시만요. 그럼 저희 호텔의 이미지가 너무 굳어지지 않습니까? 저번 분기랑 비슷한 거 아닙니까?"

또 시작이다. 이렇게 물고 늘어지기. 그렇게 잘하면 니가 한번 해보지?

하지만 먹고살기 위해서 김 부장의 입 밖으로는 딴 말이 나왔다.

"죄송합니다."

"죄송한 건 압니까? 다시 해 오세요."

"네."

차라리 원하는 콘셉트가 뭔지 말하기라도 하면 거기에 맞춰 준비할 텐데 자신이 원하는 보고서가 올라올 때까지 열 번이고 스무 번이고 다시 해 오라 한다. 이게 사장의 트레이드마크다.

김 부장이 안 그래도 좁은 어깨를 축 늘어뜨린 상태로 사장실을 나왔다.

시답잖은 보고가 맘에 들지도 않기도 했지만 이현재 사장의 진짜 짜증을 유발한 것은 바로 본가로부터의 연락이었다. 아니나 다를까 노친네로부터의 호출이었다.

저녁에 본가로 들어오라는 말에 처리해야 할 일이 산더미라고 변명해 봤지만 자신의 말은 귓등으로도 듣지 않고 고집이었다. 어떻게 해서 한 독립인데 이건 무슨 틈만 나면 불러 대니 기를 쓰고 한 독립이 말짱 도루묵이었다.

아, 노친네가 틈만 나면 전화해서 텔레비전에 나온 떡집에서 떡을 사 오라 하질 않나, 모 가수 트로트 디너쇼가 가고 싶다고 스케줄을 조정하라질 않나, 서 회장 아들은 서 회장을 모임마다 모셔 오고 모셔 간다며 자신을 운전기사로 쓰는 건 기본이요, 선풍기는 싫다며 자신이 잠들기 전까지 옆에서 부채를 부쳐라 등등.

요구를 할 때마다 코웃음 치면서 무시했다가도 결국 어느 순간 나도 모르게 할아버지의 요구를 다 들어드리고 있었다.

말이 호텔 사장이지 주식은 할아버지, 어머니가 더 많이 소유하고 있지, 거기다 아버지가 세우신 호텔은 자신의 명의지만 호텔이 세워진 땅은 할아버지의 소유였다. 처음에 아버지께서 호텔을 시작하실 때만 해도 땅값이 이렇게 비싸지는 않았다. 하지만 근방이 발전하고 호텔도 어느 정도 자리를 잡고 나니 갑자기 땅값이 하늘 높은 줄 모르고 치솟기 시작했다.

땅을 팔라고 종용해 보았으나 들은 체 만 체고 다달이 어마어

마한 임대료를 갖다 바쳐야 했다. 열심히 일해서 지금의 위치로 만든 것도 그였고 주식도 연일 상한가를 치는데 어찌 짜증만 느는지 모르겠다.

오늘은 또 무슨 일이란 말인가? 열이 뻗쳤다. 당장 부산에 공사를 시작한 호텔 백화점을 둘러보러 가야 하는데 취소해야겠다 싶었다.

양복 상의를 휙 낚아채고는 문을 부술 듯 박차고 나갔다.

"박 비서, 부산 현장 못 갈 것 같으니 취소하세요."

"알겠습니다. 그럼 언제로 일정을 변경할까요?"

"아! 낸들 알겠습니까? 일단 보류해 두세요. 저는 지금 본가로 퇴근합니다. 저 갔다고 좋다고 퇴근하지 마시고 제가 내일 결재할 서류 아침에 볼 수 있게 준비해 놓고 퇴근하세요."

말을 마친 그는 발에 모터를 단 것처럼 빠른 걸음으로 사라졌다.

"박 비서님, 저희 오늘도 야근인 거예요?"

"그런가 보다……. 어찌 만날 말을 참~ 예쁘게 하시는지 모르겠네. 우리 사장님은……."

속에서 더한 말이 나올 것 같았지만 박 비서는 이번 달 월급 때문에 참았다. 이번에 새로 들어온 막내 비서는 박 비서의 비꼬는 말에 웃어 버렸다.

처음에 회사에 취업했을 때는 좋았다. 이 엄청난 청년 실업률을 뚫고 호텔업계에서 알아준다는 T호텔에 발을 내디뎠으니…… . 그리고 출근해서 잘생긴 사장님 얼굴을 보고 또 한 번 좋았다.

하지만 그 기쁨은 한 시간도 안 돼서 무너져 내렸다. 그 한 시간 동안 천국과 지옥을 오갔다.

화내는 건 기본이요, 썩소 외에는 웃는 걸 본 적이 없다. 어찌나 깐깐한지 서류에 조금이라도 문제가 있으면 빨간 펜으로 찍찍 표시해서 '죄송한 건 압니까? 다시 해 오세요.' 라는 말만 반복했다.

자신이 만족할 때까지 밤늦게라도 보고서를 올려라 명령하고는 보고서가 되기 전에는 본인 역시 퇴근도 안 한다.

마케팅 여팀장은 울며 나갔고, 기획실 과장은 언젠가는 던지고 만다는 사표를 매일 품 안에 품고 다닌다고 하소연했다.

일처리 깔끔하고 추진력도 끝내주고 그만큼 성과도 좋으나, 화내기 일쑤에 칭찬에는 인색하며 무심하게 툭툭 뱉는 말이 그의 나머지 준수한 스펙을 다 깎아 먹었다.

계속되는 야근에 그녀는 다크 서클이 턱만큼이나 내려왔다. 이러니 연애를 하고 싶어도 근처에도 못 가 볼 수밖에. 연애는 무슨 집에 들어가면 쓰러져 자기밖에 더하냐 말이다.

젠장, 시집은 갈 수 있을라나 모르겠다.

❀

서울 본가.

현재가 인상을 팍 쓴 얼굴로 방에 들어서자 모시 한복을 입고 난을 꼼꼼히 닦고 있던 이수복 영감이 인기척 소리에 눈을 들어 그를 봤다. 현재 녀석이 쓴 인상을 더 구기며 방석에 소리 나게 앉았다.

"이번엔 또 뭐가 필요하신데요?"

"흠흠. 니 오늘 부산 현장 안 갔나? 고라면 내일모레 부산 가서 현장 처리하고이, 김 실장한테 주소 물어서이, 누구 좀 모셔 와야겠다."

그럼 그렇지. 부산에 놀러 가는 것도 아니고 일하러 가는 건데 가서 또 누굴 모시고 와야 된다는 사실에 짜증이 난 현재의 입에서 퉁명스런 말이 튀어나온다.

"누구요? 그냥 김 실장 시키시죠?"

"니 안 그라도 간다 아이가? 부산 가는 김에 모셔 오라는 기다. 정중하게 모셔 오란 말이야. 알갔어?"

"아, 별로 내키지 않는데요? 아, 또 다른 노친네 모시는 건 성미에 안 맞아서요."

현재의 버릇없는 말에 이 영감이 음성을 높였다.

"이놈이 근데 할아비보고 노친네라니!! 니는 안 늙을 거 같나?"

"글쎄요. 백화점 땅 저한테 파시면요."

또 그놈의 땅 소리. 웬만해선 안 넘어올 것 같은데 아무래도

24

미끼를 던져야겠다. 한층 누그러진 목소리로 이 영감이 손자를 구슬린다.

"그건 안 돼야. 그라면, 니 이번에 잘 모시고 오면, 네 이번 달 땅값 안 받는다. 어떠냐? 그래도 싫으냐?"

"그럼 모셔 오지요, 거래 성사입니다."

솔직히 현재는 다른 거래에서는 항상 유리한 고지를 점했지만 할아버지와의 거래에서는 항상 지곤 했다. 하지만 이번에는 손해 보는 장사가 아니라는 생각에 현재가 피식 웃었다. 하지만 미끼를 문 현재의 맘을 다 아는 이 영감은 저절로 올라가는 입꼬리를 막으려고 입을 꽉 다물었다.

부산에 선이를 만나러 간 건 꿈결에 친구의 부탁을 받아서이다. 꿈에 나타난 친구는 늙어서 흰머리가 희끗했지만 선한 눈매는 여전했다.

너무나 오랜만인 친구를 꿈에서라도 만난 것이 어찌나 반갑고 기쁘던지, 한걸음에 달려가 친구를 안았다. 그러나 인사할 겨를 도 없이 그가 다짜고짜 손녀딸을 부탁했다.

'내 손녀딸 말일세, 좀 부탁해도 되겠나? 그 애 혼자 두고 내 먼 길 가기가 발길이 안 떨어져서이.'

젊은 시설 전쟁으로 부모 다 잃고 고아의 처지가 된 자신에게 친구를 자청하며 손 내밀고는 밥이며 묵을 곳이며 너그럽게 베풀던 사람이었다. 지금의 자신이 이렇게 잘 먹고 잘 살게 된 것도 전부 그 친구가 없었다면 불가능했을 것이다.

꿈결에 나타난 친구의 부탁이 맘에 걸려 목이 까칠까칠해졌다. 정신이 번쩍 들어 다시 누워도 잠이 올 것 같지 않아서 새벽부터 일어나 친구의 손녀를 만나러 간 것이다. 그리고 처음 보자마자 현재의 짝으로 정해 버렸다.

부모 없이 할아버지 손에서만 컸는데도 반듯하게 잘 자란 티가 났다. 무엇보다 친구를 닮은 참하고 선해 보이는 눈이 가장 맘에 들었다. 살아온 인생이 얼만데, 사람 보는 눈 하나는 정확하다고 자부한다. 자신이나 며느리에게 하는 걸 보니 어른을 진심으로 공경할 줄도 아는 것 같고 너무나 탐이 났다. 거기다 요리까지 잘하니 금상첨화가 아닌가.

욕심이 났다. 손자인 현재가 선이 같은 옥석을 못 알아볼 리가 없다. 다만, 자기 마음을 인정하기에는 너무 고집이 쇠심줄 같다는 게 문제지만. 그래도 한 번 선이에게 마음만 준다면 그는 그 아이를 세상에서 제일 아끼고 사랑해 줄 것이다. 자신의 손자는 그런 녀석이다.

하지만 이 녀석을 요리하기 위해서는 자신이 나서서 다리를 놔줘야 했다. 그래서 부러 거래를 핑계로 선이를 데리러 가게 했다.

02

약선 밥상.

일주일 중 목요일은 식당을 여는 날이다.

이곳의 젊은 사장인 선은 아침 일찍부터 일어나서 재료를 손질하기 시작했다. 오늘은 시를 사랑하는 여인들의 모임 목련회 사모님들 예약이 있는 날이다.

어젯밤 그녀는 어떤 음식을 낼까 계속 고민하다 저번에 시장에 갔다 뽕잎이 나온 걸 보고 사다 놓은 것이 기억나 메뉴를 정했다.

뽕잎 버섯만두전골, 음, 곁들일 메뉴로 약선 구절판.

메뉴가 정해지자 요리를 시작하는 손이 빨라진다. 백련초 가루에 꿀을 넣고 인삼을 재우고 만두소로 할 돼지고기, 버섯, 부추, 뽕잎, 당근 양파 등을 잘게 다졌다.

만두피를 꺼내 만두 빚을 준비까지 거의 다 됐을 때 뒤에서 말소리가 들렸다.

"벌써 일어나셨어요? 제가 해도 되는데…… 어쩜 이리 부지런을 떠시는지, 제가 월급 받고 여기 살기가 민망해요."

밀가루가 묻었던 손을 씻고 앞치마에 닦으면서 선이 아무렇지 않게 말했다.

"무슨 소리를 그렇게 하세요, 옛날 할아버지랑 살던 게 습관이 돼서 일찍 눈이 떠지네요. 진주는 일어났어요?"

"예, 벌써 일어나 씻고 학교 갈 준비하고 있지요."

"그럼 얼른 들어가셔서 진주 아침 차려 주시고 나오시면 되겠네요. 매일 식당 청소하시고 관리하시는 것도 힘이 드실 텐데요. 설거지며 마무리도 다 하시잖아요, 어서 가 보세요."

말이 그렇지 진주 엄마는 하는 일이 그다지 없다. 식당도 그렇게 크지 않으니 방도 몇 개 되질 않아서 청소하는 것도 그리 힘들지 않고 거기다 식당도 일주일에 세 번밖에 안 여니 쉬는 날도 많다. 그래서 아침 일찍 나와 이렇게 재료 손질이라도 하려고 하면 모든 준비를 다 마치고 난 후여서 자신은 할 일이 없었다.

"미안해서 그러지요."

"엄마! 엄마! 내 실내화 어디 있어?"

멀리서 아이가 안달하며 엄마를 부르는 소리가 울렸다.

"진주가 부르네요, 어서 가 보세요."

재촉하는 아이의 소리에 할 수 없이 몸을 돌리는 아주머니를 보고는 선이 몸을 돌려 구절판에 들어갈 실곤약, 도라지, 달걀, 건포도, 당근, 샐러리, 숙주를 다듬고 손질했다.

손질한 재료를 얇게 채 써는 칼질 솜씨가 예사롭지 않다. 얇게 썬 재료들을 프라이팬에 볶기 시작하니 고소한 냄새가 주방에 진동했고 다른 프라이팬에 동그랗고 얇게 밀전병을 부치는 손이 침착했다.

약선 구절판의 하이라이트. 선은 아까 담가 놓은 인삼을 꺼내 얇게 썰어서는 구절판에 담기 시작했다.

아이를 학교에 보낸 아주머니가 들어와서 얼마 전 만들어 놓은 밑반찬을 그릇에 담고 내갔다. 잠시 후 빈 쟁반을 손에 들고 아주머니가 주방에 들어서면서 그녀에게 말했다.

"손님들 오셨어요."

선이 구절판에 들어갈 재료를 가지런히 담고 있던 젓가락을 내려놓고 머리를 가지런히 정돈한 후 밖으로 나가면서 아주머니에게 부탁했다.

"마무리는 다 됐고요. 전골 끓으면 담아 놓은 구절판이랑 가져다주시면 돼요."

마당에는 중년 여사 대여섯 명이 차에서 내려 선을 보고 알은

체를 하며 다가왔다. 그중 곱게 한복을 입은 문인회 회장인 문 여사가 인사했다.

"그래, 선 선생은 잘 지내셨는가?"

선이 언제나처럼 곱게 허리를 접어 인사했다.

"예, 그동안 안녕하셨어요? 저야 뭐 항상 즐겁게 잘 지내죠. 식사 준비 다 됐으니 들어가세요."

목련회 사모님들은 처음 여기서 식사를 하시고는 식사가 맘에 드셨는지 한 달에 한 번 있는 모임을 꼭 여기서 하신다. 조용한 분위기의 식사가 끝나면 차와 함께 시도 낭송하시고 대화도 나누시고 오랜 시간을 보내다 가시곤 했다.

수다를 떨며 마당에서 안으로 들어선 부인들이 돌계단을 올라갔다.

첫 번째 난이 그려진 벽창호 문을 여니 향긋한 음식 냄새가 풍겨 나왔다. 손님들이 하나씩 방석을 깔아 앉고 나서는 웃으면서 이야기를 이어 갔다. 준비한 메인 요리가 나오길 기다리며 여사가 운을 뗐다.

"오늘은 또 어떤 음식을 준비하셨는가? 내가 매일 이리 입에 금칠한다고 바깥양반이 서운해하더구먼, 호호. 그래서 당신 보약은 빼먹지 않고 지어 간다고 웃으며 말했어. 우리 양반도 예약하고 찾아온다고 벼르고 있어. 그래, 보약은?"

"음식 다 드시고 가져가시면 돼요. 다른 사모님들 것도 다 지어 놨으니 갈 때 가져가세요."

선이 진주 엄마가 들고 들어온 메인 음식에 대해 설명했다.

"오늘은 뽕잎 버섯만두전골이랑 인삼 구절판이에요. 뽕잎이 열을 내리고 당뇨나 고혈압에 좋거든요. 그리고 요즘 날씨가 갑자기 더워져서 허하실까 봐 인삼구절판 준비했어요. 인삼을 꿀에 담가 놔서 쓴맛이 덜해 입에 맞으실 거예요. 그럼 저는 나가 볼게요. 식사 맛있게 하세요."

수저를 들고 식사가 시작되자 그녀는 뒷걸음으로 문을 조용히 닫고 나왔다. 그러자 앞에서 진주 엄마가 달려와 거실에 전화가 왔음을 알렸다.

"여보세요, 전화 바꿨습니다."

— 선이야? 나 기억하시겠나? 날세, 이수복이.

"아…… 네, 어르신 기억하죠. 무슨 일 있으세요?"

— 다름이 아니라 왜 우리 집에 한번 오시기로 하지 않으셨나? 그래서 말인데 내일 어떠신가? 내일 내 사람 보낼 테니 편하게 서울 한번 올라오시게. 내 자네 할아버지 얘기도 듣고 싶고이, 그때 먹은 맛있는 밥상도 또 먹고 싶어서이.

"예 그럼, 제가 찾아 봬야죠. 저도 어차피 내일 서울에 올라가기는 해야 해서요. 근데 혼자 올라가도 괜찮을 것 같은데요."

— 아닐세, 마침 그리 가는 사람이 있어 그러니 불편해하지 마시게, 이 기사라는 놈이 오후 한 시쯤이나 데리러 갈 걸세.

"그러면 저야 감사하죠. 그럼 내일 준비하고 기다리고 있을게요. 어르신, 드시고 싶으신 거 있으세요?"

— 말해 뭐해. 나는 니가 맹글어 준 거면 다 맛있드라이, 내일 봄세.

"예. 들어가세요. 내일 저녁에 뵐게요."

어차피 내일은 일주일에 한 번 있는 요리 클래스 때문에 서울에 가야 하는 날이다. 민망하지만 서울 모 문화센터에서 약선 요리를 가르치고 있었다.

열 명 정도의 수강생과 그때그때 알음알음 알아서 한 번씩 와주시는 분들도 있다. 그래서 일주일에 세 번은 식당 문을 열고 금요일에는 서울에 올라가야 했다.

한의원은 문을 항상 열어 두기는 하지만 동네 어르신들이 가끔 찾으셔서 침을 맞거나 뜸을 들이고 가시는 게 전부다.

식당은 예약 손님만 받아 영업하니 이래서야 먹고는 살겠나 하는 동네어르신들의 걱정도 있었으나 월급 의사 하며 모아 둔 돈도 있고, 할아버지가 남겨 주신 것도 있었다.

게다가 이렇게 사모님들이나 어르신들이 식사하시고 가면서 보약을 지어 가시고, 한 번 지어 가신 분은 그 후에도 계속 지어 가시니 먹고살 만큼은 벌고 있었다.

서울에 있을 때 한의원에서 얼굴 작아지는 미용 침을 놓거나 살 빠지는 약을 짓고 하는 일보다 훨씬 보람 있고 좋았다. 대학에서 공부할 때도 자신은 침술이나 이런 쪽보다는 약재나 음식에 더 관심이 많았다.

그나저나 내일 어르신 드실 음식을 뭘 준비하나. 할아버지의 친한 친구분이시기도 하니 좋은 것을 대접하고 싶었다.

곰곰이 고민하는 선의 머리가 분주해졌다.

❄

다음 날, 금요일 점심시간이 가까워서야 부산 공사 현장에 도착한 현재는 시공서와 다르게 지어지는 호텔을 보며 또 소리쳤다.

"정말 이렇게밖에 못 합니까? 이 호텔의 가장 중요한 곳이 여기 웨딩홀인데 이 웨딩홀의 크기가 평면도보다 작지 않습니까? 다음 주까지 시정 못 하시면 다른 공사업체로 바꾸겠습니다."

평면도까지 보며 꼼꼼히 비교해서 날아오는 지적에 안전모를 쓴 직원이 비지땀을 흘리며 당황했다.

"아, 알겠습니다."

이렇게 되면 지금 작업 중인 웨딩홀의 옆을 허물어야 하는데 시간이 부족할지도 모르겠다. 평면도를 봐도 거의 표시도 안 날 만큼 다른 부분이다. 보통은 그냥 넘어가거나 눈치 못 채는 게 정상인데 역시나 이현재 사장은 한 번에 알아봤다.

깐깐하기로 유명하고 성격 더럽기로 더 유명세를 날리고 있는 이현재 사장을 너무 안일하게 생각했나 보다.

해결하기 위한 방안을 생각하고 있는 직원의 머리 위로 이현재 사장의 경고가 들려왔다.

"그럼 다음 주를 기대하지요. 다음 주에도 제가 이 정도로 넘어갈 거라 생각하시면 큰 오산입니다!"

뒤에 있던 김 실장은 고개를 절레절레 흔들었다. 이 분위기면 어르신이 모셔 오라던 아가씨에게도 불똥이 튈지도 모르겠다고…….

"김 실장, 출발하지. 얼마나 대단한 노친네길래 고이 모셔 오라는지 출발하자구."

김 실장이 심기가 불편한 현재를 태우고 천천히 차를 출발시켰다.

어디까지 들어가나 보고 있는데 자동차는 점점 더 깊이 들어갔다. 그리고 이윽고 선 한의원, 약선 밥상이라는 간판을 단 한옥 앞마당에 차가 섰다.

'아, 이런 촌에 한의원이라니…….'

정말 한 100세나 된 노인이 허리를 굽히고 나올 줄 알았다. 그런데 한의원 문을 열고 나온 것은 하얀 블라우스에 무릎까지 내려오는 검정 플레어스커트를 입고, 플랫슈즈를 신은 여자였다.

그녀는 머리를 가지런히 한 가닥으로 묶고는 두 손에 보따리를 낑낑거리며 들고 나왔다.

"김 실장님, 안녕하셨어요?"

가녀린 팔이 늘어지게 보자기로 싼 통들이 무거워 보여 김 실장이 한걸음에 달려가 받아 들었다.

"이리 주십시오."

"감사해요. 짐이 많아서 어쩌지 했는데 어르신께서 차편도 보내 주시고."

선이 무거운 짐을 건네주고 이마에 흐르는 땀을 손으로 닦아 냈다. 그녀는 함께 온 다른 사람이 할아버지가 말씀하신 이 기사인 줄 알았다. 그래서 뒤에 있던 감색 슈트를 입은 현재를 보고는 살갑게 말했다.

"안녕하세요. 이 기사님! 여기까지 오신다고 수고 많으셨어요."

김 실장이 크게 당황하며 선에게 설명하려 했다. 그러자 현재가 손을 내저으면서 시니컬하게 반문했다.

"아가씨, 이분은……."

"놔둬, 맞지 않나? 차비로 땅값 받고 이 여자 실어 가니 기사 맞지! 당장 출발이나 하지. 여기서 서울까지 6시간은 넘게 걸릴 텐데."

그렇게 인사도 통명성도 하지 못하고 들고 있던 짐만 싣고는 바로 출발했다.

선은 뭔가 실수한 것 같아 뒷좌석에 허리를 꼿꼿이 세우고 앉아 있었고, 현재는 긴 다리를 꼬고 한쪽 입꼬리를 올린 채 비딱하게 앉았다. 운전하는 김 실장은 혹시나 현재가 언제 소리칠지 몰라 뒷좌석을 계속 힐끔거렸다.

지나가는 차를 응시하며 창밖을 보던 현재는 자기 어깨에 자꾸 무언가가 닿는 느낌이 들자 눈을 옆으로 돌렸다. 조그마한 머리가 자신 어깨에 닿아 있었다.

고속도로를 진입하고도 정자세로 허리를 곧게 펴고 있던 여자가 출발한 지 두 시간 정도 지나자 병든 닭처럼 졸기 시작하더니 기어이 자신에 어깨에 콩콩 부딪치기 시작했다.

한 손으로 반대편으로 밀어도 내 봤으나 계속해서 돌아오는 머리에 그냥 손을 놔 버렸다. 그러고는 기댄 여자의 얼굴을 빤히 쳐다봤다. 작고 동그란 얼굴에 쌍꺼풀 없는 큰 눈, 뭘를 닮았는데…….

'화려하게 예쁜 장미는 아니고…… 아! 노란 프리지아.'

여자에게서 뭔가 단내가 났다. 복숭아 냄새 같기도 하고 아주 달콤한 냄새…… 그러더니 배에서 꼬르륵 소리가 들려왔다.

생각해 보니 아침도 건너뛰고 점심도 이 여자 데리러 가야 하는 시간에 맞춰 가다 보니 넘겼다는 것이 생각났다. 어차피 잠깐 쉬기도 해야 하고 간단한 거라도 먹어야 했다.

그가 운전하는 김 실장에게 말했다.

"김 실장, 가다 휴게소에 잠시 들르지. 간단하게 요기도 하고."

현재는 자신의 어깨에 기대 자고 있는 달달한 냄새가 나는 여자의 어깨를 흔들어 깨웠다.

"이봐, 이봐! 일어나지? 계속 이렇게 잘 거야?"

"음....... 아!! 죄송해요."

잠에서 덜 깬 잠긴 목소리가 흘러나왔다. 아침 내내 종종거리며 준비하느라 수선을 떨었더니 피곤해서 깜빡 졸았나 보다. 거기다 아까 옆의 남자에게 김 실장의 기산 줄 알고는 인사했는데 정작 이 남자는 운전석에 앉질 않고 오히려 김 실장님이 운전을 하는 걸 보고 자신이 실수했다는 것을 깨달았다.

'아, 실수했다.'

미안하다고 말하려 했는데 남자가 그냥 출발하자 말했고 차에 타서도 사과할 기회만 힐끔힐끔 노렸다. 그런데 침묵이 내려앉고 두 시간쯤 지나니 눈꺼풀이 무거워졌다. 눈에 불끈 힘도 줘 봤는데 결국 졸았나 보다.

"죄송한 걸 안다니 다행이군. 잠시 쉬다 가지. 김 실장, 나가지. 간단한 요기라도 해야 될 거 같은데."

"예, 사장님."

가만히 듣고 있던 선이 조용히 끼어들어 말했다.

"저기, 제가 도시락을 간단히 싸 왔는데 같이 드시면 좋겠는데요."

"아, 그 음식 먹을 수나 있는 건가?"

현재의 빈정거림에 그녀는 확 기분이 상했다.

'고약한 말버릇하고는. 확 머리에 장침을 놓아 버릴까 보다.'

하지만 속마음과 나르게 자기가 잘못한 게 있기도 하거니와 여기서 화를 내면 안 된다는 생각에 차분히 말했다.

"아까는 죄송했어요. 할아버지께서 기사님 보내신다고 하셔서 실장님 모시는 분인 줄 알고. 정말 죄송해요."

바로 자신의 잘못을 사과하는 선의 사과를 무시하고 현재는 다른 말을 했다.

"됐고, 밥이나 먹지."

휴게소에 위치한 자리에 앉아 선이 자신이 싸온 찬합 도시락을 펼쳐 놓기 시작했다.

한 층에는 색색의 김밥들이 들어 있었고 또 다른 칸에는 간단한 어묵볶음부터 도라지무침까지 담겨 있고 제철 과일도 들어 있었다. 거기에 보온병에 담아 온 따뜻한 시래깃국까지 현재와 김 실장 앞에 놓아 주었다.

"이건 녹차를 넣어 만든 밥으로 만든 김밥이구요. 이 노란색은 치자예요. 시간이 없어서 간단하게 쌌어요. 입에 맞으실지 모르겠네요."

"이 정도면 진수성찬인데요. 사장님, 드시지요?"

"음, 먹지."

현재는 김밥 한 개를 입에 넣어 베어 물었다. 참기름 맛이 강하지 않으며 은근한 녹차향이 입안에 퍼졌다. 김밥을 들어 안을 보니 안에는 햄은 안 들어 있고 그저 우엉, 당근, 계란, 어묵이 다였는데 맛있었다.

'먹을 수나 있나 하고 비아냥거린 거 취소다.'

시간이 없을 때 가끔 김밥으로 식사를 해결하곤 하는데 단 한 번도 김밥이 맛있다고 생각해 본 적이 없었다. 그런데 이건 하나만 먹고 말아야지 했지만 하나만, 하나만 더, 하면서 자신도 모르게 계속 젓가락이 김밥을 집어 들게 만들었다.

식욕이란 본능 앞에서 이성은 꼬리를 내렸다.

슬쩍 여자를 보니 눈이 마주쳤다. 그러자 그녀가 생긋 웃었다. 괜히 얼굴에 열이 올라 민망해져 얼굴을 피해 버렸다.

앞에 놓인 도시락을 보니 김밥이 벌써 반이나 사라져 있었다. 더 먹고 싶었지만 머쓱해져서 젓가락을 내려놓았다.

"배부르니 나는 그만 먹지."

현재가 젓가락을 내려놓자마자 김 실장이 남은 도시락을 자기 앞으로 당겨 먹어 치우기 시작했다. 상사의 마음도 알아차리지 못하는 김 실장의 점수판에 현재가 속으로 무능력 도장을 찍은 줄도 모르고 김 실장의 젓가락질이 빨라졌다.

선은 웃으면서 다 먹은 컵에 국을 따라 김 실장 앞에 놓아주었다. 현재는 눈치 없고 무능력 도장 쾅 찍힌 김 실장 입으로 들어가는 김밥만 바라보고 있었다.

현재만 빼고 모두 만족한 식사를 마치고는 차가 다시 서울로 출발했다. 해가 지고 한참이 지나서야 목적지에 도착했다.

김 실장이 차에서 내려 차 문을 열어 주자 선이 사뿐히 내렸다.

그녀는 앞에 있는 으리으리한 집에 눈을 왕방울만큼 크게 떴다. 빨간 벽돌 이층집에 커다란 검정 담장이 둘러져 있어 동화책에서만 보던 마법의 성처럼 보였다.

김 실장이 보따리를 들고 대문 앞에서 도착을 알리자 커다란 대문이 철컹하고 열렸다. 잔디 가운데 놓인 돌길을 지나 현관에 들어서자 앞의 이 영감과 도 여사가 벌써부터 나와 있었다.

"어서 와요, 오는 데 힘들진 않았어요?"

"네, 차편으로 온다고 편하게 왔어요. 할아버지, 그동안 안녕하셨어요?"

"어이, 들어와. 보고 싶었어이. 여기 차 좀 내오시게."

선의 손을 잡고는 이 영감은 손을 토닥이며 거실로 들어갔다. 따라 들어오는 현재는 보이지도 않는지 그의 눈앞에서 현관문이 닫혔다. 헛웃음을 띠고 스스로 문을 열고 들어간 그는 재킷을 벗으며 도 여사를 향해 시큰둥하게 말했다.

"저도 왔습니다."

"왔니? 집에 도착하자마자 바로 오피스텔로 갈 줄 알았더니만 웬일이니?"

"그냥요."

도 여사는 웃음이 삐져나오는 것을 참았다. 제 눈에도 착하고 예쁜 아이인데 남자인 현재가 봐도 괜찮아 보이겠지. 감정의 발전을 기대하기엔 너무 이른 것 같을 알지만 그래도 내심 기대하게 되는 건 어쩔 수 없는가 보다.

현재가 인상 쓴 채로 거실로 들어가자 거실에 소파에 앉아 선의 손을 정답게 꼭 잡고 토닥토닥하며 이 영감이 소개했다.

"오늘 자네를 태워 온 놈이 내 손자 이현재야."

아까는 이 기사가 사장님으로 바뀌더니 이번에는 사장님에다가 할아버지 손자분 되신단다. 앞의 남자가 할아버지의 손자로까지 탈바꿈해 버린 상황에 선이 놀란 토끼눈을 해서 벌떡 일어나 인사했다.

"아까는 정말 미안했어요. 김선입니다."

현재는 아무 말 없이 고개를 한 번 까딱하고 말았다. 이 영감이 손자의 무심한 태도에 혀를 한 번 차고는 다시 말을 이었다.

"그래, 서울은 무슨 일로 올라오셨는가?"

"내일 요리 강좌가 있어서요. 매주 토요일마다 열려요."

"그랴그랴, 솜씨가 예사롭지 않더니만. 그러면 오늘 여기서 자고 가도 되겠는디?"

"아니에요. 말씀은 감사하지만 매주 올라올 때마다 친구 집에서 지내거든요. 조금만 있다가 가 보려구요. 오늘은 너무 늦었으니 제가 내일 수업 끝나고 와서 맛있는 거 만들어 드릴게요. 재료는 다 준비해 왔거든요. 전 차만 마시고 일어나 볼게요."

"그냥 여기서 자고 가지 그러나. 응? 빈방도 많고."

계속 권하는 이 영감에게 그녀가 손을 내저으며 조심스럽게 사양했다.

"죄송해요. 친구가 오늘 꼭 들르라고 당부해서. 그럼 다음에는 여기서 하룻밤 자고 갈게요. 그때는 저희 할아버지랑 어떤 추억을 가지고 계신지 저한테 꼭 얘기해 주셔야 해요?"

"아하하! 좋지! 좋아!"

조금 늦은 저녁이라 간단한 과일과 차를 가지고 들어온 도 여사에게 그가 선의 말을 다시 전했다.

"글쎄, 다음에는 우리 집에서 하룻밤 자고 간다고 한다이. 글고 나랑 필두 젊은 시절 얘기도 듣고 싶다고 하네이."

옛날 얘기만 나오면 호랑이 담배 피던 시절부터 시작해 호랑이 동물원에 갇힌 얘기까지 쉴 새 없이 이야기하는 시아버지를 아는 도 여사가 장난스럽게 경고했다.

"선이 곤란할 텐데. 밤새도록 얘기하실지도 몰라."

"아니에요. 저 옛날에도 할아버지가 들려주시는 이야기 좋아했거든요."

훈훈한 분위기를 연출하고 있는 세 사람을 보고 있던 현재의 인상이 굳어졌다.

도대체 이 여자가 뭐길래 할아버지와 어머니가 이렇게 대하시는지 알 수가 없었다. 할아버지는 저 여자가 오자마자 손을 잡고는 놓을 생각이 없으신 거 같고 남과 그다지 살갑게 지내지 못하는 어머니는 여자에게 무한 신뢰를 보이고 계신다.

할아버지와 어머니가 이렇게 좋아하며 거실에 웃음이 핀 것이 너무 오랜만이라 계속 여자의 얼굴만 쳐다보고 있는 현재다.

선은 도 여사가 내려놓은 쟁반에서 찻잔을 할아버지 앞에 먼저 놓아주고는 도 여사에게 그리고 현재에게, 마지막으로 자신

앞에 놓았다. 선은 할아버지와 도 여사가 찻잔을 들 때까지 기다
렸다 한 모금 마시고는 찻잔을 소리 나지 않게 내려놓았다.

그 때 할아버지의 말씀이 들려왔다.

"현재 니는 차 마시고 나가면서 선이 태워 주고 니네 집에 가
라."

할아버지의 부탁에 선은 그와 같은 차에 또다시는 못 있겠다
싶어 손을 저으면서 사양했다.

"아니에요, 할아버지. 버스 타면 금방인데요."

"알겠습니다. 뭐."

당연히 사양하거나 아무 말 없이 무시할 줄 알았는데 그가 순
순히 대답했다. 그러자 도 여사는 또 빙그레 웃음 지었다.

아직 저녁에는 날씨가 쌀쌀하다고 나오시지 말라고 만류했으
나 기어코 따라 나온 할아버지와 도 여사의 배웅을 받고는 두 사
람은 차에 올랐다.

차가 길모퉁이를 돌며 손 흔드는 할아버지와 도 여사가 보이
지 않자 선이 말했다.

"저는 여기서 가까운 버스 정류장에 내려 주세요."

"그냥 타고 가지. 버스 정류장에 놔두고 간 걸 알면 노친네가
날 잡아 먹으려 들 테니."

현재의 입에서 나오는 말을 들은 선이 고운 얼굴에 인상을 쓰
며 주먹을 쥐었다. 하지만 참아야지 생각하며 이내 인상을 풀고

부드러운 웃음을 띠며 그에게 말했다.

"할아버지보고 노친네라뇨. 고약해요. 말을 그렇게 하지 마세요. 듣는 사람도 아프지만 난중에 그 말을 내뱉은 현재 씨도 후회할 거예요. 오늘 피곤하신 것 같으니 그냥 저는 저기서 내릴게요."

현재는 벙쪄 버렸다. 네가 뭔데 내 말투에 상관이야, 라고 소리치려 했지만 웃는 얼굴로 타이르는 듯 말하는 선을 보니 아무 말도 할 수가 없었다.

이내 차가 멈추자 여자는 차 문을 열고는 빠르게 내렸다.

현재는 버스 정류장으로 걸어가는 선의 뒷모습을 응시한 채 차를 출발시키지도 않고 한참이나 그 자리에서 운전대를 잡고 멈춰 있었다.

03

늦은 저녁 버스 정류장.

버스에서 내린 선은 누군가를 찾는지 주위를 두리번거렸다. 저
멀리서 후드티에 모자를 쓰고 짧은 추리닝 바지를 입은 단발머리
의 여자가 달려오더니 선의 앞에 멈춰 서고는 반갑게 그녀를 맞
았다. 단발머리를 찰랑이며 웃으며 서 있는 아이는 선이 가장 사
랑하는 친구, 상아다.

"선아, 너 누가 잡아갈까 봐 마중 나왔어."

"뭐하러 나와. 어련히 잘 찾아가려고."

상아가 친구의 걱정에 이건 아무것도 아니라는 듯 손을 저으
며 말했다.

"그냥. 바람도 좋고 해서."

"가자, 얼른. 또 밥 안 먹고 나 기다렸지? 내가 얼른 차려 줄게."

"아싸, 난 네가 해 준 밥이 너무 좋아! 너 데리고 가는 놈은 횡재한 거다. 자고로 집 밥이 맛있으면 꿀단지 찾듯 집으로 기어 들어온다잖냐. 짐 이리 줘."

"못하는 소리가 없어. 얼른 가자."

선의 팔짱을 끼고는 단발머리의 여자는 주위가 놀라게 크게 웃었다.

얼마쯤 걸어가 들어선 오피스텔 엘리베이터에 타고도 한참을 수다를 떨던 그녀들이 띵 하고 소리가 나자 내려서 1002호로 들어섰다.

선이는 더 어질러 있던 것을 급히 대충 치운 듯한 기색이 보이는 거실을 보고 고개를 절레절레 흔들었다. 멋쩍게 웃으며 상아가 쌓여 있던 수건이며 옷을 빨리 없애 버리겠다는 각오로 빠르게 다용도실로 가져갔다.

"내가 온다고 대충 정리는 했나 보다? 부엌 좀 쓸게."

"어. 어…… 잠시만."

한발 늦었다. 식탁에 놓여 있던 청첩장을 발견한 선의 얼굴이 굳어졌다.

"아, 찢어서 버리려고 했는데……. 너한테 안 보여 주려 했는데 미안해."

"아니야, 어차피 나도 알게 될 텐데……. 언제 결혼한대?"

"몰라, 내가 그 연놈 결혼식 갈 거도 아닌데 뭐."

상아가 흥분해서는 평소에는 쓰지도 않는 욕을 입 밖으로 냈다.

"너는 초등학교 선생님이라는 애가 말을 그렇게 하면 어떻게 해. 애들이 배우겠다."

"걱정하지 마, 난 학교에서는 단정하고 인기 짱인 선생님이라고……. 내가 학교에서는 단아한 이상아야. 왜 이래. 뻔뻔하게 나한테 청첩장을 보내! 내가 축의금 만 원만 내고 우리 반 애들 다 끌고 가서 뷔페를 휘저어 놓을까? 엉? 내가 대신 복수해 줄게."

상아는 복수해 달라면 정말로 결혼식장에서 그렇게 할 것 같아 희미하게 웃으며 머리를 뜯고 있는 상아의 팔을 잡고 그녀를 말렸다.

"됐어. 그러지 마. 이젠 진짜 아무렇지도 않아."

"그래도 내가 화가 나서 그래, 응?"

"밥이나 먹자 너 배고프지? 간단하게 먹자. 저녁이니깐."

"그래도……. 뭐 해 줄 건데?"

상아는 선이 피하려는 것 같아 그냥 넘어가야겠다 생각했다. 하지만 속에 열이 나는 건 어쩔 수 없다.

'XXX 같은 것들……. 빨래통에 넣고 돌려도 시원찮을 것들…….'

선이 밥솥에서 밥을 퍼서는 큰 그릇에 담고 씻은 싱싱한 새싹을 밥 위에 올렸다. 그러고는 집에서 만들어 온 나물들과 김치를 냈다. 그리고 보자기에 싸여 있는 단지를 식탁에 올려 뚜껑을 열고는 고추장을 덜어냈다.

"밥 먹자. 얼른 와."

"뭐야? 비빔밥이야? 맛있겠다. 빨리 빨리 비벼 줘 봐."

"잠시만."

그녀는 고추장을 넣은 비빔밥을 젓가락으로 비벼 상아 앞에 내려놓았다. 숟가락을 빨고 있던 그녀가 그릇을 내려놓자마자 크게 떠서 한입에 넣었다. 우걱우걱 씹더니 넘기고는 맛을 음미하더니 말했다.

"이건 고추장이 조금 다른데?"

"어, 대추가루를 넣어 만든 대추고추장이야. 더 챙겨 왔으니깐 난중에 꺼내 먹어. 내일은 수업 마치고 어디 잠깐 들렀다가 바로 부산 내려갈 거 같아."

서울에는 자기 집이랑 문화센터밖에 갈 곳이 없는 친구인 것을 잘 아는 상아가 놀라 물었다.

"어디 가는데?"

"글쎄⋯⋯. 얼마 전에 할아버지 젊은 시절 친구를 만났는데 그분 집에서 식사 한 번 같이 하고 내려가려고."

할아버지라면 자다가도 벌떡 일어나는 친구를 알기에 할아버지 친구라는 분을 뵙고 와서 선이 표정이 이렇게 좋은가 싶어 재빠르게 물었다.

"거기 갔다가 지금 온 거야? 어때. 너희 할아버지처럼 좋으시니?"

"어, 너무 좋더라. 왠지 할아버지 살아 돌아오신 거 같았어. 근데, 그 손자는 좀 버릇없었어. 글쎄 할아버지보고 노친네라 하지 뭐야? 그래서 나도 모르게 잔소리했어."

"또 욱하셨어요?"

"어……."

상아는 친구를 봤다. 자신에 대해서는 화낼 줄 모르고 참기만 하지만 다른 사람이 아픈 건 못 참고 누군가에게 난 상처를 보듬을 줄 아는 친구. 하지만 자신의 상처는 아무렇지 않게 감춰 버리는 친구가 안쓰러웠다.

오늘따라 기억하고 싶지 않지만 박혀 있어 더 아픈 기억의 파편이 드러났다.

벌써 7년 전 일이다.

7년 전 대학교 3학년, 그해 여름은 이상했다. 땡볕 아래 매미가 살려고 발버둥치는 그 처절한 울음소리가 아직까지도 선명하게 남아 있다. 그것은 그해 여름에 일어난 일들의 잔상이었나 보다.

열심히 공부해서 들어간 교대. 1학년 때는 멋도 모르고 신나게 놀았고, 2학년 때는 임용고시에 내신이 들어간다는 사실에 충격을 먹어 깎아 먹은 학점을 만회하느라 분주했다. 4학년 때는 임용고시를 준비해야 되기 때문에 내게 남은 것은 3학년뿐이었다.

남은 1년을 의미 있게 보내야 한다는 생각에 봉사동아리를 들었다. 동아리 활동은 아이들의 공부방 담당과 어르신들을 위한 의료봉사가 주였다. 처음 봉사가 시작된 그날, 선이와 처음 만났다.

"어서 와, 나는 선이야. 착할 선을 쓰는데 이름 때문에 항상 부끄러워."

"어? 나는 이상아야."

내가 처음 선이를 봤을 때 나와는 어울리지 않는 아이라고 생각했다. 나는 착한 사람을 그리 좋아하지 않기 때문이다.

내가 봐 온 착한 사람들은 미련했고, 주위에 있는 사람들을 힘들게 만들었다. 나의 아버지가 그랬고 나의 언니가 그랬다. 그런 그녀는 그녀의 이름과 너무 잘 어울렸다. 필시 받은 이름 그대로 살아왔으리라 생각되었다.

그녀의 봉사는 보여 주기 위한 봉사가 아닌 진심으로 사람을 돕고 섬기는 것이었다. 아이들을 대할 때도 거짓이 없었고 어르신을 대할 때도 성심을 다했다. 그러니 아이에서 나이 많으신 어르신까지 그녀를 싫어하는 사람은 아무도 없었다.

사실 그런 이유로 나도 눈이 맑은 이 아이와 친구가 되고 싶어졌다.

그렇게 시작된 여름의 봉사활동에서 안색이 파리한 한 여자아이를 만났다. 그 아이는 항상 긴팔 소매에 목까지 단추를 꼭꼭

잠근 차림새로 공부방을 드나들었다.

"안녕, 난 상아 언니야. 네 이름은?"

"……진, 진주."

"그래, 진주야. 우리 같이 놀까?"

"……."

말도 걸어 보고 손을 내밀어도 봤지만 아이는 아무런 반응이 없었다. 그렇게 그 아이는 항상 교실의 맨 구석 자리에 앉아 멍하니 앉아 있다 가기 일쑤였다.

그날은 습하고 물기를 머금은 구름들이 몰려왔다. 그래, 장마가 시작되던 날이었는가 보다.

수업을 마친 아이들이 집으로 돌아갔다. 구석 자리에 앉아 있던 여자아이가 몸을 일으키려는 찰나에 그 아이의 몸뚱이가 서서히 허물어졌다. 당황한 나는 연신 선이의 이름을 목 놓아 불렀다.

"선아! 선아! 김선!"

선이가 와서 진주의 상태를 지켜보는데 다행히 호흡과 맥박은 있었다.

도착한 구급차에 나와 선이 올라타 병원으로 향했다. 그리고 곧 도착한 응급실에서 보게 된 수많은 상처들에 나는 분노했다. 어떻게 어린아이를 이렇게까지 만들 수 있는지에 대해서 화가 났다. 아이라면 분명히 보호받고 사랑받아야 하는 게 당연한데.

한참 후 연락을 받고 달려온 진주의 엄마의 옷차림새가 눈에 들어왔다. 진주와 같은 긴팔, 그러나 미처 감추지 못한 얼굴의 멍 자국들. 그 모습에 나는 더 이상 화만 낼 수도 없었다.

의사가 진찰하는 동안 진주의 엄마는 울었다. 그 울음에는 소리가 없었다. 진주와 진주 엄마는 이제까지 저리 살아온 것이었다. 그런 진주 엄마가 입을 열었다.

"선생님, 이제껏 어미 노릇이라고는 제대로 한 적도 없습니다. 처음이자 마지막으로 어미 노릇 좀 하려고 합니다. 저는 이대로도 괜찮아요. 맞아 죽어도 상관없어요. 우리 진주만 살려 주세요. 이 불쌍한 것만 거둬 주세요……."

나와 선은 그때부터 정신없이 도울 방도를 찾아다녔다. 우리는 너무 어렸고, 약했다. 할 수 있는 일이 그렇게 많지 않았다.

결국 물어물어 알게 된 부산의 여성쉼터로 진주 모녀를 데리고 갔다. 우리가 할 수 있는 일은 여기까지였다.

그 쉼터에서 법적인 절차를 통해 진주와 진주 엄마는 여태까지 살아왔던 지옥에서 벗어나게 됐고, 후에 진주 아버지가 감옥에 들어갔다는 소리를 들었다.

나중에 안 사실이지만 선이는 매주 진주를 찾아 부산을 내려갔다고 한다. 모든 것을 놓아 버린 것 같은 메마른 아이를 보러가서 몇 시간이고 아무 말 없이 따뜻하게 웃으면서 옆에 앉아만있다 갔다고 한다.

두 달이 지나고 아이가 처음으로 선이 손을 잡았다고 한다. 그리고 더 시간이 지나자 말을 하고 웃기도 하고 화도 내기도 하면서 아이다워졌다고 했다. 아이에게는 어설픈 위로가 아니라 진심으로 옆에만 있어 주는 것이 필요했던 것이다.

선이는 자신이 할 수 있는 가장 최선의 방법으로 아이를 도왔다. 계속해서 쉼터에만 머물 수 없어 일자리를 찾아야 했던 모녀를 위해 선이가 할아버지께 부탁했다. 할아버지께서는 오히려 모녀가 미안해하지 않도록 도리어 부탁하셨다.

"내가 이제 나이도 들고 힘이 부쳐서 사람이 필요해. 진주가 와 준다면 선이가 커 버려 못다 한 할애비 노릇도 할 수 있지 않겠나?"

그렇게 모녀는 새로운 보금자리를 얻었고, 선이의 할아버지에게는 귀여운 손녀가 한 명 더 생겼다.

그리고 쉼터의 원장님은 이 사실을 알고 있는 우리 모두에게 부탁하셨다. 대부분의 가정폭력에서 가해자가 남편인 경우 아내를 집요하게 추적하기 때문에 2차 피해 예방을 위해서라도 피해자의 신상보호가 가장 중요하다고 우리에게 신신당부를 하셨다.

"누구에게도 진주와 진주 어머니에 대해 말해선 안 됩니다."

그 비밀은 지금까지 나와 선이를 이어 주고 있다. 그 후로 나와 선이는 틈만 나면 붙어 다녔다. 그렇게 소위 말하는 베스트 프렌드가 되었다.

나는 언제나 권선징악을 믿어 왔었다. 착한 일은 언제나 되돌아온다고. 하지만 그런 일이 있고 난 후 나는 화를 참지 못했다.

착한 사람은 복을 받고 나쁜 사람은 벌을 받는다는 옛말은 개

뿡! 거짓말이었다. 그래서 미련하게 착한 자신의 친구에게 일어난 일에 하늘에 대고 욕을 했었다. 어떻게 자신의 친구 같은 착한 사람에게 이렇게 안 좋은 일이 연달아 일어나게 하실 수 있는지 세상의 모든 신을 저주했었다.

우리는 학교 기말고사를 마치고 매운맛으로 유명한 상어떡볶이 집으로 향했다. 그간에 받은 스트레스를 풀기 위함이었다. 주문을 하고 언제나 그렇듯 음식이 나오기를 기다리는 두 여대생은 그저 즐거웠고 시험이 끝났다는 작은 것만으로도 행복해했다. 두 사람의 수다가 깊어져 갈 때 핸드폰이 울렸다.

— 여보세요? 이상아?

"네, 누구세요?"

— 나야, 나. 고등학교 2학년 때 박세진.

"아! 세진, 웬일이야?"

— 나 지금 서울이야, 서울. 나 서울에 취직됐어.

"진짜? 축하해, 언제 한번 밥이나 먹자."

— 아니야, 지금 봐. 너 어딘데? 내가 그리로 갈게.

"지금 다른 친구랑 같이 있어서 좀 곤란한데."

— 지금 연락되는 사람 너뿐이란 말이야. 그러지 말고 친구한테 한번 물어봐라, 응?

"아, 알았어. 잠시만. 선아, 내 친구가 여기로 오고 싶다는 괜찮을까?"

"괜찮아, 오라고 해."

시간이 흐른 후 들어온 세진의 세련된 모습은 모두의 시선을 끌기 충분했는데, 세진은 그런 시선을 즐길 줄 아는 아이였다. 그런 면이 좋게 말하면 매력이었고 나쁘게 말하면 단점이었다.

세진을 나는 선에게 소개했다.

"선아, 여긴 내 고등학교 때 친구, 박세진."

"나는 박세진이야. 너는?"

"나는 선, 김선이야."

"우리 이제 자주 볼 텐데 친하게 지내는 게 좋겠지?"

"그래, 그러자."

그 후로도 셋이 모여 밥을 먹고 차를 마시며 수다 떠는 일이 잦아지고 공유하는 추억도 시간도 많아졌다.

선이는 한의대 6년을 다 마치고 나서야 사회에 발을 내디뎠다. 우리 두 사람보다 늦은 때였다.

세진은 대기업 간부의 비서가 되었고, 나는 초등학교 선생님이 되었다.

우리는 항상 제일 먼저 남자친구가 생길 것 같은 사람은 세진이라고 생각했었다. 하지만 우리의 예상과는 다르게 우리 셋 중에 제일 먼저 남자 친구가 생긴 사람은 선이었다.

그녀는 처음 근무하게 된 병원에서 정운을 만났다. 그는 모든 이에게 친절하고 예의 바른 사람이었다. 누구나 그의 단정함과 친절함을 좋아했고 선이 역시 그중 한 사람이었다.

밤늦게 우리에게 전화한 선이 그에게 처음 데이트 신청을 받았다고 수줍어하던 그때를 아직도 기억한다. 처음 사랑에 빠진 소녀 같은 그녀는 어쩔 줄 몰라 했다.

"세진아, 상아야, 선배가 주말에 데이트 신청했어, 어떡하지? 어떡해. 가슴이 막 두근거려."

우리는 선이의 첫 번째 데이트를 응원해 줬다. 그 후로도 두 사람은 많은 시간을 함께하며 여느 연인들처럼 자연스러운 사이가 되었다.

그리고 남자가 생기면 제일 먼저 서로에게 보여 주기로 약속했던 대로 선이 우리에게 정운을 소개시켰다. 한 레스토랑에서 만나 선이 우리를 자신의 제일 친한 친구라며 그에게 소개했다.

"선배, 인사해요. 세상에서 나와 제일 친한 친구들이에요. 여기는 이상아, 여기는 박세진이에요."

"안녕하세요. 처음 뵙겠습니다. 고정운입니다."

"박세진이에요. 능력도 있으시고 잘생기기까지 하셨네요."

"세진 씨도 엄청난 미인이십니다."

그때는 바보같이 몰랐다. 세진이 그냥 친구의 남자 친구에게 누구나 할 수 있는 지나가는 칭찬으로 하는 말인 줄 알았다. 칭찬에 대답하는 정운의 대답도 예의상 하는 말인 줄 알았다.

선이와 정운은 바쁜 병원 생활 속에서도 서로를 배려하며 지냈고, 시간이 흘러 결혼까지 약속하게 되었다.

그러나 행복도 잠시, 어느 추운 겨울날 선이의 할아버지께서 쓰러지셨다. 선이는 매일을 부산과 서울을 오가며 할아버지께 지극정성을 쏟았다. 매일을 그렇게 먼 거리를 왕복하면서도 선이는 한 번도 불평하거나 힘들어하는 모습 따위는 보이지 않았다.

하지만 그녀의 그 정성이 무색하게도 할아버지의 병세가 더 악화되었고, 결국 마지막 말도 없이 할아버지는 돌아가셨다.

장례식에서 만난 선이는 슬퍼 보였지만 그래도 괜찮아 보였다. 장례를 다 치르고 난 뒤 학교 때문에 나는 서울로 올라왔다. 그리고 이틀 후 전화가 울렸다.

"여보세요?"

— 이 선생님, 저 진주 엄마예요.

"네, 어머니 무슨 일 있으세요?"

— 그게, 선이 아가씨가 이상해서요.

"할아버지 장례식까지 괜찮았는데…… 선이가 많이 힘들어하나요?"

— 그게 삼일장 치른 후 친구가 찾아오고 나서는 그러네요. 며칠째, 밥도 물도 안 마시고 잠도 못 자는 것 같아요. 이러다 정말 큰일 나지 싶어요.

"지금 바로 내려갈게요. 제가 갈 때까지만 좀 부탁드려요."

전화를 받자마자 부산으로 향했다. 도착해서 본 선이는 세상과 이어진 줄을 놓은 것처럼 보였다. 초점이 없는 눈에 안 그래도 작은 얼굴의 볼살이 더 빠져 있었고, 할아버지의 영정만 끌어안고 며칠을 앉아만 있었다고 했다.

"선아. 선아 정신 좀 차려 봐. 도대체 꼴이 이게 뭐야?"

"……."

나는 진주 엄마에게 부탁해서 만든 미음을 선이 입에 넣어 주려 했다. 하지만 선이는 극구 거절했다.

"너 정말 안 먹을 거야? 할아버지께서 너 이런 거 보시면 잘도 편히 눈감으시겠다. 응?"

"안 먹어."

선이 숟가락을 쳐냈다.

"너 정말 어쩌려고 그래? 응? 이러지 마, 제발."

"……."

"이러다 정말 큰일 나. 선아, 제발, 응? 너 진주는 보여? 이 어린것이 너 잘못될까 봐 이러고 있어."

선이 영혼 없는 눈으로 진주를 바라봤다. 이모가 잘못될까 봐 학교만 마치면 달려와서 그녀 옆에서 꼼짝을 않던 진주가 기어코 울음을 터트리고 말았다.

"엉, 엉, 이, 이모. 나 버리고 가지 마. 엉엉."

"……."

얼마 후에 소문을 들어 알게 되었다.

우리의 친구인 세진이 정운과 그렇고 그렇게 되었다는 것을.

알고 보니 할아버지가 편찮으실 때 헤어지자고 정운이 찾아왔고, 선은 당분간 이를 할아버지께 비밀로 해 달라고 부탁했다고 했다.

하지만 그걸로 부족했던지 할아버지가 돌아가시고 삼일장이 끝나자 득달같이 세진이 찾아와 그녀더러 어서 정리해 달라고 했단다. 할아버지까지 걸고 넘어지면서 정운을 흔들지 말아 달라고 했단다.

그와 헤어진 것보다 그녀에게 더 충격이었던 것이 세진의 비수 같은 말이었을 것이다. 선은 세진과 친구로 지내면서 한 번도 그 관계가 거짓이라고 생각하지 못했을 거다. 그녀는 언제나 진심으로 우리를 대했으니깐.

나는 아직도 세진을 이해할 수가 없다. 인간의 탈을 쓰고 어떻게 그럴 수가 있는지.

그렇게 추웠던 겨울, 선이는 다시 김선으로 돌아왔다.

하지만 전과는 다른 선으로.

나는 아직도 후회한다. 그때 울리는 전화를 받지 말걸 하고.

선의 음성이 상념에 잠겼던 상아를 깨웠다.

"많이 먹어. 그리고 반찬 냉장고에 넣어 놨어."

"알았어, 알았어. 고마워, 너밖에 없어. 아 참, 내일 수업에 우리 엄마가 가도 되냐고 물어보셨어. 저번에 네가 갖다 준 무슨 깻잎 김치던가? 여하튼 그거 먹어 보시고는 배우고 싶으시다고."

"아, 산사 깻잎 김치? 나야 좋지. 어머니 내일 네가 모시고 와."

"내 생각엔 엄마가 배우고 싶은 게 아니라 날 끌고 가서 나를 신부 수업시키려 그러시는 것 같아. 그런다고 이십 년이 넘는 '요' 자도 모르는 요리 인생이 구제가 되겠니?"

선은 웃어 버리고 말았다.

자신의 둘도 없는 친구. 엉뚱하고 재밌는 친구

'니가 있어 다행이다. 피붙이 하나 없는 내게⋯⋯. 니가 있어 참 좋아.'

04

다음 날 토요일. 매주 문화센터에서 열리는 요리 강좌에 서는 선은 항상 떨리고 긴장됐다. 요리를 가르친다는 맘이 아니라 함께 즐긴다는 맘으로 앞에 선다.

시간이 가까워 오자 하나둘씩 사람들이 들어오기 시작했다. 멀리서부터 고운 꽃무늬 블라우스를 입은 한 여사가 옥스퍼드 남방을 입은 남자의 손을 끌고 와서는 선 앞에 섰다.

"선 선생. 내 아들이야, 내 아들 최진혁. 변호사야, 변호사. 오늘 회사 안 가도 돼서 나 데려다 주러 부러 왔어. 인사해."

"처음 뵙겠습니다. 최진혁입니다. 어머니께서 아침부터 저를 깨우시더니 여기로 끌고 오셨네요. 말씀대로 미인이신데요?"

"안녕하세요, 처음 뵙겠습니다. 김선이에요."

진혁은 습관대로 손을 내밀어 악수를 청했으나 앞의 여자는 악수를 하는 대신 허리를 살짝 숙여 인사했다.

그는 스트라이프 남방에 하얀 스키니진을 입고 머리는 하나로 단정히 묶어 내리고는 검정 앞치마를 두른 그녀를 흥미롭게 쳐다봤다.

'어머니가 칭찬하실 만하군.'

요즘 여자들이랑 조금 다른 부류 같았다. 중간에 선 한 여사가 선과 아들 사이에서 눈치를 보다 이내 말했다.

"호호, 진혁이 볼일 보고 엄마 태우러 와야 해, 엄마 오늘 차 안 가지고 나왔으니깐 끝까지 책임져야지."

"알겠습니다. 그럼 선이 씨, 다음에 또 봐요."

웃으면서 진혁이 인사하고는 요리실을 나갔다. 아들이 사라지자 한 여사가 얼핏 마음을 내비쳤다.

"선 선생, 우리 진혁이 어때? 내 아들이지만 괜찮아. 나 그리 팍팍한 엄마도 아니고, 응? 한번 생각해 봐."

"죄송해요, 저는 아직 누굴 사귈 생각이 없어요. 저보다 더 좋은 며느리 보셔야죠?"

선이 정중하게 거절했다.

"아니, 당장 답을 듣겠다는 게 아니라 생각만 해 보라는 거야, 응?"

그녀는 그저 대답 없이 웃기만 했다.

진혁이 문화센터 입구를 나와 주차장으로 향하고 있었다. 방금 소개받은 반듯한 여자의 얼굴이 떠올랐다. 하얗고 동그란 얼굴에 조근조근한 말소리, 거기다 요리를 가르칠 정도면 음식솜씨도 필히 뛰어날 것이다.

그녀는 어른들이 며느리 삼기 좋아하실 만한 요소를 모두 갖추고 있었다. 그러니 어머니께서도 여자를 맘에 들어 하시고 자신의 짝으로 갖다 붙이신 거겠지.

어머니의 행동에 진혁의 고개가 절레절레 흔들렸다. 그 때 뒤에서 누군가 손으로 툭툭 쳤다.

"이보세요."

"네? 무슨 일이시죠?"

언제나처럼 근사한 웃음을 띠며 진혁이 뒤돌아보니 자신을 째려보는 단발의 여자가 보였다.

후드 모자를 쓰고 무릎이 나온 추리닝 바지를 입은 여자는 자다가 바로 침대에서 뛰쳐나온 것 같았다. 거기다 삼선 슬리퍼까지 갖춘 여자는 추리함의 삼박자를 모두 갖추고 있었다. 추리한 차림에도 기죽지 않고 눈에서 빛이 나는 여자가 낭랑한 목소리로 말했다.

"큼, 역시 웃음이 헤퍼. 바람둥이 같은데, 혹시 여자 많이 만나 봤어요? 아까 그 예쁜 처자는 안 돼요. 껄떡대지 마요!"

처음 보자마자 다짜고짜 날리는 여자의 경고에 진혁이 머릿속으로 아까 그 예쁜 처자를 찾기 시작했다. 내가 껄떡댄 여자가 누군가. 설마 아까 그 요리 선생님?

"아······. 아까 요리 선생님이랑 친하신가 봐요? 내가 여자가 적을지 많을지 댁이 어떻게 알고?"

"당신 같은 스타일은 안 돼요. 여하튼 조심해요, 지켜보고 있겠어요."

그러면서 두 손가락으로 동그랗게 뜬 자신의 눈을 가리키고는 다시 자신을 향해 손가락을 향했다. 그리고 눈을 부리부리하게 부라렸다. 마치 내가 두 눈 시퍼렇게 뜨고 지켜보고 있다는 듯이.

진혁은 추리닝 입고 있는 여자의 모습이 사라지자 소리 내서 더 크게 웃었다.

"하하하."

마치 새끼고양이 지키는 어미 고양이 한 마리를 본 것 같았다. 아까 여자가 흥미로웠다면 방금 본 여자는 신세계였다. 앞으로 뭔가 흥미로운 일이 벌어질 것만 같은 예감이 들었다.

서울 도심 속에 자리 잡은 T호텔 비서실은 언제나 여덟 시 사십 분까지는 만반의 준비를 하고 있어야 한다.

왜냐! 이십 분 안에 그들의 보스 이현재 사장이 지 성격답게 나 성격 칼이요, 하며 칼 출근하기 때문이다. 사장이 출근할 때 바로 일을 시작할 환경이 조성되어 있지 않는다면 사장은 성난 코뿔소처럼 눈에 보이는 모든 사람을 들이받아 버린다. 그러니 그 뿔에 치명상을 입지 않으려면 준비 정도가 아니라 만반의 준비가 필요하다.

그 때 문이 열리자 사장인 줄 안 비서들이 일어서 인사하려는데 웬 퀵서비스 옷을 입은 남자가 노란 꽃다발을 들고 들어왔다.

"박지영 씨 계세요? 꽃 배달 왔습니다."

박 비서는 당황했다. 이런 젠장이다. 언제 사장이 올지 모르는데.

"제가 박지영이에요. 얼른 주세요, 얼른."

사인인지 그냥 표시한 건지 알 수 없게 휘갈겨 쓰고는 꽃다발을 재빠르게 받았다.

"박 비서님, 오늘 무슨 날이세요?"

막내 비서가 놀라 물었다.

"아, 어쩌지. 나, 오늘 생일이어서 남편이 보냈나 봐. 이 웬수! 내가 아침에 회사로는 이런 거 보내지 말라 했는데. 남자들은 왜 괜찮다는 말을 지들 멋대로 꼭 해 줘야 해! 라는 말로 오해해서 받아들이는 거야? 엉? 집에 가서 봐라. 내가 귀에 딱지 앉게 괜찮다고 말해 줄 테다."

"그래도 너무 예뻐요, 우리 사장님이 꽃 같은 거 싫어하셔서 사무실엔 초록 이파리들뿐이잖아요."

말이 끝나자마자 시간에 칼 같은 사장, 현재가 들어섰다.

그녀들은 입을 닫고 수다를 멈췄다. 사무실에 들어서다 멈춘 현재는 뭔가 평소와는 다른 향기로운 냄새가 나는 쪽으로 고개를 돌렸다. 노란 프리지아 꽃다발이 당황한 박 비서 뒤로 힐끔 보인다.

"웬 꽃입니까?"

"아 오늘 제 생일이어서 남편이 보냈어요. 죄송합니다, 사장님. 바로 치우겠습니다."

"그래요? 흠흠……. 박 비서, 생일 축하해요."

박 비서는 자신의 머리 위로 불호령이 떨어질 줄 알고 고개 숙이고 속으로 사랑하는 남편 욕을 있는 대로 했다. 그런데 아니 웬걸? 사장한테 생일 축하를 받다니.

"결재할 서류, 바로 들고 들어오세요."

"네? 네……. 사장님."

현재가 사무실로 들어가자 박 비서와 막내 비서는 약속이나 한 듯 서로 아무 말 없이 쳐다봤다.

'사장님이 좀 이상해요!'

'내가 방금 무슨 소릴 들었니?'

텔레파시가 통하듯 같은 생각이었다.

'아, 정말로 해가 서쪽에서도 뜰 수 있겠구나.'

양복 단추를 풀고 자리에 앉은 현재는 괜히 부끄러워져 큼, 헛기침을 했다.

출근하자마자 본 꽃다발을 보고는 한소리 해야 되는데, 그런데 하필 그 꽃이 다른 꽃도 아니고 그녀를 닮은 노란 프리지아인 걸 보고 나서는 소리치지 못했다.

노란 꽃 사이로 살짝 웃는 그녀 모습이 보이는 듯해서, 그녀가 자신에게 했던 말들이 떠올라서…… 그래서 박 비서에게 생전 잘 하지도 않던 소리인 생일 축하한다는 말이 나와 버렸다.

이상하다.

부끄러워서 숨고 싶은데 뭔가 가슴이 간질간질하다.

＊

한편 선은 요리대 앞에 서 있었다. 그 소리 들었냐? 로 시작해 삼삼오오 모여서 옆집 남편 바람난 얘기, 앞집에 엄친아가 수석 입학한 얘기, 뒷집 개가 새끼 낳은 얘기까지 별의별 수다 떨고 있던 아주머니들이 땡, 10시가 되자 각자의 요리대에 가서 선다.

"일주일 동안 잘 지내셨어요? 시작하기 전에, 벌써 인사하신 것 같은데 오늘 새로 오신 분이 계세요. 제 친구 어머니시랍니다. 반갑게 맞아 주세요."

모든 요리 수강생들이 상아 어머니를 향해 인사하며 반겼다.

"여기에서 요리 비법도 가져가시고 친구도 얻어 가셨으면 좋겠어요. 자, 그런 시작할게요."

선이 자신 앞에 있는 접시를 들어 담긴 음식을 수강생들에게 보여 줬다. 접시에는 큰 조개를 네 부분으로 나눠 초록, 주황, 노랑, 하얀색으로 장식한 찜이 놓여 있었다.

"오늘 배울 음식은 황기대합찜이에요. 오늘 음식은 더운 여름 공부에 지친 수험생에게 강추 합니다. 아, 물론 그 무서운 수험생을 둔 대한의 어머니들께도 권합니다."

앞에서 듣고 있던 어머니들이 '선 선생, 말도 참 잘해.' 하며 손으로 입을 가리고 호호 하며 웃었다.

"자, 황기는 면역기능을 조절하고, 강심작용으로 이뇨작용을 활발히 도와요. 특히 앓고 난 뒤 허약해진 몸 회복에 좋고, 땀 발열, 습진에 좋은 음식재료로 알려져 있어요."

선이 약재의 효능에 대한 설명을 마치고 만드는 방법을 설명하기 시작했다.

"우선 대합을 소금으로 깨끗이 문질러 씻은 다음 끓는 물에 넣어서 조개 입이 벌어져서 익었을 때 꺼내 주세요. 그리고 속살을 빼서 다져 주시고요. 껍질은 따로 씻어서 놔둬 주세요."

말이 끝나자마자 사람들이 대합을 손질했다. 물을 끓이고, 끓는 물에 대합을 넣고 그것이 익기를 기다리기 시작했다. 대합이 입을 벌리자 꺼내서는 찬물에 잠깐 담갔다가 다졌다.

수강생들이 대충 손질이 끝난 걸 보고는 선이 다음 순서로 넘어간다.

"자, 그다음엔 두부를 으깨어 수분을 짜 주시고 쇠고기랑 곱게 다진 대합 살을 섞어 주세요. 맞다, 여기서 제가 앞에 준비해 온 황기가루랑 양념이랑 같이 넣어서 섞어 주세요."

교실 가득 분주하게 난타 소리마냥 탁탁 칼질하는 소리가 울렸다.

선은 자리를 이동하며 어머니들이 순서를 잘 따라오시는지 살펴보며 모르는 부분이 있다 손드시는 분들은 다시 가르쳐 드리며 차분히 준비가 끝나기를 기다렸다.

"벗겨 놓은 조개껍데기에 아까 만든 속을 넣고 찜기에 15분 정도 찔게요."

찜기에서 익히는 시간이 다 될 동안 선이 다시 설명을 이어 갔다.

"그리고 찜기에서 시간이 흘러갈 동안 대합 위에 올릴 고물을 만들어 볼까요? 씨를 뺀 고추를 곱게 다져서 소금, 참기름 간을 살짝 해서 볶아 식힐게요. 그리고 달걀, 석이버섯, 당근도 고추랑 같은 방법으로 해 주시면 돼요."

찜기에서 삐 소리가 나면서 맛있는 냄새가 나기 시작했다.

찐 대합을 꺼내 풋고추와 달걀, 석이버섯, 당근을 빙 둘러 장식하고는 맨 가운데 잣을 하나 놓았다.

대합 위에 네 가지 색을 두르고 나니 손님 접대에도 손색이 없을 요리였다.

수강생들이 만든 음식을 맛도 보고 차를 마시며 수다를 떠는 시간이었나. 한 어머니가 손을 번쩍 들더니 말했다.

"선 선생, 우리 다음에는 정력에 좋은 음식 한 번 더 가르쳐 쥐 봐. 응? 저번에 왜 뭐더라? 음양각 편수 같은 강력한 음식 좀 가르쳐 줘 봐."

저번 수업에 빠져서 음양각 편수가 뭐지 하고 궁금해하는 다른 어머니가 물으셨다.

"음양각 편수?"

"아, 글쎄. 음양각이 왜 음양각인 줄 알아? 이 풀을 먹은 염소가 100번이나 교미를 해서 음양각이란 이름을 붙였대. 꼭 사각만두처럼 생겨 가지고 그거 넣고 만든 편수를 우리 남편이 먹고는 밤새도록 응응했잖아, 호호."

"그래? 선 선생, 다음에는 나도 우리 남편이랑 응응해서 한 방에 별 좀 볼 수 있을 정도로 강력한 걸로 좀 부탁해."

"나도 남편이 힘 좀 쓰게, 부탁해. 응?"

"네?"

갑자기 불쑥 나온 건의 사항에 선이 놀라 얼굴을 붉혔다. 언젠가 한 어머니께서 힘이 좀 나는 음식을 배워 갔으면 좋겠다고 말씀하셔서 준비한 메뉴였다.

정력뿐만 아니라 원기회복에 좋은 요리라 설명을 해 드렸는데 어머니들께는 가장 인상 깊은 효능이 아마 스태미나였나 보다. 요리 수업 할 때 음양각에 대한 설명을 할 때만 해도 아무렇지 않았는데 아주머니들 수다에 선은 어떻게 해야 될지 모르겠다.

옆에 앉은 다른 어머니도 맞장구치며 거침없이 정력 증강 요리를 부탁했다. 선이 터질 것같이 붉어진 얼굴로 알겠습니다, 라며 말을 더듬자 모두 웃기 시작했다.

한창 수다가 끝나고 수업시간이 종료될 때쯤 되자 남은 음식은 각자 가져온 통에 담고는 주변은 대충 정리하기 시작했다.

선도 어머니들을 도와 행주질까지 마치고는 안녕히 가시라며 수강생들을 마중했다. 그리고 자리에 앉아 아픈 어깨를 콩콩 치기 시작했다.

어깨를 치던 선에게 맨 마지막에 나가시던 상아 어머님이 다가와서 웃으셨다.

"선아, 너무 수고했다. 몸에 좋은 레시피도 받아 가고 좋구나. 아줌마들이 짓궂었지? 그래도 장난이니 맘 상하고 그러지는 말거라."

"네, 어머니. 근데 상아는요? 안 보이던데……."

상아가 분명 어머니 모시고 같이 오겠다고 한 것이 생각나 물었다. 선이 상아의 행방을 묻자 어머니는 언제나처럼 자신에게 하소연을 시작하셨다.

"말도 마라 이놈의 가시나, 내가 복장이 터져서, 네 반만 되면 얼마나 좋니? 학교 쉬는 날이라고 너한테 같이 요리나 배울까 했더니만, 글쎄 또 거지 같은 꼴로, 눈곱도 안 떼고는 추리닝 바람으로 나타나서 내가 화가 나서 보내 버렸다."

어머니가 이렇게 밀씀하셔도 선은 그녀가 자신의 딸을 얼마나 사랑하는지, 또 교사인 딸을 자랑스러워하는지 안다. 그래서 그녀는 자신의 친구 상아를 대신해 어머니께 변명을 해 드렸다.

"어머니, 상아가 학교에서 애들이랑 생활하느라 힘든가 보더라고요, 그리고 상아는 추리닝만 입어도 예쁘잖아요."

"오냐, 그래 너도 친구다 이거냐? 그건 누굴 닮아서 그런 거냐. 응? 아이고 집에나 가야겠어. 그나저나 선이 다음에 우리 집에 한번 와라. 상아 고 기집애 집에 가면 니가 맨날 밥해다 바치지? 내가 맛있는 거 해 줄 테니 먹고 가."

"예, 어머니. 그렇게 할게요. 그럼 조심히 들어가세요."

"오냐."

선은 오랜만에 들은 어머니의 푸념에 웃음이 나왔다.

'누굴 닮긴요, 어머니를 꼭 닮았네요.'

마지막으로 교실을 한번 둘러보고는 문을 잠근 후 열쇠를 반납하고 문화센터를 나서는데 뒤에서 빵빵 소리가 들렸다.

지나는 데 방해가 되었나 싶어 비켜 가라고 옆으로 길을 비켜 줬더니, 난데없이 자신의 이름을 부르는 소리가 들려왔다.

"선이 씨?"

소리에 뒤를 보니 하얀 차에서 내린 사람은 아까 한 여사의 소개로 만난 그 아들이었다.

'이름이 뭐였더라? 아, 생각이 안 난다.'

"안녕하세요. 어머니는 아까 벌써 가셨는데요. 엇갈리셨나 봐요."

"알고 있습니다. 아까 전화하셔서는 뒤풀이 가신다고 하던데 요? 그러고는 제가 문화센터 앞이라니깐 선생님 꼭 좀 모셔다 드 리라는데요?"

"저를요? 괜찮은데요. 버스 타고 가면 될 거 같은데……."

"아니요, 타세요. 태워다 드릴게요. 안 모셔다 드리면 집에서 어머니가 만드신 요리 저 다 먹어야 할지도 몰라요? 어머니가 부 탁하셨어요. 싫다고 하셔도 무조건 모셔다 드리라고. 어서요."

어느새 반대편으로 건너와 조수석 차 문을 열고 기다리고 있 는 그에게 계속 거절하기도 민망해 차에 올랐다.

"어디로 모실까요?"

"우선 강남으로 가시면 될 거 같아요."

차가 조용히 출발했다.

조용한 침묵을 깨고 그가 아까부터 계속 던지고 싶던 물음을 던졌다.

"혹시 선이 씨, 언니나 동생 있어요?"

"아뇨, 전 혼자인데요."

"그럼 혹시 단발머리에 추리닝 입고 고양이처럼 생긴 여자는 알아요? 문화센터 앞에서 봤는데……."

"음……?! 상아 말하나 봐요. 상아를 아세요?"

"안다기보단 알아 갈 예정이라 해 두죠. 혹시 전화번호 알려 줄 수 있어요?"

"무슨 일인지 모르지만 당장 알려 드릴 순 없어요. 상아한테 물어는 볼게요."

"그럼 제 휴대폰 번호를 그분께 좀 전달해 주실래요? 여기 제
명함이요. 그리고 연락 좀 꼭 부탁한다고요. 아, 저 지금 그 친구
분한테 껄떡거리는 거예요."

"네……. 네?"

진혁은 의미심장하게 웃었다. 어머니는 그에게 선을 짝지어 주
고 싶으신 거 같기는 하나 자신은 무슨 자기 딸내미 뺏어 가는
아버지처럼 경고하던 그 상아라는 여자가 더 맘에 들었다.

한참 침묵이 지나고 나서 내비게이션에서 목적지에 도착했음
을 알렸다.

선이 차에서 내려서 창문으로 몸을 숙이고는 인사했다.

"감사합니다. 한 여사님께도 감사하다고 전해 주세요."

"네, 걱정 마세요. 그리고 꼭 좀 명함 좀 전해 주세요. 부탁드
려요."

"예, 알겠습니다. 안녕히 가세요."

이상한 일이다. 상아를 안다니, 아니 알고 싶다고 했나? 그리
고 뭐라더라 껄떡댄다고? 당장 상아한테 전화해야지. 아 드디어
상아를 감당할 남자가 나타난 건가?

괜스레 자기 마음이 콩닥거렸다. 오, 나는 그럼 큐피드가 된
건가 싶어 막 사명감이 솟아올라 두 주먹 불끈 쥐었다.

역시 자신의 친구 상아는 안 씻어도 빛나고 추리닝 따위로 감
춰질 보석이 아니었다. 그렇게 생각하니 더욱더 행복해졌다.

할아버지 댁 대문 앞에서 초인종을 누르려는데 그녀의 바짝 붙은 뒤에서 저음의 목소리가 들려왔다.

"누구야? 저 허여멀건 놈은?"

05

'그럼 그렇지, 지 버릇 개 못 주지.'

아침에 난데없는 생일 축하로 자신을 안드로메다로 보내 버린 사장이 역시나 새로 온 여자 팀장을 울려서 내보냈다. 첫날부터 사장이 지 성격대로 팀장에게 해댔다.

"박 팀장, 보고서의 목적이 뭡니까?"

"네? 네. 보고를 하는 서류입니다."

"알긴 압니까? 제가 확인해야 하는 서류인데 이건 무슨 불필요한 말만 잔뜩 들어간 잡소리 문서 같군요. 그렇게 외모 가꿀 시간 있으면 보고서의 '보' 자라도 신경 쓰세요."

오늘도 구두 소리 내지 말고 사장 신경 안 건드리도록 조용히 보내야겠다.

오늘 생일인데 또 야근할지도 모르겠다는 생각에 박 비서는 우울해졌다. 남편이랑 저녁 식사 하기로 했는데 취소할 수밖에 없겠다고 핸드폰으로 메시지를 보내려는데 5시가 '땡' 하니 호출기에 불이 들어왔다.

"네, 사장님."

— 오늘 별다른 스케줄 없으면 저는 이만 퇴근하지요. 혹시나 다른 스케줄 있으면 내일로 미뤄 주세요.

당황한 박 비서가 스케줄 표를 급히 뒤졌다.

"아, 알겠습니다."

잠시 후 양복 재킷을 들고 나온 사장을 보고는 그녀는 벌떡 일어나 인사했다.

"저 퇴근합니다. 박 비서는 남편과 생일 꼭! 보내세요."

"가, 감사합니다."

박 비서의 대답도 듣지 않고 현재는 쏜살같이 뛰쳐나갔다.

"박 비서님, 방금 사장님이 저희 퇴근하라 하신 거예요? 아님 야근하라 하신 거예요?"

"나도 모르겠는데…… 오늘 진짜 왜 저러시냐? 이건 무슨 지킬 앤 하이드도 아니고. 나 참. 우리가 두 명의 보스를 모시고 있어. 정리하고 퇴근하자. 어차피 퇴근을 하나 야근을 하나 욕 들어 먹을 텐데 뭐……. 결혼하고 처음 맞는 생일인데, 남편 보고 싶어."

현재는 하루 종일 머리에서 선의 웃는 얼굴이 아른거려 일이 잡히지 않았다. 거기에다가 계속 마음이 간질간질해서 자신이 아닌 것만 같아 결국 새로 온 여팀장에게 소리치며 화도 내 봤다. 하지만 괜찮아지지는 않고 더 심란해졌다.

그때 이때다 하고는 핸드폰 문자 울림 소리가 들렸다.

[저녁 7시까지 식사. 안 오면 호적에서 파 버림. -니 노친네 가.]

옛날 같았으면 가볍게 무시했을 텐데 문자를 보자마자 본가에 가야지, 하고 생각했다. 가면 그 여자 얼굴을 자연스레 우연을 가장해 한 번 더 볼 수 있겠다 싶었다. 그러고는 무려 다섯 시에 퇴근했다. 엑셀을 있는 대로 밟아서 가면 30분도 안 걸릴 것이다.

마음이 모터 단 것처럼 드르르 급해졌다.

너무 일찍 도착한 거 같아 차 안에서 애꿎은 운전대만 붙잡고 안절부절못했다.

그런데 잠시 후, 못 보던 흰색 SUV가 대문 앞에 서더니 차에서 그 여자가 내렸다. 기가 막힌 건 그녀가 웃으며 뭐라 뭐라 허옇게 생긴 놈한테 인사하는 거였다.

차에서 내린 얼굴을 보는데 살짝 수줍게 빨갛게 물든 것 같아 보여 속에서 열이 나기 시작했다. 무슨 감정인지는 모르겠지만 그냥 화가 났다.

재빨리 차에서 내려 대문 앞에 기다리고 서 있는 그녀의 뒤에 바짝 다가가 섰다.

"누구야? 저 허여멀건 놈은?"

뒤에서 들리는 낮고 음침한 소리에 놀란 선이 돌아보며 큰 눈을 껌뻑껌뻑거렸다.

"제 요리 수업 들으시는 여사님 아드님요. 괜찮다는데 태워 주셨어요."

현재는 좋게 그녀에게 충고만 하려고 했다. 그러나 결국 입으로 나온 말은 자신의 맘과는 전혀 다른 말이었다.

"그래? 내가 할아버지 친한 친구 손녀라서 특별히 말해 주는 거야. 저런 놈들은 너같이 순진한 애들 등골 빼먹으려고 웃으며 접근한 거야, 알아? 웃음에 넋이 나가서는 큰코다칠 걸 뭐가 좋아서 실실거려?"

"정말 말 좀 예쁘게 못해요? 그리고 당신은 내게 할친자밖에 안 되는데, 무슨 상관이에요? 그리고 웃음에 홀랑 넘어갈 만큼 나 순진하지도 않아요!"

"뭐? 할친자?"

"네, 할아버지 친구 손자요."

선은 그에게 확 쏘아붙이고는 총총걸음으로 안으로 사라졌다.

할친자밖에 안 된다니! 할친자! 제기랄, 여자에게 자신은 그냥 아는 할아버지 손자였다.

얼굴을 보면 마음이 괜찮을 줄 알았더니만 간질간질하던 맘이 화가 나서 쿵쿵거렸다.

현재가 영혼은 어디 갔다 버린 얼굴로 집으로 들어섰다.

"왔냐? 안 올 줄 알았더니만. 그래도 호적 판다는 소리는 무섭더냐?"

어머니가 눈을 흘겼지만 현재는 아무 소리도 안 들리고 계속 눈으로 그녀를 찾았다. 그의 모습을 본 어머니가 새어 나오는 웃음을 참으며 알렸다.

"선이는 부엌에 있다. 할아버지께 인사드리고는 밥 차린다며 부엌으로 들어갔어."

"누가 그 여자 찾는대요?"

어머니의 말에 눈은 부엌에 있는 그녀를 좇고 있었지만 입으로는 퉁명한 말을 내뱉은 현재가 아무렇지 않은 척하면서 거실 옆의 서재로 들어가 버렸다.

눈과 입이 따로 행동하는 현재를 보는 어머니는 입이 간지러워 견딜 수 없었다.

'여자를 얻는 데 부드러움과 달콤함이 최곤데……. 너네 아버지는 아이스크림처럼 나를 꼬였어야. 너 계속 까칠해 봐라, 내 도시락 싸 다니며 말린다.'

뻐꾸기가 자명종 시계 안에서 나와 일곱 번 뻐꾹, 하자 선이 부엌에서 식사하시라며 불렀다.

커다란 식탁에 할아버지가 맨 중앙에 앉으시고 그를 중심으로 어머니와 선이 오른쪽에 앉고는 왼쪽에 현재가 앉았다.

그녀는 현재 쪽은 쳐다보지도 않으면서 할아버지와 어머니께 차린 게 없다며 입에 맞으실지 모르겠다며 식사를 권했다. 이 영감이 다른 사람과 다른 큰 국그릇이 자신 앞에 놓인 걸 보고는 물었다.

"나만 특별식인 게야?"

"예, 황기 인절미 수프예요. 어머니께서 인절미 좋아하신다고 하셔서요. 황기랑 닭 육수랑 넣고 수프를 만들어서 어르신들 원기회복에 최고예요. 저녁이라 인절미가 소화 안 되겠다 싶으시면 옆에 닭고기 찢어 놓은 거 드세요."

"오냐, 오냐. 맛있겠구먼, 어서 들자."

이 영감이 수저를 들자 모두들 수저를 들고 식사를 시작했다. 짧은 시간에 동안 식탁을 가득 채운 많은 음식을 보고는 도 여사가 감탄했다.

"뭘 이렇게 많이 했어? 전이며 잡채며 이건 뭐니? 연어 쌈인가? 이렇게 먹고 나면 다이어트 한다고 한밤에 한강이라도 뛰어야 되는 거 아닌지 모르겠구나."

어머니는 놓인 반찬 하나하나 조금씩 맛보시며 어쩜 어쩜 하며 음식 맛에 반하셨다.

한편 현재는 목구멍이 막힌 것같이 먹먹해졌다. 그래서 국만 조금 먹어야겠다 싶어 쇠고기 국을 떠먹었다. 그런데 국물이 너무 시원해 또다시 떠먹고, 밥을 퍼먹었더니 윤기 있는 밥이 입에 맴돌아 한 번 더 수저가 갔고, 김치를 집어 들었더니 아삭했고, 잡채는 쫄깃했고. 특히나 오징어에 만 파김치가 너무 맛있어 계속 젓가락이 그곳으로 향했다.

굳었던 표정이 황홀한 음식이 들어가자 살며시 풀리고 느렸던 수저가 빨라지기 시작했다.

그렇게 하나하나 음식을 맛보고 가장 맘에 드는 파김치로 다시 한 번 손이 향했다. 누군가 슥 산수유오징어 파김치를 앞으로 밀어 주었다.

접시 위의 하얀 손을 따라 시선을 올리니 그녀가 살짝 웃으며 흘겨봤다. 그녀와 눈이 마주친 순간, 살랑하고 가슴에 따뜻한 바람이 불었다.

'이 여자의 밥상은 맛만 좋은 게 아니라 따뜻하다.'

배불리 식사를 마치고 할아버지와 어머니는 과식했다며 배를 두드리고 나와 거실에 앉아 따뜻한 차를 마시는데 할아버지께서 선에게 넌지시 물었다.

"선이, 니 요렇게 음식도 잘하고 참하니 내 중매 서야겠다. 니 특별히 뭐냐, 그 이상형 있냐? 어?"

"아니에요, 아직 결혼 생각이 없어요. 누굴 사귈 맘도 없고요."

평소에는 말수가 적으시고 대답하는 것이 전부인 어머니께서 오늘은 이상하게 한술 더 떠 말하셨다.

"왜? 이렇게 예쁘고 참한 아가씨가? 아버님, 아버님이 좋은 신랑감 한번 찾아보세요."

"그랴, 아직은 생각 없어도 원하는 상이라도 있을 거 아냐, 어서 말해 봐잉?"

대답 없이 그저 웃고 넘기려 했지만 계속 재촉하는 할아버지의 물음에 선이 할 수 없다는 듯이 잠시 생각하고 차분한 목소리로 답했다.

"음, 글쎄요. 무조건 제 편인 제 가족이 돼 줄 수 있는 사람이요? 그냥 혼자 살죠, 뭐. 좋아하는 요리하면서?"

거실에서 계속되는 불편한 대화를 가만히 듣고 있던 현재가 찻잔을 내려놓고 주먹을 꽉 쥐었다.

선이의 이상형에 대한 이야기가 계속되었다가 결국 얘기는 삼천포로 빠졌다.

갑자기 수다스러워지신 어머니는 요즘 텔레비전에서 최고 인기를 누리는 배우랑 살아 봤으면 좋겠다 이야기하다 그래도 자신은 다시 태어나도 현재 아버지랑 결혼할 거란 말로 끝나고 있었다.

계속된 대화 속에 시간 가는 줄 모르던 선이 시계를 쳐다보고는 빠르게 흐른 시간에 놀라 일어섰다.

"저는 이만 일어나 볼게요, KTX 예매해 놨어요. 지금 출발하면 시간에 맞춰 탈 수 있을 거 같아요."

일어서는 그녀에게 이 영감이 아쉽다는 듯이 권했다.

"아니, 자고 가지 왜, 응?"

"아뇨, 내일 한의원이랑 식당 대청소하는 날이에요. 다음에요. 그럼 전 이만 가 보겠습니다. 나오지 마세요. 콜택시 불렀어요."

"그라면 얼른 가 봐야지. 도착하자마자 늦어도 전화 한 통 하는 기야? 언제고 다음번에 올라와서는 우리 집에서 자기로 약속했으이?"

선이 예쁘게 웃으며 친할아버지에게 하듯 대답했다.

"네, 그때는 할아버지 이야기보따리 많이 준비해 놓으셔야 해요?"

선이 일어나자 모두가 자리에서 일어났다. 나오지 마세요 하며 마중을 한사코 거절하며 그녀가 밖으로 나갔다. 그러자 뭐 씹은 표정으로 엉거주춤하게 일어나던 현재가 재빠르게 따라 나갔다.

뒤로는 이 영감과 도 여사가 서로를 보며 웃고 있었다.

집에서 나와 딱 맞춰 도착한 콜택시에 몸을 실으려던 선의 몸이 갑자기 돌려졌다. 현재가 선의 손을 잡아 당겨 자신의 뒤로 가게 보내고서는 앞의 차 문을 열고 말했다.

"기사님, 그냥 가 주세요. 여기, 거스름돈은 괜찮아요."

거금 십만 원짜리 수표 한 장을 받은 기사는 이게 웬 횡재나 싶어 쏜살같이 빠져나갔다.

"왜 이래요? 나 저 차 타야 돼요, 기차 시간 늦는다니깐요?"

놀란 선이 손을 잡힌 손을 빼려 했지만 현재는 더 힘주어 잡고 대꾸 없이 하얀 손을 이끌고는 차 문을 열어 그녀를 태웠다. 그러고는 자신을 흘겨보고 있는 그녀를 향해 말했다.

"내가 태워다 줄게. 서울역까지."

차에 탈 때부터 다물어져 버린 입은 차가 출발하고도 아무 소리가 없었다. 그녀는 눈길 한 번 주지 않고 창밖만 바라보고 있었다.

계속해서 그녀의 눈치를 보던 현재가 입을 뗐다.

"큼큼. 미안해. 일부러 그런 게 아니야, 나는 그냥 당신이 너무 순진해 보이니깐. 그놈이 너무 바람둥이 같아서. 걱정돼서 그랬어. 미안해."

선이 사과하는 현재의 얼굴을 빤히 바라봤다. 그의 얼굴에서 진심이 엿보였다.

"사과……… 접수예요."

새침하게 말한 선이 팔짱끼고는 고개를 창가 쪽으로 돌렸다.

"흐흠."

현재의 입에서 작은 웃음이 나온다. 그녀가 자신의 사과를 안 받아 줄 거라 생각했는데, 오히려 더 타이르듯 잔소리라도 할 줄 알았는데 새침하게 순순히도 그녀는 사과하는 사람의 마음을 가볍게 받아 줘서. 분명 자신이 한 잘못이 큰데도 그 잘못을 아무렇지 않은 사소한 실수로 만들어 버려서. 사과란 게 어렵지 않은 거구나 싶어졌다.

입에서 나오는 웃음이 낯설어 입에 힘을 주고 참았다. 마음속에서 나온 웃음은 자신을 편안하게 만들었다.

06

　그렇게 처음으로 입 밖으로 여자에게 사과라는 것을 하고 시
간은 조용히 흘러 또다시 금요일이 다가오고 있었다.

　호출 받아 서울 본가에 들른 현재는 난의 향취가 풍겨 오는 방
에 앉아 할아버지와 팽팽하게 대치하고 있다.

　두 사람은 서로를 바라보며 더 유리한 고지를 점하기 위해 동
태를 살피다 결국은 계속된 침묵을 못 이긴 이 영감이 결국 먼저
용건을 꺼냈다.

　"니 금요일마다 부산 가믄서 선이 태워 오니라."

　이럴 줄 알았다. 사실 호출이 왔을 때부터 짐작하고 있었다.
하지만 협싱 테이블에서 더 좋은 조건을 끌어내기 위해 현재가
자신의 속마음을 숨긴 채 부러 무심하게 대꾸했다.

"제가 왜 그래야 되는지 모르겠는데요?"

"니 호텔 땅값 면제해 주면 된다 아이가?"

현재가 속으로 쾌재를 부르는 것을 숨기고는 다시 더 큰 조건을 내걸었다.

"그럼 땅을 저한테 파세요."

솔직히 자신이 죽으면 어차피 땅이고 뭐고 모든 게 현재 것이 될 테지만 이 영감은 그의 손자가 노력 없이 당연히 받아들이는 게 얼마나 무서운 것인지 가르쳐 주기 위해 가끔 억지를 쓰는 것뿐이다.

땅을 파는 것이야 당연하지만 이 영감은 선이 그 아이를 현재 짝으로 꼭 좀 맺어 주고 싶었다.

이 영감이 골똘히 생각하고 못 이기는 척 말했다.

"니 하는 거 봐서 판다이."

"좋은 거래였습니다."

현재가 웃으며 거래를 마무리 지었다. 사실 그에게는 손해 보는 장사가 아니었다. 어차피 가는 길에 잠깐 들러 그 여자를 태워 오는 것뿐인데.

거기다 매달 빠지는 땅값만 해도 엄청난데 그 돈이면 세주도에도 호텔을 지을 수 있을 것 같다. 그렇게 이 상황을 합당화시키는 현재다. 사실은 그녀를 만나러 가는 길이 조금 기대가 되기도 한다.

그렇게 할아버지와 성사된 거래에 따라 매주 그녀를 데리러 가는 것이 현재의 일정이 되었다.

매주 옆에 탄 그녀를 힐끔거리며 몰래 보기도 했다. 사과하고 나서부터는 볼 때마다 어떻게 말을 걸어야 할지 몰라 망설였다.

둘이 나누는 대화도 그냥 인사 정도 하는 게 전부다. 여자는 언제나처럼 차만 탔다 하면 잠에 빠져들었다. 거기다 어쩌다 여자가 입을 여는 때는 김 실장에게 궁금한 것이 있어 물어볼 때뿐이었다.

오늘도 한 마디의 대화도 나눠 보지 못하고 차 안에서 묵언 수행만 계속했다. 그리고 서울 본가에 도착해서는 또다시 마중 나와 계신 할아버지와 손을 잡고 안으로 들어가 버렸다.

"그래, 오늘 자고 가는 게야?"

"네, 밤새 할아버지 하시는 얘기 듣고 싶어요."

"그래? 우리 손자 놈은 내가 이야기의 '이' 자만 꺼내도 인상 쓰고 도망가 버리는데이."

그러면서 이 영감이 거실로 들어서는 손자를 째려봤다. 그러든 말든 현재는 둘이 앉은 맞은편 소파에 앉았다.

눈을 빛내며 이야기를 기대하고 있는 그녀를 보고 할아버지가 뜸을 들였다.

"선아. 그러면 얘기하는 시간도 길 텐데. 니가 맹글어 온 국화주 한 잔 할까?"

술이라면 전통주부터 양주까지 뭐든 좋아하는 이 영감이 권했다.

선이 좋다고 하자 곧 부엌에서 일하는 아줌마가 간단한 술상을 내왔다. 선이 할아버지에게 국화 냄새가 일품인 술을 두 손으로 따랐다. 할아버지도 그녀의 잔에 술을 채우고 짠 건배하고는 함께 마셨다.

술이 한 잔이 들어가자 그가 기다리고 기다리던 이야기보따리를 풀기 시작했다.

"그러니깐 필두, 니네 할아버지가 니 할머니를 꾀이려고 고생을 좀 했지. 그 녀석이 워낙 순진했어야."

선의 할아버지께 들은 얘기와는 너무 다르다. 그녀가 재빨리 대답했다.

"진짜요? 아닌데. 할아버지는 터프함으로 할머니를 밀어붙였다고 하셨는데."

"무슨 소리, 너네 할머니 보고 한눈에 반했는데 말도 못 붙이고 하는 걸 내가 도왔어야?"

이 영감이 향이 좋은 술병을 들고 다시 권했다.

"술이 좋다이, 한 잔 받으라."

"네? 네."

취기가 오르기 시작했다. 선이 주량인 두 잔을 넘겼나 보다. 하지만 재밌는 이야기에 취해 술잔을 다시 들었다.

그녀는 믿을 수가 없었다. 할아버지는 할머니가 반해서 쫓아다녔다고 하셨는데.

돌아가신 할아버지는 젊었을 적 자신이 동네 제일가는 멋쟁이라 했고, 할머니 말고도 많은 여자들이 쫓아다닌 인기남이라 하셨다. 그리고 그 많은 여자들 중 할머니가 가장 예뻐 보였다고. 갑자기 웃음이 번진다.

볼이 빨갛게 물든 선이 눈에 웃음을 매달며 말했다.

"호호, 할아버지가 거짓말하셨나 봐요. 할머니가 반했다고 하셨는데."

"그 녀석, 손녀에게는 잘 보이려고 거짓부렁 했어야. 내가 몰래 연애편지도 써 주고 했어."

"정말요?"

"그랴, 니 할아버지가 니 할머니 생각에 앓아누웠었지. 말도 한 번 못 붙여 보고 가슴앓이를 좀 했어야."

"호호."

이 영감의 이야기보따리에서 풀어내는 이야기가 커져 가는 동안 그녀는 자신이 몰랐던 할아버지를 알게 된 것 같아 기분이 좋아졌다.

그녀는 더더 듣고 싶어졌다. 밤을 새워 들어도 모자랄 것 같았다.

한편 현재는 앞에서 살짝 취기가 오른 여자를 봤다. 잘 익은 홍시처럼 붉어진 얼굴에다가 간헐적으로 나오는 웃음소리, 거기다 상모라도 돌리는지 고개를 전후좌우로 흔들고 있었다.

더 이상 마시면 안 될 것 같은데. 현재가 낮은 목소리로 할아버지를 말렸다.

"그만하시죠. 그런 오래된 얘기, 너무 식상한데요."

한창 재밌는 부분으로 넘어가려던 이 영감이 현재의 대구에 옆에 있던 지팡이로 그의 등을 때렸다.

"야이, 선이는 좋아한다 아이가."

살짝 아픈 등을 만지며 현재가 선을 손으로 가리켰다.

"저 여자, 지금 술에 정신을 잃기 직전이라구요."

그제야 취기가 올라 고개가 저절로 고개가 숙여지는 선을 본 도 여사가 이 영감을 만류했다.

"아버님, 다음에 또 얘기하세요, 선이 취했나 봐요."

"뭐시, 국화주 세 잔에 저리된 기야? 허허, 아직 술이 많이 남 았는디."

아마 이 영감은 국화주를 시작으로 해서 찬장에 전시된 술도 꺼내려고 했을 것이다. 이 영감이 아쉽다는 듯이 남은 잔의 술을 한 번에 마시고 입맛을 다셨다. 못 말린다는 듯이 도 여사가 고 개를 저으며 현재에게 부탁했다.

"현재야, 선이 이층 손님방에 좀 눕히고 내려오렴."

어머니의 말에 현재가 볼에 취기가 올라 계속 방긋방긋 웃은 그녀를 안아 들고 계단을 올라갔다.

이층에 도착해서 방으로 들어가려는데 여자가 눈에 눈물이 맺 힌 말간 눈으로 웃으며 자신을 보고 술주정을 했다.

"이, 이현재는 좋, 좋겠어요."

"뭐가."

"저렇게 좋은 할, 할아버지, 어, 어머니가 계셔서요."

그 말을 끝으로 여자는 올라오는 취기에 정신을 놓았다.

그녀를 침대에 누이고는 이불을 덮어 주는데 눈에 맺혔던 눈물이 한 방울 흘러내린다. 현재는 자신도 모르게 손을 들어 흐르는 눈물 닦아 줬다.

얼굴에 닿는 느낌에 여자가 웃는다. 뭐가 좋아서 울면서 웃는단 말인가.

그의 마음이 이상해졌다. 술에 취해 술주정하는 여자를 본 적이 있긴 하지만 이번에는 뭔가 달랐다. 그리고 생소한 느낌에 머리까지 아파 온다. 거실에서 남은 술잔을 기울이고 있던 이 영감이 현재가 계단을 내려오자 퉁명스럽게 말했다.

"니는 니 집에 안 가나?"

"피곤해서 오늘은 여기서 잘 겁니다."

피곤하다고 변명하는 손자를 본 이 영감이 나오는 웃음을 참느라 고역이었다. 무심한 표정을 지으며 아무렇지 않게 말했다.

"그랴? 그럼 그렇게 해. 잘 자라."

❊

밝아온 아침. 이른 아침부터 부엌에서 칼질 소리가 들려왔다.

현재는 어제 그녀의 눈물을 본 후로 밤에 잠이 오질 않았다. 뜬눈으로 아침을 맞이한 그는 이른 아침부터 부엌에서 분주한 소리가 들려오자 몸을 일으켰다.

아침 일찍 일어나 본가를 떠나려고 했다. 이런 감정이 뭔지 모르겠지만 자꾸만 마음이 불편해서 쉬는 토요일이지만 차라리 일이라도 해야겠다 싶어 조용히 계단을 내려갔다.

저절로 눈이 부엌으로 향했다. 여자는 언제 울었냐는 듯이 말끔한 얼굴로 식사준비를 하고 있었다.

집에서 일하는 아주머니가 손을 내저으며 말렸지만 여자는 마법을 부리는 마녀처럼 쉴 틈 없이 뚝딱뚝딱 식사를 만들어 냈다.

신기한 듯 요리하는 것을 구경하던 아주머니가 그제야 생각이 났는지 그녀에게 말했다.

"근데, 이 집 어르신들은 아침을 좀 늦게 드시는데?"

"그래요? 그럼 현재 씨는요?"

"도련님은 아침을 잘 안 드시지요."

두 사람의 대화의 주제가 자신으로 바뀐 걸 알고 화들짝 놀란 현재가 살금살금 조용한 걸음으로 재빨리 집을 떠나려 했다. 하지만 뒤에서 들리는 음성에 발걸음이 멈췄다.

"현재 씨? 아침 먹고 가요."

선이 앞치마를 입고는 그를 보며 미소 지었다. 싫다며 무시하고 나가고 싶었지만 이성과 달리 또다시 맛난 냄새에 굴복해 곧 식탁에 앉아 있는 자신을 발견했다.

"할아버님이랑 어머님은 늦게 아침을 드신다네요. 현재 씨는 항상 이렇게 일찍 나가시나 봐요?"

"어? 어."

현재가 빠르게 대답하고는 밥을 퍼서 입으로 넣었다. 고개를 들지 못하고 다시 옆의 국만 연신 퍼먹었다.

선이 국과 밥만 먹고 있는 그를 보고 옆접시에 꽁치를 발라 놓아 줬다.

"꽁치가 잘 구워졌어요. 한번 먹어 봐요."

"……."

바보같이 아무 말 못하고 연신 그녀가 발라 준 꽁치와 밥만 입으로 넣었다.

그렇게 선의 얼굴을 제대로 쳐다보지도 못하고 밥을 허겁지겁 먹고는 잘 먹었다는 인사도 없이 재킷을 들고 나와 버렸다.

어제 저녁부터 아팠던 머리가 그녀가 차려준 밥상을 받고는 맑아졌다.

07

금요일, 현재는 다른 날과 다르게 기차를 타고 부산으로 내려가고 있다. 부산 공사현장에 하청을 준 업체의 인부가 다쳤다는 소식에 차보다 빠른 KTX를 타고 내려가고 있다.

현재는 기사라도 나면 큰일이라 걱정이 됐다. 심하게 다치진 않았지만 그래도 병원에 한 삼 주 정도 입원해야 된다고 한다. 예기치 못한 골치 아픈 일에 현재의 머리가 지끈거렸다.

기차역에 내리자마자 택시를 타고 병원으로 향했다. 도착한 병원 입원실 문을 열고 들어가려는데 안에서 큰 소리가 들려왔다.

"아니 김 씨, 몸이 불편한 사람은 우리가 못 쓴다 하지 않았습니다. 처음부터 시켜만 달라고 부탁하더니 이게 무슨 일입니까?"

퀭한 얼굴의 남자가 다친 몸을 일으켜 자신보다 젊은 남자에게 사정하고 있었다.

"죄송합니다."

"에이 씨. 김 씨 때문에 손해가 얼마인 줄 압니까?"

"정말 죄송합니다. 아들이 하나 있는데 막노동이라도 해서 돈을 벌어야지 안 그러면 당장 굶어 죽어요. 금방 나아서 다시 일할 수 있습니다."

젊은 남자는 깁스한 몸으로 팔을 붙들며 간곡히 사정하는 김 씨의 손을 쳐냈다. 그리고 큰 소리로 호통쳤다.

"그게 지금 말이 되는 소리입니까? 나 정말 재수가 없으려니깐. 손해까지 김 씨가 보상해야 합니다. 안 그러면 콩밥 먹어야 될 겁니다."

김 씨는 더 이상의 희망은 보이지 않는 듯 절망했다. 현장 직원의 다음 처분의 말만 기다렸다. 하지만 다음의 말은 들려오지 않았다. 뒤에서 들려온 말이 그를 막았기 때문이다.

"그만하시지요. 제가 병원비는 내겠습니다."

뒤를 돌아본 직원은 서 있는 현재를 발견하고 아까의 당당함은 없어지고 비굴하게 말을 더듬었다.

"이, 이 사장님. 여긴 어떻게? 저희가 처리하면 되는 일인데요."

"아닙니다. 제 공사장에서 일어난 일이니 당연히 병원비는 제가 내야죠."

현재가 아직도 어두운 표정의 누워 있는 누군가의 아버지인 김 씨에게 말했다.

"몸조리 잘하시고 다 나으시면 오픈하는 호텔 백화점에 오십시오. 제가 일자리를 한번 알아보겠습니다."

어리둥절한 남자에게 명함을 건네주고는 현재는 갑갑한 병실을 나왔다.

자신과는 상관없다 치부해 버릴 수 있었지만 그럴 수 없었다. 다쳐 누워 있는 남자에게서 아이 때문에 먹고 살기 위해 막노동도 마다하지 않는 부정을 봤다. 아마 돌아가신 자신의 아버지도 똑같이 하셨을 테다.

세 살 때 갑자기 그의 아버지가 돌아가셨다. 그리고 어머니와 현재는 할아버지 집으로 들어갔다. 할아버지의 울타리 속에서 잘 지내고 있다고 생각하고 있었다.

그러던 어느 날 어머니의 방에서 희미하게 새어 나오는 울음소리를 들었다. 그렇게 어머니는 밤새 자신 몰래 우셨다.

할아버지가 우리를 경제적으로 보살폈다고 하나 아버지의 빈 자리를 채우기는 역부족이었다.

어린 자신을 보면서 눈물을 감추고 웃는 어머니, 자신에게 내심 기대를 거는 할아버지를 보고 울고 싶어도 이를 악물었다.

그리고 자신을 더 채찍질했다. 까칠함으로 무심함으로 단단히 무장했다. 그리고 공부든 운동이든 뭐든지 닥치는 대로 해냈다.

이렇게 저렇게 시간이 지났고 그것이 당연한 줄 알았다.

그런데 이런 오늘은 왠지 모르게 정말로 아버지가 보고 싶었다.

＊

병실에서부터 추를 매단 것 같은 마음을 이끌고 김 실장이 준비해 놓은 차에 올랐다. 오늘이 약속대로 금요일이니깐 지금 운전해서 시간에 맞춰 그 여자를 데리러 가야 한다.

창밖의 풍경 따위는 무시하고 앞만 보고 운전해서는 목적지인 선 한의원에 도착했다. 앞에는 선이 눈부시게 하얀 원피스를 입고 기다리고 있었다. 그녀가 입은 원피스에 햇빛이 반사돼서 빛나고 그 모습을 보는 그의 눈에도 생기가 돌기 시작했다.

차가 멈추자 올라탄 여자가 명랑하게 안부를 물어 왔다.

"일주일 동안 잘 지냈어요? 오늘 날씨가 정말 좋죠?"

정답게 물어 오는 질문에 여자의 얼굴을 보니 마음에 달려 있던 그 무겁던 추가 떨어졌다.

현재가 대답 없이 앞의 여자의 얼굴을 한참이나 쳐다보다가 여자의 진실한 눈을 마주치자 뜨끔해 눈을 피해 버렸다.

서울까지 가는 먼 길에 어김없이 휴게소에 들를까 해 그가 그녀에게 물었다.

"잠시 쉬어 가지? 배고픈데 간단하게 요기나 해."

그녀가 미안하다는 듯이 말했다.

"아, 전 점심을 먹어서요. 그리고 오늘은 시간이 없어서 도시락 못 싸 왔어요."

"됐어, 간단하게 먹어."

"그럼 여기 잠시 있어요, 제가 뭐 좀 사 올게요."

"아니야, 내가."

현재가 자신이 사 오겠다고 말하려는데 선이 산토끼 뛰듯 총총 달아나 버렸다. 할 수 없다는 듯이 차에 내려서 조용히 뒤따라갔다.

뒤에서 보니 핫바를 보고는 망설임 없이 두 개를 주문하고, 통감자, 쥐포, 떡볶이, 오뎅, 충무김밥 등 둘이서 다 먹지도 못할 음식을 계속 사고 있었다.

물 만난 물고기처럼 매점을 휘젓는가 싶더니만 현재가 앉은 자리가 있는 곳으로 산 음식들을 들고 왔다.

"이건 제가 사는 거예요. 오늘 운전하시느라 힘드신 거 같아서, 우리 간단하게 먹어요."

현재는 앞에 놓인 음식을 보고는 피식 웃음이 새어 나왔다. 약선 음식점을 운영한다고 할머니처럼 몸에 좋은 것만 먹는 건 아닌가 보다. 선생님처럼 단정한 줄만 알았더니 어린아이 같은 여자의 귀여움에 웃음이 나왔다.

선은 앞에 있는 핫바를 한 입 먹고는 핫바를 든 채로 통감자를 집어 먹기 시작하더니 소리 없이 먹어 치워 갔다.

현재는 앞에 선이 먹어 치우는 것을 보고는 입맛이 달아났다.

뺏어 먹으면 확 물어 버릴 것 같아서, 아니 사실 잘 먹는 걸 보니 배가 불렀다.

더 이상은 못 먹겠지 하고 여자를 쳐다봤지만 그의 예상은 보기 좋게 빗나가고 여자는 또다시 떡볶이를 집어 들고 있었다.

현재가 그런 그녀를 보고 놀라 물었다.

"뭐야? 점심 먹었다면서. 뭘 이렇게 많이 먹어?"

"아, 미안해요. 내가 다 먹어 버렸네? 내가 다시 사 올게요. 먹고 싶은 거 있어요?"

"아니, 됐어."

점심을 안 먹은 현재를 위해 사 온 음식들을 자신이 대부분을 다 먹어 치운 걸 깨닫고 민망해진 선이 변명했다.

"사실 이 음식들은 고속도로 휴게소 아니면 못 먹어 보잖아요. 매일 기차 타고 서울 가니깐. 나 여기서 먹는 거 진짜 좋아해요."

앞에 앉은 현재가 아무런 말이 없자 선이 멋쩍은 듯이 손을 배배 꼬며 말했다.

"다른 거라도 드세요. 네? 제가 사 올게요."

"아니야."

"그래도…… 죄송해서."

그녀가 너무 미안해하면서 어쩔 줄 몰라 하자 할 수 없다는 듯이 현재가 말했다.

"그럼 물이나 하나 부탁해."

말이 떨어지자마자 선이 매점 쪽으로 가볍게 뛰어갔다.

한참을 기다리니 그녀가 물 한 병과 또 한 손에는 소프트 아이스크림을 들고 나타났다. 큰 소프트 아이스크림을 들고 핥아 먹는 걸 본 현재가 놀라 물었다.

"거기에 아이스크림까지 먹을 수 있는 거야?"

"이건 비밀인데요, 나 아이스크림 완전 사랑해요. 약선 음식보다 더."

진짜 거창한 비밀인 듯이 자신에게 속삭였다.

아, 계속 웃음이 나온다. 아까의 무거운 마음은 없어지고 기분좋은 가벼움이 떠다닌다. 좋아하고 사랑하는 것도 참 많다. 자신도 모르게 입꼬리가 올라가 있었다.

현재는 행복한 듯 아이스크림을 바라보고 있는 앞의 여자가예뻐 보인다.

아이스크림 하나에 저렇게 해맑게 웃는 여자가 사랑스러워 보인다.

여자가 이렇게 세상 걱정 근심 없고 즐거운 일만 가득한 것처럼 지내기에 궁정의 최고봉인 줄 알았더니 또 다른 돌아오는 금요일, 현재는 선의 다른 면을 봤다. 그는 아직도 처음 느껴 보는이 감정이 생소해 어쩔 줄 모르는 맘으로 선을 만나러 갔다.

부산 공사현장에 바쁜 일이 남아 있는 김 실장 대신 현재가 운전대를 잡았다. 마당에 도착해 보니 언제나 나와 있던 선이 오늘은 나와 있지 않자 그가 몸을 돌려 대문 안으로 발을 들였다.

여자가 평상에 앉아 밝은 햇빛 아래 하늘을 보며 손을 들어 햇빛을 가리고는, 하늘을 하염없이 쳐다보고 있었다. 여자의 옆모습이 평소와는 조금 다른 모습이었다.

전에 술에 취해 얼핏 본 것 같은 표정, 세상에 홀로 서 있는 것 같은 쓸쓸한 표정으로 하늘의 구름을 잡으려는 듯 손을 들어 뻗었다. 여자의 얼굴을 보는데 뭔가 비어 있는 공허한 느낌이 들었다. 남을 대할 때는 그렇게 입에 경련이 날 듯이 웃으면서 혼자 있으니 저런 표정을 한다.

그의 심장이 갑자기 쑤셔 왔다. 바늘로 콕콕 찌르는 듯한 아픈 가슴을 진정시키고 아무렇지 않은 듯 가까이 다가서서 알은척했다.

"하늘에 뭘 잡고 싶어 그러는 거야?"

갑작스런 인기척에 놀란 선이 아무것도 아니란 듯이 말했다. 그렇게 말하는데 표정이 없었다. 항상 얼굴에 감정이 확연히 드러나던, 그 여자가 아닌 것 같았다. 여자는 전혀 괜찮아 보이지 않았다.

"그냥요. 언제쯤 구름이 있는 곳으로 갈 수 있나 해서요?"

또 이 여자는 남의 시선이 닿으면 자신이 잘 지내고 평온한 듯이 포장하고 서 있다. 그리고 얼굴에 웃음이라는 가면을 쓴다. 자신이 무심함과 까칠함으로 무장을 하고 있는 것처럼. 여자는 자신보다 남에게 더 관대하다.

방금 보였던 쓸쓸함을 다시 가면 뒤로 숨겨 버리고는 또다시 활짝 웃으며 말한다.

"우리 출발할까요?"

아까부터 현재의 잠시 멈춰 있던 심장이 다시 뛰기 시작했다.

그녀를 데리고 할아버지와의 약속대로 서울로 올라가는 길. 평소와 달리 계속된 조용함이 무색해진 현재가 라디오를 틀었다. 지나간 노래가 흘러나오고 있었다.

— 너무 아픈 사랑은 사랑이 아니었음을

이제 우리 다시는 사랑으로 세상에 오지 말기

너무 아픈 사랑이 아니었기를.

담담한 듯 조용한 목소리로 들려오는 노래 소리에 취해 있던 선이 아무도 듣지 못할 만한 크기로 조용히 읊조렸다.

"사랑이 뭘까요? 너무 아팠던 사랑은 사랑이 아니었을까요?"

현재가 그녀를 보며 뭐라 대답해야 될지 몰라 머뭇거리고 있는데 그녀는 대답을 바라고 물은 것이 아니었다는 듯이 눈을 감고 창가에 고개를 기대었다. 그렇게 눈만 감고 있던 여자는 본가에 도착해 할아버지와 어머니를 보자마자 아무 일도 없었다는 듯 또 웃었다.

08

T호텔 사장실에서는 내일 있을 스케줄을 조정하는 데 어려움
을 겪고 있었다.

사실 이현재 사장이 누군가? 지 잘난 맛에 살고, 지 편한 대
로, 지 성격대로 하는 것 하나는 알아줘야 한다. 그래서 항상 미
팅이 있을 때는 아주 자기가 굽히고 들어가야 하는 일이 아니면
이현재 사장은 절대로 회사에서 멀어진 곳으로 미팅 장소를 잡지
않는다.

마치 자기는 태양이고 다른 사람들은 그 주위를 도는 행성인
것처럼…… 그런데 오늘 사장이 자기에게 요청했다.

"박 비서, 내일 부산 박 사장과의 미팅. 부산에서 잡아 줘요."

"네? 하지만…… 항상 서울 눈꽃에서 식사 미팅하시잖아요?"

"아니요. 이번은 박 사장 편하게 부산에서 보죠. 대신에 식당은 약선 밥상이라고 김 실장이 알 테니 물어서 예약 부탁해요."

오늘은 또 무슨 바람이 불어서 이러나 싶었다. 아니 이렇게 되면 스케줄을 모두 변경해야 되는데 사장은 정말 지 맘대로다.

박 비서는 급히 김 실장에게 전화해서 부랴부랴 알아낸 약선 밥상으로 전화를 했다.

— 여보세요, 약선 밥상입니다.

수화기에서 고운 목소리가 흘러나왔다.

"안녕하세요, 혹시 내일 점심에 두 분 예약 가능합니까?"

그런데 곤란한 목소리가 흘러나온다.

— 아, 내일은 예약이 다 찼는데요?

박 비서는 절망했다. 예약을 못했다고 하면 또 사장이 온 세상이 다 들리게 소리치며 자신을 발로 뻥 차 버릴 것만 같았다. 그래서 비굴해지기로 했다.

"죄송해요, 더 일찍 예약을 해야 되는데 저희 사장님이 글쎄 닦달을 하셔서요. 진짜 죄송한데 저를 봐서 꼭 좀 부탁드려요. 네? 아님 저 잘릴지도 몰라요."

— 아, 그렇게 해 드리고 싶은데 재료가 부족해서요.

"진짜로 다시 한 번 부탁드려요. 저 아직은 이 회사에 붙어 있어야 해요. 아파트 대출금도 못 갚았고, 물가도 얼마나 비싼데요. 또 아이도 가져야 하는데, 요즘 교육비가. 또 노후도 생각해야 되는데. 또."

처음 통화하는 식당 사장에게 박 비서는 자기 한탄 같은 변명과 부탁을 계속 이어 가고 있었다. 그런데 한 줄기의 희망의 물음이 들려왔다.

— 그럼 음식 가짓수를 조금 줄여서 예약을 받아도 될까요?

"네, 네! 감사합니다. 사장님. 저를 구하셨어요!"

— 아니요, 제가 더 죄송해요. 그럼 몇 시에 예약해 드릴까요?

"2시에 두 분 예약 부탁드립니다. 복 받으실 거예요, 사장님. 다시 한 번 감사드립니다."

— 가짓수를 줄이더라도 더 신경 써서 준비하겠습니다. 들어가세요.

전화를 끊은 박 비서는 전화상으로 단아한 목소리만 들었는데도 약선 밥상의 사장이라는 여자가 하늘에서 내려온 선녀 같았다.

그래, 사업은 이렇게 해야지, 복 받으실 거예요. 약선 밥상 사장님, 하느님. 우리 사장님 벼락 맞게 해 주세요. 아, 쫌 곤란하시면…… 그래, 연애를 해야 사람이 변하지. 어디 착한 여자가 사장님 좀 데려가게 부탁드려요.

비서가 속으로 자기 벼락 맞게 해 주라 비는 것도 모르고 현재는 선이 한 번 더 보고 싶어서 미팅을 핑계로 약선 밥상을 부러 미팅 장소로 잡았다. 평소 같았으면 절대로 부산까지 내려가는 수고 따위는 하지 않았을 것이다.

진짜 한 번 더 보면 이 감정이 무엇인지 정확하게 알 수 있을 것만 같았다. 그녀를 다시 보면 전부터 본래의 속도보다 빠르게 뛰는 심장을 좀 진정시킬 수 있을 것 같았다. 그래서 부러 부산으로 미팅을 잡았다.

미팅 있는 전날 저녁부터 잠이 안 와 계속해서 뒤척이다 깬 현재는 새벽 일찍부터 집을 나섰다. 그리고 약속 장소에 두 시간이나 일찍 도착했다. 그가 약속시간보다 두 시간이나 일찍 나온 걸 안다면 그를 아는 사람들은 놀라 뒤로 자빠지겠지. 일찍 도착한 그는 차에서 내려 마을을 천천히 걷다가 다시 한의원으로 돌아왔다.

그 때 한의원 앞의 동네 어귀에서 가장 큰 소나무 앞에서 선과 울고 있는 조그마한 여자아이를 봤다.

선의 놀란 목소리가 들려왔다.

"진주야, 왜 우는 거야? 응?"

어디 밭에라도 갔다 왔는지 몸뻬 바지를 입고 머리에 큰 볏짚 모자를 쓰고는 달려와서는 야채가 든 소쿠리는 내팽개쳐 버리고 무릎을 굽혀 여자아이를 안았다. 훌쩍거리던 아이는 안기자마자 더 서럽게 울기 시작했다.

"엉엉엉, 이모! 얘들이 나 아빠 없다고 놀렸어."

"진주야, 아빠가 없어도 진주를 너무 많이 사랑하시는 엄마가 계시잖아? 응? 그리고 이모는 엄마, 아빠 두 분 다 아무도 안 계시잖아."

조곤조곤한 목소리로 타이르자 울었던 아이는 눈물을 뚝 그쳤다.

"아, 알아. 그리고 아빠 없어도 상관없어, 엄마만 있으면 나는 돼, 하지만 친구들이 놀리는 건 싫단 말야, 속상해. 눈물 안 흘리려 했는데……."

"그냥 울고 싶을 땐 울어도 괜찮아. 그리고 다시 웃는 거야. 어때?"

울음을 그친 아이는 아무 말 없이 고개를 떨어뜨렸다.

여자는 아이의 등을 한참이나 토닥토닥 두드려 주다가 일어서서는 몸빼 바지 입은 차림으로 영구 없다! 하며 바보처럼 보이게 아이 앞에서 우스꽝스럽게 포즈를 취했다. 그러자 아이가 굳은 얼굴을 풀고 웃기 시작했다.

"흥흥, 이모, 웃겨. 이모도 그런 거 할 줄 알아?"

"울다가 웃으면 엉덩이에 뿔 난다고 했지! 뿔 났나 볼까?"

선이 아이를 안고는 웃기 시작했다. 그 환한 미소는 현재가 지금껏 봐 왔던 어떤 미소보다 아름다웠다.

주위는 상관없다는 듯이, 자기들만의 세상에 있는 듯이 선이 계속해서 크게 웃으며 파란 하늘 아래 소나무 밑에 몸빼 입은 여자와 아이가 서로 안고는 빙빙 돌았다.

웃음이 빙그그르 돌아 하늘로 회오리처럼 날아갔다. 작은 울음이 웃음으로 변해 하늘로 올라가는 것까지 봐 버린 현재가 머

109

리에 망치를 맞은 것처럼 정신이 들었다.

아버지가 돌아가시고 자신은 남들 앞에서 울어 본 적이 없다. 무슨 일이 있어도 약해 보이기 싫었었다. 우는 건 딱 질색이다. 그런데 여자가 아이를 달래며 말했다.

'괜찮다고 울어도 괜찮다고…….'

어린 시절의 나에게 하는 말 같았다. 왠지 모르게 쓸쓸했던 자신의 어린 시절에게. 그러니깐 잊을 수가 없는 날이었다.

어린이들의 모든 잘못이 용서되고 어린이가 왕이 되는 어린이날.

아버지가 돌아가시고 나서 몇 년이나 지나고 나서야 처음으로 아버지의 호텔에 방문했다. 아주 어렸을 적, 아버지가 돌아가시기 전 기억은 안 나지만 아버지 손을 잡고 매일같이 출근했다고 한다.

그날은 할아버지와 어머니 모두 자신과 호텔에 있는 레스토랑에서 밥을 먹고 어린이날을 축하하는 자리였다. 자리를 잡고 앉은 레스토랑에는 어린이날답게 가족들이 삼삼오오로 모여서 밥을 먹고 있었다.

"우리 현재 축하한다이, 니 먹고 싶은 거 다 시켜 묵자이. 어멈아, 시키고 있어라. 내 잠시 위에 결재만 하고 내려올 기야."

할아버지께서는 결재만 하고 빨리 내려오겠다며 급하게 자리를 비우셨다.

어린이날이라 들뜬 현재가 먹고 싶은 것을 어머니와 상의해서는 다 먹지도 못할 만큼 많이 시키고는 행복하다는 듯이 앉아 있었다.

음식을 기다리는 동안 어머니께서 화장실이 급하시다며 자리에서 일어나셨다. 혼자 두는 게 맘에 안 내킨다며 같이 가자고 하셨지만, 여자화장실 앞에 있는 것이 부끄러웠던 남자 아이는 싫다고 대답했다. 의젓하게 혼자 앉아 있었다.

그 때 아빠 손을 잡고 가는 옆을 지나가는 한 남자아이가 말했다.

"아빠, 쟤 봐. 쟤 혼자 왔어. 엄마 아빠도 없나 봐."

그 소리를 들어 버린 나는 울컥해서 소리치고 싶었다.

'나도 엄마 있어. 아빠가 없는 거지.'

아이 아빠는 당황해서는 아이를 끌고 자리를 피했다. 야단을 맞으면서 아빠의 손을 잡고 가는 아이가 부러웠다.

갑자기 아빠가 보고 싶었다. 눈에 눈물이 차오르고 갑자기 아이처럼 엉엉 울고 싶었다. 그러나 울 수가 없었다. 울게 되면 무슨 일인지 말해야 될 테고 그러면 할아버지와 어머니는 슬퍼지실 테니깐.

어린이날이라고 자신을 데리고 여기까지 온 할아버지와 어머니께 슬픔을 드릴 순 없었다. 그리고 이를 꽉 물었다. 잠시 후 다같이 밥을 먹으면서 현재는 웃었다. 두 분이 행복하시도록.

그땐 그런 줄 알았고 그렇게 살았다. 마음으로 울어 봤지만 밖으로 소리 내서 울어 보지 못했다.

지금 귓가에 들리는 저 여자의 음성이 내게 말을 거는 것 같았다. 아직 늦지 않았으니 맘으로 누르지 않아도 된다고……. 가슴에 돌이 풍당하고는 떨어져 그 파문이 원심에서 점점 더 멀리 퍼져 나갔다.

둘이 마주 보고 웃는데 현재도 웃었다. 가슴에 파도가 치는 듯하더니 이내 고요해지고는 따뜻한 바람이 돌기 시작했다.

'아! 이 여자의 따뜻함이 좋다. 저렇게 남을 따뜻하게 웃게 하는 저 여자가 욕심이 난다. 자기는 아프면서 남만 생각하는 저 여자가 좋다.'

이제 좀 괜찮아졌는지 해맑게 웃는 진주와 장난치며 선이 마당으로 들어섰다.

앞마당에 어디서 많이 본 차가 대 있었다. 혹시나 하며 주위를 쳐다보니 차에 기대고 있는 사람은 현재였다. 오늘은 서울 가는 날이 아닌데 무슨 일인가 싶어 선이 돌아서서 눈을 마주치는 그를 보고 의아한 듯 물었다.

"현재 씨? 여긴 어쩐 일이에요?"

현재의 맘속과는 달리 퉁명한 말이 흘러나왔다.

"식당에 밥 먹으러 오지 뭐 하러 오나?"

선은 딱하게 전화에 대고 사정하던 비서라는 여성의 음성이 지금 눈앞의 현재의 모습과 오버랩 되었다. 그러니깐 식당 예약을 못 하며 잘라 버릴 거라던 사장이 현재인가 보다.

"오늘 예약한 손님이 현재 씨예요?"

"어."

"근데 왜 이렇게 일찍 왔어요? 아직 예약 시간 많이 남았잖아
요."

"그냥……."

사실은 당신 보려고 일찍 출발했다고 절대 말할 수 없는 현재
다.

선이 안내하는 난이 그려진 방으로 들어섰다. 남은 시간 동안
향긋한 냄새가 풍겨 오는 방에서 생각에 생각을 계속했다.

잠시 후 문이 열리며 들어선 박 사장은 항상 약속시간에 딱 맞
춰 나타나거나 오 분 정도 일찍 오는 그가 자신보다 더 빨리 도
착한 걸 보고 놀랐다.

"아니 이 사장, 왜 이리 일찍 왔나? 나도 삼십 분이나 일찍 도
착한 거 같은데."

"아닙니다. 볼일이 있어 일찍 나섰습니다. 그동안 안녕하셨습
니까?"

"나야 잘 지냈지. 자네는?"

"저야 뭐 항상 좋습니다."

박 사장과 마주 앉은 현재는 간단한 인사를 나누고는 식사가
나오기를 기다렸다.

잠시 후 조용히 문을 열고 선이 정갈하게 차려진 밥상을 내오

기 시작했다. 청바지에 흰 남방을 입고 검은 앞치마를 두르고는 상 위에 보기에도 아까운 음식을 담은 접시를 연이어 내려놓았다.

계속해서 뚫어져라 선의 얼굴을 쳐다보던 현재는 박 사장이 말을 걸자 그제야 박 사장의 얼굴을 봤다. 그러자 앞에 앉은 박 사장이 헛기침을 했다.

"큼큼, 이 사장, 식사 시작하지. 식사하면서 마저 얘기 나누지."

"드시지요."

앞에 놓은 오리 약밥 말이를 한 개 집어 먹던 박 사장이 감탄에 찬 목소리로 말했다.

"음, 이거 정말 맛있구먼, 내가 오리를 정말 좋아하는데 약밥에 오리를 만 건가? 맛이 쫄깃하고 담백하니 괜찮구만, 어떻게 이런 식당을 찾았는가?"

"저희 할아버지께서 알려 주셨습니다."

"역시 어르신 안목이 보통이 아니시구먼."

현재는 저 여자를 내게 붙이신 할아버지를 생각했다.

'네, 보통이 아니시지요, 저 여자를 내게 보이셨으니깐요.'

이제 인정해야겠다. 그녀의 밥상은 맛있을 뿐만 아니라 따뜻하다. 저 여자의 따뜻함에 소유욕이 생겨 버렸다.

09

또 다른 주말 토요일. 선은 요리 강의가 끝나고 다시 할아버지 집에 들렀다.

어제 저녁 차가 많이 밀려 늦게 도착하는 바람에 바로 인사도 없이 상아네로 향했다. 저녁에 안부차 건 전화에 할아버지께서 보고 싶다고 노래를 하셔서 오늘 강의 때 만든 연근 김치와 인삼 경단을 가지고 현재의 본가에 들렀다. 처음 식당에서 뵀을 때 어머니께서 연근 김치를 잘 드시던 게 생각나서였다.

초인종을 누르지도 않았는데 할아버지가 대문까지 나오셔서 또다시 손을 잡고 들어가셨다. 어머니께서는 점심 먹은 지 얼마 되지 않은 시간이라 간단한 다과를 가지고 들어오셨다. 이 영감이 열심히 이야기하고 선이는 또 대꾸도 하면서 귀 기울여 듣고 있었다.

"그러니깐 그 때 필두가 학교 가기 싫다고 나랑 땡땡이 치고는 들판으로 많이 다녔어야."

선이 초등학교 다닐 때였나. 하루는 정말 학교가 가기가 싫었다. 할아버지는 아픈 게 아니면 학교는 절대 빠질 수 없다며 그녀를 혼내시고 직접 손을 잡고 학교에 데려다 주셨다. 잊고 있었던 할아버지와 함께했던 초등학교 시절의 추억이 생각났다.

"아닌데, 할아버지께서 학교는 빠져 보신 적이 없다고. 제가 학교 가기 싫은 날은 할아버지는 안 그러셨다면서."

"큼큼, 또 거짓부렁 했구만. 그라고 나는 공부를 잘했지만 너네 할아버지는 공부 못했어야."

"정말요? 제가 할아버지의 똑똑한 머리를 물려받았다고 하셨는데."

"아니, 필두 이 녀석. 참, 손녀한테는 멋지게 보이고 싶었나 보다이."

또 자신이 알지 못하는 할아버지의 모습을 알게 돼서 행복했다. 조금만 더 살아 계셨다면 여기서 같이 이야기 나눌 수 있었을 텐데. 아쉬움이 얼굴에 스쳐 지나갔다. 이 영감이 다 안다는 듯이 선의 손을 가만히 토닥토닥했다.

그 때 밖에서 초인종 소리가 울렸다. 올 사람이 없는데 하며 나간 어머니는 인터폰에 비친 현재의 모습에 웃음이 나왔다.

"저 왔습니다."

"네가 무슨 일이니? 평소 집에 잘 오지도 않으면서."

"……"

아무 말도 할 수 없었다. 어제 선이 요리 수업 마치고 본가에 들르겠단 말에 없는 시간을 내서 본가에 발걸음 했다. 어김없이 그녀는 할아버지만 보고 자신은 봐주지 않는다. 심통이 났다.

현재는 둘이 앉은 소파 맞은편에 부러 소리 나게 앉았다. 쿵 하고 나는 소리에 할아버지가 그제야 그를 봤다.

"왔냐?"

현재에게 알은척만 하고는 이 영감이 갑자기 하고 있던 이야기는 접고 다른 이야기로 화제를 돌렸다.

"내 저번에 중매 선다 카지 않았니?"

현재의 한쪽 눈썹이 올라간다.

"아니에요, 저는 괜찮아요."

손을 저으며 사양하는 선의 말을 자르며 할아버지가 도 여사를 보며 물었다.

"어멈, 그 서 회장 레스토랑 체인 하는 손자 이름이 뭐라고 했드라?"

"글쎄요, 서민, 뭐라고 했던 거 같은데."

"그랴, 레스토랑 하면 요리 잘 맹그는 선이랑 잘 어울릴 거 같은디."

"그러게요."

가만히 대화를 듣고 있던 현재의 다른 한쪽 눈썹도 올라간다.

계속되는 중매 얘기에 거절하기도 힘들고 선을 보러 나가는 것은
더 불편한 선이 정중히 다시 거절했다.

어느새 기차 시간도 가까워 오고 해서 조심히 일어섰다.

"저는 기차 시간이 다 돼서 가 봐야 될 거 같아요."

"그럼 내 차 내줄 테니 타고 가라이."

"아니에요, 버스 타면 금방인걸요. 다음에 또 뵈러 올게요."

선이 한사코 사양하니 할아버지께서도 결국은 단념하시고는
조심히 가라고 당부에 당부를 했다.

그녀가 허리 굽혀 인사하고 나가자 한동안 눈썹이 올라간 채
로 소파에 앉아 인상만 쓰고 있던 현재가 재빠르게 따라 나갔다.
부리나케 손자가 나가자마자 할아버지가 고소하다는 듯이 말했
다.

"그랴, 발등에 불 떨어졌을 게야, 현재 저놈 당황하는 거 보니
식욕이 돈다. 애미야, 선이가 두고 간 인삼 경단? 고거랑 식혜
좀 내오라."

아버님의 장단에 맞추려고 부러 서 회장네 손자 얘기를 꺼내
긴 했지만 현재의 무심하고 무뚝뚝한 성격을 아는 도 여사는 걱
정이 됐다.

"아버님, 근데 저러다 현재가 또 잘못해서 저 귀한 아이를 놓
치면 어떡하죠?"

"걱정 마라이, 내 좀 이따가 굳히기 들어간다이."

대문을 나와 버스를 타러 버스 정류장까지 천천히 걸어가고 있는데 뒤에서 빵빵 소리가 들렸다. 길 안쪽으로 바짝 붙어 섰다. 차는 지나가지 않고 뒤에서 소리가 들려왔다.

"가는 길에 태워 줄게. 타."

"아니에요, 저는 버스 타면 금방인걸요."

"어차피 서울역 쪽으로 가는 길이야. 기름도 아낀다 생각해. 얼른 타."

뒤따라와 기다리던 차가 클랙슨을 울리기 시작했다. 어쩔 수 없이 선이 차에 탔다.

서울역까지 가는 길은 침묵이 흘렀다. 도로를 달리며 현재가 눈썹이 올라가게 한 맞선 얘기를 넌지시 꺼냈다.

"할아버지가 말씀하신 선. 볼 거야?"

선이 아무렇지 않게 말했다.

"저는 결혼 같은 거 생각이 없는데. 전 평생 혼자 살 거거든요."

"그지? 선은 아니지? 근데 혼자 살 거야?"

선이 대답은 하지 않고 창가 쪽만 응시했다. 현재는 결혼할 생각이 없다는 대답에 대해 더 물어보고 싶었지만 그녀의 다물어진 입에서 더 이상의 답은 나올 것 같지 않았다.

잠시 후 서울역에 도착해 근처 주차장에서 차를 세우고는 현재가 내렸다. 그녀가 감사하다고 인사를 하고 기차를 타러 발걸음을 서둘렀다. 그런데 자신의 뒤로 잘 가라고 인사까지 한 그가 뒤따라왔다. 계속 따라오는 그가 불편해 선이 표를 보여 주며 말한다.

"데려다 주신 것도 감사한데, 기차 시간 이십 분 정도밖에 안 남아서 혼자 있어도 괜찮을 것 같은데요."

"잠시만 여기서 기다려."

현재가 어디론가 뛰어갔다. 시계를 보니 십 분 정도 지났지만 그는 나타나지 않았다.

선이 고개를 두리번거리며 아무리 그를 찾아보아도 보이지 않았다. 인사도 안 하고 갔나 보다. 이내 '탑승해 주세요.' 하는 안내방송이 들려 계단을 내려가 기차에 올랐다.

자리에 앉아 있는데 잠시 후 기차가 출발하니 아직 탑승하지 못하신 분들은 서둘러 탑승해 달라는 안내방송이 들리자마자 어느새 올라탄 그가 큰 종이백 두 개를 냅다 안겨 주고는 기차에서 내렸다.

창밖에서 손을 흔들고 있는 그에게 뭐라 말하려는데 기차가 출발했다.

종이백 안을 봤더니 어디 편의점이라도 털어 왔는지 사탕, 초콜릿, 빵, 과자, 음료수 등 편의점에 있는 간식이란 간식이 다 들어 있었다.

갑자기 난해한 문제에 봉착한 것처럼 이건 뭐지? 라는 물음이 떠올랐다.

'뽀로로 음료수? 이걸로 뭘 하란 거지? 설마 나 먹으란 건가? 아닌데, 이건 아이들이 좋아할 만한 간식인데……. 아, 혹

시 진주?'

✳

　일주일의 시작인 월요일이 시작되고 있었다. 햇빛이 따사롭고
바람이 살랑살랑 불어왔다. 파란 하늘을 지붕 삼아 평상에 앉은
선이 땔감으로 불을 붙인 가마솥에 물이 끓기를 기다리고 있었
다.

　'햇빛도 적당하고 바람도 살며시 불어오니 메주 만들기 좋겠
다.'

　멀리서 다다다 소리가 들렸다. 오늘이 개교기념일이라고 늦잠
을 잔 진주가 이제 일어났나 보다. 환하게 웃으며 양손 가득 과
자며 초콜릿, 사탕을 들고 나왔다.

　"이모, 이모. 이거 다 선물이야? 방에 있는 것도 다 내 거야?"

　"아. 어떤 아저씨가 진주 주라고 사 주셨어. 진주 한꺼번에 먹
으면 안 돼. 하루에 하나씩이야."

　"진짜야? 진짜? 이모가 산 거 아니야?"

　자기를 너무 좋아하는 이모도 평소에는 하루에 과자 하나 사
줄까 말까였다. 그런데 이렇게 많은 과자와 초콜릿을 사 왔다니
믿을 수 없었다.

　'친구들한테 자랑해야지!'

　곰돌이 과자를 들고는 진주가 뛰쳐나갔다.

같은 시간 T호텔 사장실. 데드라인 여덟 시 사십 분!! 박 비서는 핸드폰을 붙잡고 있었다.

"야, 너 왜 아직 안 와. 벌써 사십 분인데."

— 사장님 오셨어요? 저 지금 엘리베이터에서 기다리시는 거 보고 계단으로 뛰고 있어요.

"빨리 뛰어! 얼른."

막내 비서는 자신의 일생 동안 이렇게 달려 본 적이 없다. 초 중고 운동회, 체력장에도 늘 느긋하게 백 미터 달리기를 경보하듯 꼴찌로 골인하고도 쪽팔리기는커녕 아무렇지도 않았다. 근데 지금은 진짜 뒤에 사장이 쫓아온다 생각하며 뛰었다.

내 몸 안에 들판을 질주하는 치타 본성 같은 게 있다니.

마지막 층 비서실, 골인지점을 향해 달려가는데 땡 하고 엘리베이터에서 내리는 사장을 봤다. 죽었다!

"좋은 아침입니다. 엘리베이터 두고 왜 계단으로 다녀요? 아, 다이어트 중입니까?"

"아, 아닙니다."

그러고는 사장이 유유히 안으로 사라졌다.

방금 내가 무슨 소리를 들었냐? 마치 공포영화를 본 것처럼 오금이 저려 왔다.

출근한 현재는 기분이 날아갈 것 같아 입꼬리가 하늘로 승천

했다. 어제 한 플러스 10점 정도 점수를 딴 것 같았다.

현재는 일부러 가는 길이라고 설득해 역까지 그녀를 태워 줬다. 역에 도착해서도 그녀를 뒤따라가던 그는 주위를 두리번거렸다. 기차에 탑승하려는 사람들 중에 몇몇이 손에 비닐이 하나씩 들려 있었다. 아! 간식인가 보다 싶어 잠시만 기다리라 하고는 뛰어갔다.

뭘 살까 하다 편의점으로 뛰어 들어갔다. 왜냐, 편의점은 없는 게 없으니까.

들어가자마자 장바구니를 들고 쓸어 담기 시작했다. 그러고는 점원에게 거스름돈은 필요 없다며 돈을 던지다시피 하고 달려갔다.

선이 아까의 자리에 없기에 놀라 승강장으로 내려가 그녀를 찾았다. 다행히 바로 앞에 기차에 탄 그녀가 보였다. 기차칸에 뛰어올라 종이백을 안겨 주곤 아슬아슬하게 내렸다.

'휴, 다행이다. 부산 가는 동안 입이 심심하진 않겠다! 아⋯⋯ 점수 좀 땄겠지?'

아침부터 사장의 호통 대신 이상한 말을 들어서 생소한데 거기다 오늘 하루 종일 왠지 정신을 풍선에 달고 다니는 것 같은 사장은 화를 한 번도 내지 않았다.

점심시간. 사장이 점심 약속이 있다며 나가자마자 막내 비서는 박 비서에 아침에 일어난 이상한 일에 대해 말하고 말하고 또 말했다.

침을 튀겨 가며 흥분해서 말하고 있는데 그 때 외선 전화 소리
가 울렸다. 차분한 목소리로 박 비서가 전화를 받았다.

"네, T호텔 사장님 비서실입니다."

— 아, 아! 박 비서? 날세, 이수복이······.

"네, 어르신. 사장님 본가로 호출이십니까?"

— 아니야, 다름이 아니라 서 회장네 그 레스토랑체인 운영한
다던 손자, 이름이 머드라?

평소에는 사장님 본가 호출이 아니면 연락을 하시지 않는 어
르신이 갑자기 서 회장네 손자를 궁금해한다니 박 비서는 의아했
다.

"아 네, 서민수 사장님요?"

— 어, 그래, 민수. 민수 폰 번호 좀 알려줘 봐이.

박 비서가 수첩을 뒤져 연락처를 찾아 불러 드렸다.

"네, 010-0000-0000 입니다."

— 아, 그려. 고마워.

"네, 들어가세요. 어르······."

"무슨 전화입니까?"

어르신께 들어가라는 인사의 말이 끝나기도 전에 점심을 먹고
들어온 사장이 다짜고짜 무슨 전화냐며 물었다.

"네? 본가 어르신께서 서민수 사장님 전화번호 물어보셨어
요."

"그. 래. 요?"

그러더니 아침부터 유지되던 미소는 갖다 버리고 본래의 얼굴인 저승사자 같은 얼굴을 하고선 들어왔던 문을 쾅 박차고 다시 나갔다.

그럼 그렇지. 사람이 쉽게 변하면 죽을 때가 된 거지.

본가 거실 소파에 앉아 전화내용을 가만히 듣고 있던 도 여사가 이 영감을 보고 의아하게 물었다.

"아버님, 서민수 사장 전화번호는 왜요? 설마 선이 소개해 주시려고요?"

"아니야, 니 준비해라이. 좀 있으면 현재 온다이, 내 전화 내용 지금쯤 들었을 끼야!"

이 영감은 현재가 점심 먹고 사무실 들어오는 타이밍에 부러 전화했다.

어떻게 알고? 경비실의 친한 경비에게 현재가 입구로 들어오면 연락하라 했고, 1층에는 청소 아줌마에게 엘리베이터에 탑승하면 연락하라 했고, 현재의 비서실보다 3층 낮은 곳에 김 실장을 준비시켜 놨지. 김 실장이 핸드폰으로 연락 오면 바로 옆의 집전화로 전화 걸었지. 예상대로 잠시 후 인터폰이 울렸다.

박 비서의 얘기를 듣자마자 불길한 기운이 스멀스멀 올라와서는 설마설마했다. 현재는 밟을 수 있는 대로 밟아 본가에 도착했다. 그리고 뛰어 들어가 인터폰을 냅다 누르기 시작했다.

도 여사는 인터폰 소리에 놀라 화면을 보니 진짜 자신의 아들
이 서 있었다. 뒤에 계신 아버님을 마치 독립투사 보듯이 존경스
럽게 쳐다보고는 얼른 문을 열어 줬다.

뛰어 들어온 현재가 다짜고짜 소리를 질렀다.

"할아버지! 서민수 전화번호는 왜요? 진짜 이러실 겁니까?"

"아이구, 깜짝이야. 니 와카노? 와?"

"선이 소개해 주시려는 거면 그만두세요."

"아인데, 그라고 소개시켜 준다고 해도 니가 문 상관이고?"

현재가 얼굴이 빨간 사과처럼 물들어서는 고개를 돌리고는 겸
연쩍게 말했다.

"안 돼요, 안 됩니다."

"왜 안 되노, 설마 니 선이 좋아하나?"

현재가 입을 꾹 다물었다. 그러자 이 영감이 심술궂게 다시 말
한다.

"그니깐 서민수 전화번호가……."

아까 받아 적은 전화번호를 말하며 휴대폰에 번호를 누르자
현재가 휴대폰을 뺏어 들고는 작은 목소리로 대답했다.

"네."

"흠흠, 크크, 큭큭, 하하하."

웃음을 참아야 하는데, 근엄한 표정을 지어야 하는데. 어떻게
된 게 자신이 예상한 바에서 한 치도 틀림없이 이렇게 똑같단 말

인가!

"고라면 니 내 말대로 할 끼가? 우리 잘하는 거, 거래해야지
잉?"

"원하는 거 말씀해 보세요."

"니 당장 짐 싸서 집에 들어오라."

"아, 그건 안 되죠. 제가 어떻게 한 독립인데⋯⋯."

거부의 말이 끝나기도 전에 할아버지가 옆에 있던 효자손을
들어 현재 등을 소리 나게 탁 치면서 말했다.

"야이, 선이가 가끔 우리 집에서 자는데⋯⋯ 니는 니 집 가서
잘 끼가?"

현재가 잠시 생각해 보니 뭔가 할아버지 말씀이 맞는 거 같았
다. 그래도 차분히 생각해 볼 필요가 있다.

"잠시만요, 생각 좀 해 보고요."

한참을 머릿속으로 펜대를 굴리던 현재가 말했다.

"알겠어요."

현재는 순순히 대답하고 나서는 이상하게 무서운 늑대가 아기
양 꾀듯이 할아버지께 넘어갔다는 것을 알았다.

하지만 어쩌겠는가? 좋은데, 자존심보다 선이 좋은데.

그렇게 007작전을 방불하던 작전에 현재가 항복기를 날리며
나가자 이 영감과 도 여사는 한참을 마주 보고 웃었다.

"고라면 현재 나이 서른셋에 지금 첫사랑이가?"

"첫사랑은 아니죠, 한참 잘 웃고 애교 부리던 유치원 때 별님

반 누구더라 지수? 걔죠."

"큼, 그기 무슨 사랑이고? 됐다 마, 첫사랑이다. 지금이라도
지 짝 만나면 됐지 뭐. 이건 무슨 나가 선이 손부로 얻을라고 별
짓을 다한데이. 아, 어멈. 이번 주말에 내랑 제주도나 가자."

이번 주 주말에는 선이가 불고기 재어 놓은 걸 가져온다고 연
락이 왔다. 좋은 건 같이 먹어야 더 맛있는 거라며 마당에서 바
비큐파티를 하자시며 선이를 꾀셨다. 그러고는 선이보고 하룻밤
더 자고 가라 설득한 터였다.

"예? 아버님? 선이 온다면서요."

"그라니, 우리가 없어야 된다고이, 우리 둘이 있어 봐라 선이
갸가 현재한테 눈길이나 주겠나?"

'아! 아버님, YOU WIN.'

10

현재는 이번 금요일도 어김없이 약선 밥상을 찾았다. 이제는 익숙해진 호칭인 '이 기사' 노릇을 하려 말이다.

오늘은 선이 집에서 하룻밤 묵고 가기로 할아버지와 약속한 날이다. 어쩌면 이번에는 할아버지와 어머니뿐만 아니라 자기와도 조금 더 가까워질 수 있지 않을까 싶어 내심 기대하면서 그녀를 기다리고 있었다.

피곤한 눈을 잠시 감고 있는데 창문에 딱 붙어서 안을 들여다보는 작은 눈망울이 보였다.

"어린이! 뭐하나?"

"아니요, 우리 십 앞에서 이런 차는 처음 봐서요. 아저씨 이 차 변신해요?"

학교를 마치고 돌아온 진주는 집 마당 앞에 주차된 차를 보고 깜짝 놀랐다. 식당 문을 열 때면 가끔 이런 비싸 보이는 차를 보긴 했지만, 이건 정말 이모랑 가서 본 '지구 지키는 자동차' 영화에서처럼 당장 변신해 지구를 지킬 것 같은 멋진 차였다.

안을 들여다보려고 빼꼼 창문 안을 바라보는데 창문이 내려가고 소리가 들렸다.

"뭐라고? 아닐걸. 모르지, 나 몰래 밤에 변신할지도. 근데 너 여기 식당 예쁜 언니랑 같이 사냐?"

"네, 선이 이모 찾아왔어요?"

"응, 너 근데 혹시 이모가 좋아하는 거 뭔지 아냐?"

"글쎄요, 음, 음, 우리 이모 나 좋아해요, 나. 저번에 어떤 아저씨가 준 거라며 뺑치고는 초콜릿이랑 사탕 나 줄려고 이만큼이나 사 왔어요."

"뭐?!"

현재가 놀라 차에서 내려 어린이를 응시했다. 이내 뒤에서 발걸음 소리가 들리더니 하얀 반팔 니트에 꽃이 그려진 플레어스커트를 입고 발레플랫슈즈를 신은 선이 웃으며 다가왔다.

"왔어요? 진주야, 인사해야지, 그때 너 간식 사 주신 아저씨야."

이모가 자기 미안해할까 봐 자기가 사고도 엄마가 샀다고 거짓말하는 걸 매일 본 아이는, 이 앞의 아저씨가 진짜로 사 준 거라니 배꼽에 손을 얹고는 선생님께 하듯 인사했다.

"감사합니다."

"진주, 엄마 말씀 잘 듣고 있어야 해. 이모 갔다 올게."

선이 어린이의 머리를 쓰담쓰담하며 인사를 하고 차에 올랐다. 따라서 차에 탄 현재의 운전대 잡는 손이 덜덜 떨렸다.

이건 뭐 죽 쒀서 어린이 준 꼴이었다. 이 미련한 여자가 자기 먹으라고 말 안 하면 모르나 보다. 속의 열을 그냥 가만히 삭이고 있었다. 또 버럭 하고 입에서 소리가 나오려는 걸 참아야 한다 싶어 입을 단단히 다물었다.

평평한 고속도로에 오르자 오늘도 선은 어김없이 차 안에서 한 시간 정도 정자세로 앉아 있는 듯하더니. 또 콩콩 머리를 창문에 부딪치며 졸기 시작했다.

현재가 갓길에 잠시 차를 세우고는 의자를 편하게 살짝 뒤로 젖혀 주었다. 그러고는 벗어 놓은 양복 윗도리를 그녀에게 덮어 주고는 다시 출발했다.

해가 넘어가더니 밖이 어두컴컴해지자 그제야 서울 본가에 도착했다.

앞에 차를 주차하고는 초인종을 누르고 안에서 반기는 목소리를 기다렸는데 한참이 지나도 소리가 없자 현재가 직접 문을 열고 들어갔다.

아니 근데 이게 무슨 일인가? 불 꺼진 집에는 정적만 흘렀다.

"뭐야? 다 어디 가신 거야? 잠시만 있어 봐, 전화해 볼게."

어이없는 표정을 하고는 그가 할아버지 핸드폰으로 전화를 걸었다. 신호가 몇 번 울리고는 바로 말소리가 나왔다.

— 흠흠, 현재냐? 도착했냐? 너는 날 할아비로 둔 걸 하느님께 절해야 혀, 선이 바꿔 봐!

"네? 무슨 말씀이세요?"

— 아, 글쎄. 바꿔 보라고.

"아, 알겠어요."

그리고 무슨 일 있냐는 듯이 바라보고 서 있는 선이에게 넘겨 주었다.

"여보세요, 전화 바꿨습니다."

— 아, 그랴. 왔어? 근디 미안해서 우야지? 우리 친구가 아파서 어멈이랑 지방 내려가고 있어이, 늦었으니깐 울 집에서 자고 내일 요리 학교 가잉?

"네? 하지만……."

— 아, 미안해서 그랴. 니는 2층서 자고 1층 내 방서 현재 자라고 하고. 아, 나 병원 도착했어이, 끊는다. 미안허이.

하시고 싶으신 말씀만 하시고 뚝 끊긴 전화를 뚫어져라 보던 선을 보고 현재가 조심히 물었다.

"뭐라셔?"

"친구분이 아프셔서 지방 가신대요. 현재 씨는 할아버지 방에 자고, 저보고 2층에서 자라시는데요? 아! 상아한테 전화해 봐야겠어요. 상아 집에서 자면 될 거 같은데."

현재가 사탕으로 아이 꾀듯이 말한다.

"아냐, 아냐. 여기서 자. 이렇게 큰 집 놔두고 어딜 가? 응? 내가 무슨 짓 할 거 같아 그래? 아니야, 안 그래. 여기서 자."

"그래서 그런 거 아니에요. 상아한테 전화해 볼게요."

현재는 이제 평생 할아버지께 백골난망으로 효도해야겠다 생각했다. 아니 이 큰 집에 둘이 있으면 뭔 일은 안 나도 조금 가까워지지 않을까 싶었다.

근데 갑자기 선이 그 상어인가 상아인가 하는 친구에게 전화하기 시작했다. 순간 갑자기 위를 쳐다보며 하느님, 석가님, 공자, 맹자, 알라신까지 찾았다. 제발 전화 받지 않기를······. 위에 계신 분! 한 번만 기회를 주시죠. 그러나 역시나.

"여보세요? 상아야? 나 지금 너희 집 가도 돼?"

— 나 지금 집 아니야. 나 지금 교직원 단합대회 와 있어, 너 오늘 할아버지 집에서 잔다며.

"아, 그게 할아버지 친구 아프셔서 지방 가시고 아무도 안 계셔, 지금 손자분이랑 같이 있어. 안 되겠다. 찜질방이라도 가야겠다."

— 뭐? 안 돼! 거기 있어. 그 손자분 바꿔 봐.

"어? 왜?"

— 바꿔 봐. 글쎄.

상아의 처분만 기다리는 현재에게 휴대폰을 넘겨줬다. 의아하게 현재가 전화를 받고서는 말했다.

"음, 여보세요?"

— 손자분, 지금 선이에게서 다섯 발자국 떨어져요. 떨어졌어
요?

"뭐? ……네."

— 그럼 내가 하는 질문에 예, 아니오로만 대답하세요.

"내가 왜 그래야 합니까?"

— 아, 지금 내가 여기서 택시를 잡아타고 올라가 선이 손을
잡고 우리 집으로 갈까요?

"아, 아니요."

— 음음, 첫 번째 질문, 혹시 우리 선이 좋아해요?

"뭐? 그걸 당신이 알아서 뭐 하려고?"

— 예, 아니오로만 대답하라고요. 내가 지금 택시 타고 서울로
올라가요?

"아. 아니요."

— 다시, 우리 선이 좋아해요?

"……네."

— 그럴 줄 알았어. 그럼 그렇지, 너무 절묘한 타이밍이지. 오
늘 자면서 머리카락 하나 건드리지 마요. 알겠어요?

"네."

— 그리고 내일 선이 몰래 요리학교 끝나기 한 시간 전에 문
화센터 앞 커피숍에서 만나요. 예의 차려 나와요. 당신 나한테
테스트 받는 거니깐.

"뭐? 내가 왜 당신한테?"

— 아. 예, 아니오로만 대답하라니깐, 정말 택시 타고 올라가요?

"아니요, 알겠습니다."

— 그리고 경고하는데 털끝 하나 건드려 봐요. 어디 내가 진짜 분노의 게이지로 장전된 칼을 보여 줄 테니까요.

"네."

— 선이 바꿔 봐요.

현재가 다시 전화를 돌려주었다.

— 선이냐? 그냥 거기서 자, 찜질방에서는 시끄러워서 피곤하고, 위험해서 안 돼. 방문 잠그고, 창문 잠그고. 알겠어? 그리고 내일 요리 마치면 나랑 백화점 가. 필요한 거 있어. 알겠지?

"어, 어. 알겠어."

전화를 끊고는 선과 현재는 뻘쭘해져서 서로를 쳐다봤다. 아, 이제 어떡하지? 어색한 침묵의 유리를 깬 현재가 말했다.

"피곤할 텐데 2층 올라가, 2층에 욕실이랑 다 있어. 알고 있지? 나는 할아버지 방에서 잘게."

"네, 네. 그럼 안녕히 주무세요."

잠자리 인사만 얼른 하고 선이 도망가듯 계단을 올라갔다. 이건 무슨 밥상을 차려 줬는데도 밥상을 하이킥해 버린 꼴이었다.

자기 전에 따뜻한 차라노 한 잔 할까? 이런 말이라도 해야 되는데 해 봤어야 알지.

현재는 할아버지 방에 누워 멍하게 위만 보고 있었다.

2층으로 올라가 간단하게 씻은 선은 내일 있을 요리 수업에서 수업할 내용을 다시 찾아보고 머릿속으로 연습했다. 항상 긴장되고 땀이 나서 이렇게 준비해야 맘이 편하다.

준비를 다 하고는 늦은 저녁 잠들기 전에 마실 물을 가지러 주방에 내려갔다. 그랬더니 현재가 냄비 뚜껑을 잡고 가스레인지 앞에 서 있었다.

"뭐 하는 거예요?"

"아, 배가 고파서…… 간단하게 라면이나 먹을까 싶어서…… 뭐 하러 내려왔어?"

"물 가지고 올라가려고요……. 배고파요? 잠시 기다려요."

그러더니 선이 냉장고를 열고는 재료가 뭐가 있는지 찾아보기 시작했다.

냄비 뚜껑을 내려놓고 현재는 식탁에 앉아 그녀가 하는 양을 보고 있었다. 선이에게서 나온 반짝이는 가느다란 실이 자신의 심장에 박히더니 조용하던 심장이 펌프질을 시작했다. 뛰는 가슴에 손을 얹고는 그녀의 뒷모습만 눈으로 좇았다.

선은 냉장고에 있는 표고버섯, 오이, 당근, 양파를 잘게 다져서 프라이팬에 볶았다. 그리고 밥통에서 밥을 꺼내 소금, 통깨, 참기름을 넣고 아까 볶은 갖은 채소들을 넣고는 비비기 시작했다. 그러고는 동그랗게 말아 주먹밥으로 만들고 김 가루를 넣은

봉지에 넣고는 살짝 흔들었다.

선은 마침 끓는 물에 계란을 풀어 넣고는 썰어 놓은 양파, 부추, 대파를 넣고 소금과 후추로 간을 했다. 그리고 완성된 주먹밥과 계란국을 현재 앞에 놓아주었다.

"라면보다 밥을 먹는 게 좋아요, 어서 먹어요."

선이 음식을 내려놓자마자 현재가 와구와구 먹기 시작했다. 급하게 먹어 치우는 그를 말렸다.

"천천히 먹어요. 체하겠어요."

"아, 음? 아, 너무 맛있어서."

현재는 앞에 놓인 음식을 정말 게 눈 감추듯이 먹어 치웠다. 앞에서 선이 자신에게 물을 따라 앞으로 밀어 주었다. 다 먹어 치운 현재를 보며 선이 말했다.

"제가 정리하고 올라갈게요. 어서 들어가요."

"아니야, 내가 먹은 거니 내가 정리할게. 올라가, 어서."

현재가 한 번도 안 해 본 설거지를 하겠다며 그녀를 올려 보냈다.

싱크대 앞에서 설거지하며 엉덩이를 씰룩거리며 콧노래를 부르는 남자는 T호텔 개싸가지 이현재 사장이었다.

다음 날 아침 일찍 눈을 뜬 선은 간단히 씻고 준비를 마치고는 간단한 아침을 준비했다. 그래도 하루나 신세를 졌는데 식사라도 차려야 할 것 같았다. 밥과 간단한 콩나물국, 그리고 전에 가져온 반찬을 내려놓고는 간단하게 계란말이를 만들었다.

식사 준비를 마치고 현재가 잠든 할아버지 방을 노크했다.

"현재 씨 아침 먹어요."

"음? ……아. 아, 알았어."

한참이나 지나서야 문을 열고 나온 현재의 얼굴이 엉망이다. 식은땀이 나고 창백해 보였다. 현재는 어제 너무 급하게 먹었더니 속이 더부룩하고 머리가 팽글팽글 도는 것 같았다.

선의 소리에 문을 열고 기대섰는데 진짜 쓰러질 것 같고 현기증이 더 심해져서 어, 어 하면서 앞으로 고꾸라졌다. 그러자 앞에 있던 선이 급히 현재를 부축해 그의 발이 땅에 질질 끌리게 끌고서 거실 소파로 갔다.

"현재 씨? 현재 씨, 정신 차려 봐요. 아, 그러게 어제 천천히 먹으라 했잖아요. 체했나 봐요. 여기 잠시만 있어요."

말을 마친 선이 빠른 걸음으로 위로 올라가 가방을 들고 내려왔다. 그러더니 가방에서 통을 꺼내 사혈 침을 꺼내 들고는 현재 앞에 앉았다.

선은 현재의 손을 들고는 소상혈인 엄지 안쪽을 따고 발을 들어 오백혈인 엄지발가락 안쪽을 땄다. 피가 나온 부분을 솜으로 닦고는 그의 손을 잡아 엄지 검지 사이의 움푹 팬 곳을 꾹꾹 누르기 시작했다.

"체했을 때 여기를 꾹꾹 눌러 주면 좀 괜찮아져요."

머리가 핑그르르 돌던 현재가 어느 정도 살 만하다 싶으니 자신 앞에 앉은 선이 하는 양을 가만히 지켜봤다.

자신 앞에 앉아 있는 여자에게서 반짝반짝 빛이 나오고 있었다. 그녀가 너무 예뻐서, 가슴이 벅차서 손을 꾹꾹 누르고 있는 하얀 손을 들어 손에 입을 맞췄다.

그러자 놀란 선이 얼굴이 굳어지는 듯하다가 손을 뿌리치고는 옆에 있던 가방만 들고는 뛰쳐나가 버렸다.

뛰쳐나가는 그녀를 잡으러 갑자기 일어선 현재가 다시 머리가 어지러 그 자리에 주저앉았다.

'젠장, 젠장, 젠장.'

그날 카페에는 이질적인 풍경이 펼쳐지고 있었다. 남성미를 강조한 파란색 값비싼 정장을 입은 남자가 다리를 꼬고 인상을 쓰며 앉아 있는데 편안한 분위기의 동네 카페와는 도무지 어울리지가 않았다.

사람들의 시선은 한 번씩 근사하면서도 거만한 그 남자를 향했지만 날카로운 눈초리에 이내 바닥으로 떨어진다.

정확히 한 시, 카페 문 쪽에서 젖은 머리의 여자가 반팔 티에 추리닝 바지를 입고 들어섰다. 그러고는 현재 앞에 와서 풀썩 앉는데 두 사람의 기류가 심상치 않다.

앉자마자 서로 눈싸움하듯 째려보더니 이내 여자가 눈을 깜빡거린다.

'아, 졌다.'

여자는 이내 포기한 듯 입을 열었다.

"그래, 어제 선이 건드렸어요?"

"그게 당신이랑 무슨 상관입니까?"

"어? 그러시면 안 될 텐데, 내가 선이 엄마예요."

"아, 그러셔? 장모님 몰라봬서 죄송합니다."

"누구보고 장모님이래? 나는 이 교제 반댈세."

현재의 입꼬리가 심술궂게 말려 올라간다.

아침에 선이 나가고 나서 바로 따라 나가는 것에 실패한 현재는 몸을 추스르는 대로 나가 봤으나 선이는 흔적도 없이 사라져 버렸다.

당장 오늘 있을 요리 클래스에 가야겠다 싶어 차키를 들고 나서는데 어제 선의 친구라는 상아와의 약속이 생각나서 준비를 했다.

손에 입 맞춘 것만으로도 도망가는 선을 언제 꼬신단 말이냐? 생각에 생각이 꼬리를 물었다.

약속 시간에 맞춰 도착한 그는 허리를 꼿꼿하게 세우고 고개를 당당하게 치켜든 한 여자와 마주했다.

현재는 앞의 여자를 빤히 쳐다봤다.

내가 세상을 살면서 제일 피하고 싶은 부류가 두 가지 있는데, 첫째는 물질 앞에 기죽지 않는 사람. 둘째, 물질보다 다른 가치를 추구하는 사람이다.

그런데 앞의 이 여자는 둘 다에 속하는 여자다.

다른 사람들은 자신이 입고 있는 옷과 차고 있는 시계, 타고 있은 차를 보면 숙이고 들어온다. 그러나 저 여자를 보라. 추리 닝과 목욕 바구니를 든 모습이 개선장군과 다름없다.

추리닝은 갑옷이요. 목욕 바구니는 선이를 나에게서 지킬 방패 인가.

"이봐요, 남의 연애사에 관심이 왜 이리 많은 겁니까?"

"우선 댁의 할아버지는 선이를 너무 예뻐하시니, 시집살이는 패스고 당신이 문젠데? 아직도 싸가지 없어요?"

"뭐야? 나 싸가지 없는데 보태 준 거 있습니까?"

"아, 이러시겠다?"

"……그래도 그 여자한테는 안 그럽니다."

"음, 그래요? 남한테는 싸가지 없고 내 여자한테는 친절하다? 끝까지 책임질 수 있어요?"

"네, 난 그 여자 아니면 끝까지 안 갈 거거든."

"……오케이, 키 크고, 잘생기고, 돈 잘 벌고, 음. 남자구실은 잘할 거 같고."

잠깐의 틈 사이 현재는 앞의 여자가 무슨 말을 할지 내심 걱정 이 됐다.

"이제 내가 하는 말 잘 들어요. 나는 솔직히 선이가 당신 만나 는 거 반대예요. 선이는 상처가 많은 아이예요. 선이의 짝은 그 아이의 상처를 보듬어 줄 수 있는 따뜻하고 밝은 사람이면 좋겠 어요. 그러기엔 당신은 너무 차갑고 무뚝뚝해 보여요."

반대의 말을 들을 거란 걸 어렴풋이 알고는 있었지만 직접 그녀의 가장 친한 친구의 입에서 들으니 언제나 당당하고 거침없이 나오던 말이 순간 딱 하고 끊겼다.

"……그래, 나는 당신 말대로 그리 밝지는 않고, 선이를 감싸 줄 정도로 포근한 사람도 아니야. 사람들이 시쳇말로 싸가지 없다, 차갑다 욕하는 것도 잘 알아. 하지만 그런 내가 그 여자를 통해 조금씩이나마 변하고 있어. 어떤 책에서 보니까 사랑은 같이 걸어가는 거라며? 착하기만 해서 상처를 속으로 삼키기만 하는 그 여자도 아프면 아프다고, 슬프면 슬프다 말할 수 있게 내가 같이 걸어갈 테니까. 그러니까 젠장……. 선이 옆에 있게만 해 달라고."

진지한 현재의 말에 상아는 잠시 고민하는 듯했다. 그러고는 이내 입을 뗀다.

"알았어요. 아직 결정한 건 아니에요. 현재 씨 말대로 지켜보도록 하겠어요. 명함 한 장 줘요."

상아는 그렇게 말했지만 마음으로는 합격점을 줬다. 그래. 지금 선이에게는 현재 같은 사람이 필요하다. 상처투성이인 그 마음의 길을 같이 걸어가 줄 수 있는 사람.

"이상아 씨, 별다른 계획 없어 보이는데 점심식사나 같이?"

"선이랑 선약이 있어서요. 다음에 선이랑 같이 비싼 거 사 주세요."

서로를 향한 적대감이 합의점을 찾아 어느 정도 누그러지고,

둘 사이에는 선이라는 공통분모로 인해 한결 부드러운 분위기가 흘렀다.

현재는 '선이가 참 좋은 친구를 뒀구나.' 라고 생각하며 다음에 상아의 중매를 서야겠다는 생각을 했다.

그 때였다.

"선생님!"

상아와 현재가 놀라 뒤를 쳐다보니 머리를 양 갈래로 묶은 말괄량이 같은 여자아이가 서 있었다.

"야, 이준영! 내가 밖에서 뭐라 부르라고 했지?"

"언니!"

"옳지 잘한다. 기분이다, 저 아저씨가 쏜다!"

"좋아요! 상아 언니!"

아니, 지는 언니고 나는 아저씨인가. 현재는 상아에 대한 좋은 감정이 사라질라 한다. 인상을 쓰고 서 있던 현재는 들려오는 상아에 말에 웃고 말았다.

"어이, 거기 사위! 우리 완전 비싸고 맛있는 거 사 주게."

"뭐? 뭐 알았어."

추리닝을 입은 여자는 아이 손을 잡고 근처 편의점으로 들어갔다. 그러더니 아이스크림 냉장고 앞에 서더니 말했다.

"준영아, 맘껏 골라 우리 콘 먹을까? 콘?"

"우와, 콘은 비싼데…… 선생님은 맨날 막대 아이스크림만 쏘시잖아요."

"언니라고 하라니까, 오늘은 내가 안 쏘니까 월드콘 집어!"

상아와 아이는 재빨리 콘을 집어서 계산대 앞으로 달려갔다. 그리고는 어이없게 두 사람을 쳐다만 보고 있는 현재를 재촉했다.

"뭐해요? 얼른 계산해요."

현재가 계산을 하는 동안 상아와 아이는 문을 열고 밖으로 나갔다. 잠시 후 거스름돈을 받은 현재도 두 사람을 뒤따라 나왔다. 콘을 입에 물고 나온 그 여자가 여자아이에게 말했다.

"준영! 반 애들한테는 언니가 콘 사 준 거 비밀이야! 이현재 씨도 다음에 봐요."

상아는 벙쪄 있는 현재를 뒤로하고 유유히 사라졌다.

강의를 마치고 나온 선은 하늘을 올려다봤다. 바짝 마른 구름들이 여기저기 걸려 있다. 여름이 오려나 보다.

한 손으로 따가운 햇살을 가려 보는데 손이 화끈거린다. 이내 지난밤의 일들이 불현듯 찾아왔다.

선이는 애써 기억의 파편들을 속으로 삭이며 마음을 다잡았다. 그때 멀리서 자신을 부르는 소리에 주위를 두리번거리며 친구를 찾았다. 멀리서 상아가 콘을 입에 물고 다가왔다.

"왔어? 웬 아이스크림이야?"

"우리 사위가 사 줬지."

"응? 뭐라고?"

"아무것도 아니야."

"나 한 입만."

상아는 현재를 만났다는 소리가 입 밖까지 나왔지만 시기상조라는 생각에 입을 꾹 다물었다. 상아가 아는 선이는 모든 일에 초연한 아이였지만 유독 아이스크림 앞에서는 평정심을 잃는 듯했다.

"백화점 밑에 파는 소프트 아이스크림 사 줄게, 됐어?"

"진짜? 그래도 한 입만."

선이는 기어이 상아가 먹고 있던 아이스크림을 뺏어 들었다.

"근데 백화점은 왜?"

"여름이잖아, 학교에서는 단정하게 입어야지. 우리 반 아이들 눈은 소중하니까."

여름의 문턱 앞에서, 백화점은 화려한 색색깔의 신상들을 앞세워 손님들을 유혹하고 있었다.

서로의 팔짱을 끼고 도란도란 이야기를 나누던 그녀들은 여성복 매장으로 향했다. 상아는 여느 아가씨들처럼 온 매장에 있는 옷이란 옷은 다 입어 보고서는 결국 처음 들어간 매장으로 돌아갔다.

상아는 살짝 넉넉하면서 단정한 원피스, 속이 비치지 않는 반팔 블라우스, 무릎 아래로 내려오는 치마까지 구입하고는 옆의 매장으로 눈을 돌렸다.

매장에는 노란색 플레어 민소매 원피스가 걸려 있었다. 상아는 선의 손을 이끌고 매장으로 들어갔다.

"이거 한번 입어 봐."

"아니야, 너 옷 사러 온 거잖아. 난 이런 옷 필요 없어."

"아, 글쎄. 입어만 보라니깐. 언니 여기 앞에 노란색 원피스
55 입어 볼게요."

매장 직원이 건네주는 원피스를 받아 선과 함께 탈의실로 밀
어 넣었다. 한참 지난 후 원피스 입고 나온 선을 보고는 상아는
자신의 머리를 쓰다듬었다.

'난 역시 보는 눈이 있어.'

노란색 플레어 원피스는 곡선을 그리며 아래로 찰랑거렸다. 선
이는 봄이다. 원피스를 입은 그녀는 노란 봄으로 여름을 깨우고
있었다. 그러고는 폰을 꺼내 거울 앞에 서 있는 선의 사진을 몰
래 찍었다. 핸드폰을 숨기고 상아가 칭찬했다.

"선아, 이쁘다. 이건 무조건 사야 해."

"그래? 근데 치마가 너무 짧아. 요리할 때는 편한 옷을 입어야
하니까. 그리고 또 이런 옷 입고 갈 데도 없고……."

"에이, 그래도 사지? 옷은 기분 전환할 겸 하나 사는 것도 좋
은데……."

"아니야. 우리 아이스크림이나 먹자. 나 갈아입고 나올게."

"……그럼 어쩔 수 없지, 오늘은 내가 좋은 일도 있고 해서 쏜
다."

선이 옷을 갈아입으러 들어가자 명함에 적힌 번호로 선의 사

진을 보냈다. 그러고는 사족을 덧붙인다.

[제가 빚지고는 못 사는 성격이라 비싼 콘에 대한 답례예요.^^]

11

현재는 온몸이 다 쑤시는 것 같았다. 대국민 오디션에서 탈락 위기에 놓여 있다 겨우 기사회생한 기분이랄까?

어깨가 축 처져 멍하니 앞만 보고 있던 현재는 밖에서 들리는 소음에 정신을 차렸다.

"사장 나오라 해, 사장!"

문을 열고 밖을 나가니 어쩔 줄 몰라 당황하고 있는 막내 비서와 눈물을 흘리며 이를 꽉 물고 있는 어린 객실 청소 직원이 보였다.

"무슨 일입니까?"

"내가 누군 줄 알고 이러는 거야? 엉? 사장 나오라 해, 사장."

"제가 이 호텔 사장입니다만?"

"당신이 사장이야? 직원 교육을 어떻게 시키는 거야? 어? 내 얼굴에 이 상처 어쩔 거야?"

앞의 남자는 아직 화가 안 풀린다는 듯이 거만하게 고개를 치켜들며 현재 쪽으로 머리를 들이밀었다. 남자의 큰 소리에도 현재는 아무 말이 없다. 그러고는 발걸음을 돌려 남자를 등지고 섰다. 아무래도 겁을 집어 먹은 어린 직원을 보호하려는 의도에서 나온 행동이었다. 여직원을 향해 물었다.

"어떻게 된 일입니까?"

"아, 그, 그게 손, 님께서, 복도에서 갑자기 제 엉덩이를 만, 만지셔서 저도 모르게. 죄, 죄송합니다."

"잘못한 사람은 따로 있는데. 뭐가 죄송합니까?"

굳은 얼굴로 몸을 돌린 현재가 전화기를 들었다.

"보안실입니까? 지금 제 사무실에 든 이 쓰레기 치우세요."

"뭐, 뭐야? 쓰레기? 내가 누군 줄 알아?"

현재는 전화기를 끊고는 앞에 당황한 남자를 무심히 바라봤다.

"네가 누군지는 알 것 없고 알고 싶지도 않아. 그저 쓰레기를 치워서 쾌적한 분위기를 유지하고 싶을 뿐이야."

잠시 후 검정 양복을 입은 보안실 남자 두 명이 들어와 소리치며 흥분한 남자를 끌고 나갔다. 현재는 막내 비서에게 지시를 내렸다.

"박 변호사 연결하세요, 그리고 보안실에 연락해 복도 CCTV 영상 수집하고 이후에 있을 일들에 대해 대비하도록 하세요."

"알, 알겠습니다. 사장님."

현재는 울고 있는 어린 직원의 명찰을 확인하고는 한결 누그러진 목소리로 말한다.

"박시영 씨, 매니저한테 연락해 둘 테니 이번 주는 쉬세요. 아, 물론 쉬는 날 월급은 그대로 나갈 겁니다. 박 변호사가 전화하면 꼭 받고요. 그럼 나가 보세요."

정신을 차린 막내 비서가 전화기를 손에 들고 옆에서 말했다.

"사장님, 박 변호사님 연결됐습니다."

"박 변호사님? 자세한 사항은 보안실과 연락하시고 증거 확보하셔서 소장 접수하세요. 그리고 가해자한테 사과받아 내세요."

한바탕 소동이 사무실을 뒤집고 갔다. 다시 자리에 앉은 현재는 방금 있었던 불쾌한 일들로 인해 입안이 썼다.

순간 그 어린 여직원과 선이가 겹쳐 보였다. 착하기만 한 그 여자가 어디서 몹쓸 짓이라도 당하고 있는 건 아닐까? 하는 생각에 편치 않았다.

핸드폰에서 진동이 울린다. 핸드폰을 확인하는 내내 현재의 입가에 웃음이 비실비실 새어 나왔다.

'흐, 예쁘다. 내 한 떨기 프리지아.'

돌아오는 금요일. 현재는 부산공사 현장에서 일을 다 마치고 어김없이 그녀를 데리러 출발하려고 했다.

'또 도망가려 할 텐데. 어떻게 잡지?'

묘안이 떠오르지 않아 생각이 길어지는 터에 전화기가 울렸다.

"여보세요."

다짜고짜 화난 음성이 흘러나온다.

— 야이, 니 선이한테 우야켓노? 선이 따로 기차로 올라온단다, 내 니한테 기회를 그리 줬는데 이것밖에 몬 하나?

"예? 뭐라구요? 우선 끊어 보세요."

그러고는 핸드폰 주소록을 뒤져 이상아라는 이름을 찾아 전화했다.

"여보세요?"

현재가 다급하지만 정중하게 부탁했다.

"이현재입니다. 선이 오늘 가차 타고 서울 간다는데 몇 시 기차인지 알 수 있습니까? 정말 급해서 그럽니다. 부탁드립니다."

— 네? 아 알았어요, 예비 장모가 안 나설 수야 없죠, 호호호.

"감사합니다."

그러고는 핸드폰을 들고 초조하게 기다렸다. 잠시 후 문자가 왔다.

[KTX 서울역행, 2시 50분.]

아, 지금이 두 시 이십 분. 잘하면 표가 없을 수 있겠다 싶어 당장 박 비서에게 전화했다.

"박 비서, 지금 서울역행 KTX 2시 50분 차 아무 데나 예매해 줘요."

— 네? 네, 사장님 알겠습니다.

박 비서에게 지시를 하고는 자신의 차는 놔두고 택시를 잡아 부산역으로 출발했다. 택시 안에서 택시기사에게 빨리 좀 부탁한다며, 가는 길을 채근했다. 놓치는 것이 기차가 아니라 선이라는 생각에 맘이 급해진다.

거의 도착할 무렵 박 비서에게 전화가 왔다.

"네, 박 비서님."

— 사장님, 지금 특실 자리 하나 구했습니다. 지금 사장님 핸드폰으로 티켓 보내겠습니다.

2시 47분. 겨우겨우 아슬아슬하게 기차에 오른 현재가 1호차부터 선을 찾기 시작했다. 18개 기차 칸 가운데 16번째의 문을 열고 들어가니 맨 뒷자리 창문에 기대 자고 있는 선이의 모습 보였다.

현재가 조용히 다가가서는 옆자리 앉은 노신사에게 핸드폰에서 펜을 꺼내 화면에 글을 적어 부탁했다.

저랑 자리 좀 바꿔 주십시오. 조용히 부탁드립니다.

옆의 노신사가 이상하다는 듯이 쳐다봤다.

아, 옆의 여자가 제 약혼자입니다.

중년의 신사는 웃으면서 자리를 내어 줬다. 젊었을 적에 사랑 싸움 한 번 안 해 본 사람이 어디 있겠냐고 다 알고 있다는 듯이 현재의 어깨를 가만히 두드려 줬다.

현재가 멋쩍게 웃으며 정중히 고개를 숙였다. 조용히 자리에 앉아 한숨 돌렸다. 선이 깰까 봐 현재는 쥐 죽은 듯이 앉아 있었다.

잠시 후 선이 입을 살짝 벌리며 깊게 잠들자 창에 기댄 머리를 자신 쪽으로 기대게 했다. 언젠가는 선이가 이렇게 자신에게 마음 한 켠을 기댈 수 있길…….

이윽고 선이와 현재는 다디단 잠에 빠져들었다.

— 잠시 후 우리 열차는 이 열차의 종착역 서울역, 서울역에 도착합니다.

선은 안내방송에 잠에서 깼다. 어젯밤 선은 이제 현재를 어떻게 보나 하는 생각에 뜬눈으로 밤을 지새웠다. 선이의 한숨이 밤의 적막함을 두드렸었다. 선은 현재와 도저히 같은 공간에 있을 수 없을 것 같아 할아버지께는 따로 올라간다고 말씀드렸다.

그리고 기차에 몸을 실은 선은 어제 자지 못해 너무 졸려 이내 단잠에 빠져들었다. 그리고 서울역에 도착했다는 알림 방송에 설핏 잠에서 깼다.

선이 고개를 옆으로 돌리자 그가 있다. 이제는 현재 얼굴에 자연스럽게 웃음이 묻어 나온다. 저 사람이 저렇게 웃을 줄 알았던가?

"좋은 꿈 꿨어?"

"뭐, 뭐예요? 현재 씨가 왜……?"

"나도 덕분에 잘 잤어."

사람들이 내리기 시작했다. 선이 자신을 채근한다. 어떻게든 현재로부터 도망가야 한다는 생각에 혼자 분주했다. 하지만 현재는 인파 속에 묻힌 그녀가 잘만 보인다.

내가 미치기는 미쳤군.

그는 그녀의 가녀리고 희디흰 손목을 잡아채었다. 그리고 남은 손으로는 선의 가방을 뺏어 든다.

"이번에는 지하철?"

"네?"

"당신은 항상 대중교통만 이용하더라고."

현재는 지하철을 타는 것이 얼마 만인지 손가락으로 꼽아 봤다. 요즘 교통요금이 얼만지, 표를 쓰는지 카드를 쓰는지 알 수가 없다.

현재가 교통카드를 구입하는 새에 선은 현재가 내려놓은 자신의 가방을 들고 달음질쳐 달아났다. 그런 그녀의 뒷모습은 한 여름에 피어나는 아지랑이 같다. 자꾸 움켜쥐려고 하면 할수록 멀리 달아나 버려 그는 서글퍼진다.

선은 발을 동동 구르며 열차가 오길 기다리고 있다.

'제발, 빨리 와라……'

— 잠시 후 4호선 열차가 도착합니다.

선은 열차에 재빠르게 오르고는 문이 닫히기만을 기다렸다. 많은 사람들이 밀려들어 오고 문이 닫혔다.

아까 기차에서 눈을 뜨고는 놀라기도 놀랐지만 기분이 이상했다. 자신을 밤새 불편하게 했던 현재의 얼굴을 보고 싫어질 거라 생각했는데 오히려 이상하게 조금 반가웠다. 정거장을 하나씩 지나쳐 갈수록 그녀는 불편해진다.

선은 문 옆의 좌석 사이의 자리에 가서 버티고 섰지만 환승역에 들어서자 사람들이 물밀듯 쏠려 들어온다. 들어오는 사람들에 밀리고 부딪혔다.

그 때 누군가가 자신을 끌어당겨 품에 안았다. 놀란 눈을 들어 보니 현재가 서 있었다. 점점 더 사람들이 몰려들어 오자 현재의 가슴이 선의 얼굴에 닿았다.

"괜찮아?"

"네? 네."

"어디서 내려?"

"싸, 쌍문역이요."

선이 말을 더듬는다. 귓가에 그의 심장 소리가 들려온다. 이

거만한 남자의 심장이 자신을 향해 있다. 그를 의식하기 시작하자, 걷잡을 수 없이 현재의 마음이 흘러들어온다.

쿵쿵쿵쿵.

지하철이 쌍문역에 다다르자 현재는 뛰는 심장에 멍해져 굳어져 있는 선의 손을 붙잡고는 내렸다. 낮지만 부드러운 그의 목소리가 귓가를 때린다.

"상아 씨 집이 어디야?"

"아……. 네? 2번 출구, ○○마, 마트 뒤 K오피스텔이에요."

현재와 선이 나란히 걷는다. 달빛에 비친 두 사람의 그림자가 참으로 다정스럽다. 그러나 선은 이내 상아네 오피스텔 입구가 보이자 발걸음을 재촉하기 시작했다. 현재가 뒤에서 소리친다.

"기다릴게."

선은 끝내 뒤돌아보지 않는다. 그러나 그의 진심이 선을 잡아당기고 있었다.

다시 뒤돌아선 선은 현재를 보고 미안한 듯 말했다.

"그러지 마요. 현재 씨, 난 다시…… 그런 거 안 하고 싶어요."

현재의 애타는 부름을 듣지도 않고 선이 자신의 할 말만 하고는 잡을 새도 없이 오피스텔 안으로 들어가 버렸다.

상아의 집 앞에 도착한 선이 벨을 누르려는데 갑자기 안에서 문이 열렸다. 상아가 웃으면서 자신을 안으로 끌어당긴다.

"오우~ 딸내미, 현재 씨랑 같이 기차 타고 올라왔어?"

"아. 아니야, 기차에서 만났어. 자고 일어나니 내 옆에 있었
어."

"그래서, 넌 그 사람이 어떤데?"

"어떻긴⋯⋯. 그저 할아버지 친구 손자지."

"에이, 얼굴은 거짓말을 못하지⋯⋯."

농을 던지던 상아의 얼굴이 사뭇 진지해졌다. 현재의 마음도
가볍지 않고, 선이의 상처도 가볍지 않다. 이 무거운 중생들을
어찌해야 하나. 덩달아 무거워지는 상아다.

※

다음 날 늦잠을 잔 선이는 요리 클래스에 아슬아슬하게 도착
했다. 눈앞에 놓인 상황은 선이를 당황시키기에 충분했다.

"어머, 어머, 너무 잘생겼다. 누구야, 누구? 김 선생 남자 친
구?"

"지금은 아니지만, 곧 그렇게 될 겁니다."

"한 여사 며느릿감 뺏기게 생겼네."

"아쉽지만 어쩌겠어. 근데 우리 아들, 마음에 둔 아가씨가 있
대. 초등학교 선생이라던가."

현재가 요리 클래스를 수강하는 사모님들에게 둘러싸여 있었
다. 지 남자가 서렇게 능글맞게 대답할 줄 아는 사람이었던가.

선이는 이 남자의 갑작스러운 변화가 자신 때문인 거 같아 마

음이 무거워졌다. 선이 현재의 손을 잡고 교실 밖으로 나갔다.

"여긴 어떻게 왔어요?"

"이참에 나도 요리나 배워 볼까 하고, 김 선생님, 잘 부탁해."

선의 입에서 그만 가라는 말이 나올까 봐 현재가 서둘러 그녀의 말을 막았다.

"수업 시작할 시간 아니야? 들어가야지!"

현재가 자신의 말은 듣지도 않고 쌩하고 들어가 버렸다. 클래스 안의 모든 눈이 자신을 향한 것 같아 선은 문득 불편해졌다. 마음만은 모범생인 현재가 요리 테이블 가장 앞자리에 서 있었다. 이윽고 선은 마음을 가다듬고 수업을 시작했다.

"안녕하세요. 오늘도 날씨가 참 좋네요. 오늘은 피부미용에 좋은 하수오 오이뱃두리를 만들어 볼게요. 이 음식은 누구나 만들 수 있는 간단한 약선 음식이랍니다. 하수오는 뇌 기능을 발달시킬 뿐 아니라 허리와 신장을 강화시키고 심지어 생리 불순도 치료하는 데 도움이 된답니다."

선이 앞의 그릇에 담긴 하수오를 보여 주며 설명을 이어 갔다.

"여러분들 중 변비가 있는 분 있으신가요? 그렇다면 오늘 정말 잘 오셨어요. 변비에도 효과가 좋아서 피부에 좋은 요리랍니다."

대충 약재의 효능에 대한 설명을 마치고 나서는 선이 칼을 들고 요리를 시작했다.

"그럼 시작해 볼까요? 우선 오이를 0.2미리로 얇고 둥글게 썰어 소금에 재워 둡니다."

선이의 말이 끝나자 교실에서는 타닥닥닥, 하는 칼질 소리가 들려온다. 그런데 능숙한 칼질 소리 사이로 도마에 칼을 내다 꽂는 듯한 둔탁한 소리가 끼어들어 온다. 선이 놀라서 두리번거리자 현재가 칼을 들고 오이를 댕강댕강 동강 내고 있었다. 선이 다가가 칼을 뺏어 들었다.

"현재 씨, 오이는 0.2미리로 얇게 썰어야 해요."

"입에 들어가면 다 똑같은 것 아니야?"

"요리를 할 때마다 '아, 이 음식은 사랑하는 사람을 위해 만들어야지.' 라고 생각해야 돼요."

"아…… 알았어. 이렇게 썰면 되는 거야?"

"아니요. 손가락을 굽혀 오이를 잡고 이렇게요."

"김 선생님이 계속 이렇게 가르쳐 주면 되겠네."

선이 불퉁한 표정으로 눈을 흘겼지만, 선의 눈가는 어느새 부드럽게 풀려져 있다. 고운 선의 시선이 현재를 좇고 있다.

현재는 언젠가는 선을 위해 요리를 해 주고 싶다는 생각을 하며 오이와 사투를 벌이고 있었다.

둘의 투닥거리는 모습을 보고 있던 사모님들이 농을 걸어온다.

"둘이 지금 사랑싸움하는 거야? 선남선녀가 참 잘 어울려 보기가 좋아."

"사모님, 현재 씨와는 그런 사이가 아니에요."

선이 아니라고 당황하며 손을 내저었다. 어머니들은 선의 말을 듣는 둥 마는 둥 자신들의 이야기에 여념이 없다.

"그러게 말이야. 소싯적의 나와 내 남편을 보는 거 같아, 호호호."

"에이, 그건 좀 아니다. 나라면 또 몰라, 홍홍홍홍."

교실에 한바탕 기분 좋은 웃음이 지나가고, 어머니들은 즐거웠고, 현재는 어깨가 으쓱해졌고, 선이는 잘 익은 석류처럼 얼굴이 빨개져 어쩔 줄 모르고 있었다.

12

하늘색 자전거와 소나무 사이에 까만색 고무줄이 매여 있고 새까만 단발머리가 바람에 나부꼈다. 고무줄을 다리에 걸고 뛰어 노는 아이의 치맛자락이 너울거린다. 현재의 지구를 지키는 자동 차가 입구로 진입하고 있다.

"어이, 새 나라의 어린이."

"와, 기생오라비 같은 아저씨다."

현재의 눈썹은 불편한 심기를 대변해 주듯 치켜 올라가 있다. 그래, 이 맹랑한 꼬마 아가씨는 선이의 진주다.

"왜 아저씨가 기생오라비야?"

"아랫동네 영식이 삼촌이 허여멀건 남자들은 다 기생오라비래 요. 영식이 삼촌처럼 구릿빛 피부에 울룩불룩한 알통이 있어야 진짜 남자래요."

"오호라, 혹시 그 영식이 삼촌이 선이 이모 좋아하니?"

"음, 쬐금 그런 것 같아요."

현재는 차 문을 열고 뒷좌석에 들어 있던 장난감이 든 종이백을 눈앞에 흔들었다.

"어린이 잘 봐. 이게 뭘까요?"

"밤에 몰래 변하는 지구를 지키는 자동차?"

"딩동댕! 갖고 싶지?"

"네? 아……아니요."

"이거 팔다리도 펴지고, 로봇으로도 변신하는데?"

"음, 음. 가, 갖고 싶어요."

"좋아. 거래 어때? 이 자동차 줄 테니깐, 누가 선이 이모한테 집적거리거나 이모한테 무슨 일이 생기면 나한테 전화하기. 어때?"

"음, 나쁜 짓 같은데……."

"아니야, 잘 생각해 봐. 갑자기 선이 이모가 아프면 누가 병원을 데려가지?"

"그건 그런데……."

현재가 선택의 기로에 선 진주의 눈앞에서 자동차를 흔들었다.

"아, 알았어요."

"역시, 이 자식! 넌 커서 새 나라의 큰 인물이 될 거야. 자동차 안에 전화번호 있어 약속한 거야?"

"네."

진주는 자동차를 받아서는 친구들에게 자랑한다며 뛰어나갔다.

한참을 지나니 선이 나온다. 바다보다 더 짙은 코발트색의 원피스를 입었다. 보는 이들의 눈에 청량감을 안겨 준다. 꼭 탄산수 같다.

"김 선생, 오랜만이야."

"그러게요. 현재 학생."

그녀가 살포시 웃는다. 그의 시간이 멈춘다. 현재는 그 풍경을 오래도록 바라보고 싶다는 욕심이 생긴다.

"오늘 할아버지께 들렀다 갈 거지?"

"네."

그녀를 둘러싼 한 폭의 수채화 같은 풍경이 보고 싶어, 현재는 어제 부끄러움을 무릅쓰고 할아버지에게 부탁을 드렸다. 땅거미가 땅으로 돌아가는 저녁 무렵에 이 영감은 당연히 그녀에게 연락을 넣었다.

— 여보세요.

"선이냐? 날세, 이수복이."

— 네, 할아버지, 잘 지내셨어요?

"아, 나야 뭐 잘 지내지. 근데 이제 우리 집에 안 오는 기야?"

— 그게…….

상대편에서 망설이는 말이 들려왔다. 조심스럽게 되물었다.

"왜, 우리 손자 놈 때문인 게야?"

— 아, 아니요.

"왜? 그놈이 또 지 성질대로 한 기야? 응? 내가 그놈 다리몽 둥이를 분질러 놓을까이?"

— 아, 아니에요 할아버지, 진짜 그런 거 아니에요.

이 영감은 망설이는 것이 현재 놈 때문이라는 것을 알고 있지 만 모른 척하고 다시 물었다.

"그럼 내일 현재 놈 차 타고 나한테 들렀다 갈 끼지?"

— 아, 그, 그게.

"아, 뭐여? 현재 놈이 협박이라도 한 기야? 내 이놈을 오늘 그 냥. 칼로 호적을 파 버릴 테야."

— 아니에요, 내일 찾아뵐게요.

"어? 그럴 끼야? 음. 그랴, 내일 보자이."

전화를 끊은 이 영감은 옆에서 정자세로 앉아서는 귀만 자기 쪽으로 쫑긋하고 있는 자신의 손자를 보고 말했다.

"그래, 이제 된 기야? 내가 무슨, 아이고."

"감사합니다."

"이번에도 일 그르치면 내가 선이 딴 자리 알아볼 끼야."

"아아. 할아버지 맘에 없는 소리 하지도 마시죠."

얼굴에 비웃음을 띤 현재가 말하고는 방을 나갔다. 자신의 충 격 요법이 이제는 먹히질 않는 것을 안 이 영감이 재밌는 놀이가 없어진 듯한 아이처럼 실망했다.

현재가 차 문을 열어 주자 선이 고맙다고 말하고는 차에 올랐다. 밤이 어두컴컴해져서야 서울 본가에 도착했다. 오랜만에 만난 할아버지와 도 여사가 선을 반갑게 맞아 준다.

"그간 안녕하셨어요?"

"그래, 너무 오랜만에 보는데, 그새 우리 아가씨 얼굴이 더 폈네, 혹시 평생 함께할 짝이라도 생긴 거야?"

"네? 그런 게 아닌데……."

"음, 그게 아니면 시집갈 때가 다 되어서 얼굴이 피는구나. 곱다, 고와."

"어머니, 그만하세요. 선이가 곤란해하잖아요."

도 여사는 안절부절못하는 아들의 모습에 웃음이 났다.

"우선 좀 앉자구이. 어멈, 차 좀 내오시게."

"네, 아버님."

선이 같이 주방으로 따라 들어가려고 하자 도 여사가 손을 내저었다.

"앉아 있어요, 여자 팔자는 여자가 만드는 거예요. 대접받고 살아야지. 아들, 따라 들어와라."

현재가 뭐라 대꾸하기도 전에 그의 손을 이끌고 주방으로 들어갔다.

손자와 며느리가 완전히 모습을 감추자 이 영감이 입을 떼었다.

"그래, 내 손자 놈이 탐탁지 않은 게냐?"

"할아버지, 그런 게 아니에요."

"선이 네가 계속 혼자 이러고 있으면 필두가 편히 쉴 수 있겠느냐?"

선이 고개를 숙이며 아무 말 없이 듣고 있었다.

선의 마음의 상처에 보호막이 쳐졌다. 이제 그녀의 상처가 아물고 새살이 돋아나려 하나보다. 할아버지 이야기가 나오자 선이는 마음에 먹구름이 드리운다. 이내 비가 내린다. 그리워서. 너무 그리워서……

이 영감이 모든 걸 알고 있다는 듯이 선이를 다독였다.

상아네 오피스텔로 데려다 주는 길, 현재는 살짝 부은 선의 눈에, 붉어진 볼에 마음이 아프다.

오피스텔에 다다라 빠르게 내린 선을 따라 내린 그가 선의 손을 잡아 자신 앞에 세우고는 푹 숙여진 고개를 손으로 들었다. 선이가 눈에 넘쳐 오르기 시작하는 눈물을 참기 위해 입을 꽉 다물고 눈에 힘을 주었다.

하지만 선이 고개를 들어 현재의 눈을 마주치는 순간 굳게 닫고 있던 마음이 열렸다. 열린 마음 틈으로 선이 울음을 터트렸다.

"음, 엉엉, 하, 할아, 버, 버지 보고, 싶어요."

현재가 한품에 들어오는 선을 안고는 머리를 쓰다듬었다. 선은 어린아이처럼 목 놓아 운다. 그녀를 만나고 처음으로 자신에게 감정을 내비치는 것이었다. 그런 선을 현재는 품에 안았다.

"울고 싶은 만큼 울어."

현재가 한 품에 들어오는 선을 안고는 머리를 쓰다듬었다.

"알아, 많이 보고 싶을 거야, 나도 아버지 많이 보고 싶었으니깐."

한참을 현재의 품에서 울던 선이 다 울었는지 울음을 그쳤다. 그러고는 현재의 품에 벗어나려 했다. 현재가 품에서 떼어낸 선을 보고 말했다.

"아, 눈도 부었고, 코도 빨갛고."

"놀, 놀리지 마요."

"어디 보자. 이 처자는 우리 선이가 맞는 거 같기도 하고 아닌 것 같기도 하고."

"……."

"아니야, 예뻐서 그래. 예쁘다, 우리 선이."

부끄러워진 선이 고개를 숙이려 하자 현재가 고개를 들어 이마에 살짝 입 맞췄다.

어딘가에서 따뜻한 바람이 불어왔다. 이마에 닿는 입술에 놀란 선이 부끄러워 고개를 숙이려 하자 머리 위로 부드러운 음성이 들려왔다.

"좋아해, 많이 좋아하고 있어."

"……."

"내가 함부로 말하고 나서 내 맘이 편치 않다는 걸 알아줘서, 너로 인해 이제 내가 사과란 걸 할 줄 알아. 너랑 있으면 내 맘이 따뜻해져. 그리고……."

그가 다른 거창한 수식어가 붙은 말은 필요 없다는 듯이 진실하게 고백했다.

"그냥 니가, 김선이라서 좋은데 어떡해."

"……."

알고 있다. 다른 사람들 눈에도 보이는데 자신에게 안 보일 리가 없지 않은가? 바쁜 사람이 자기를 보러 부러 요리를 배우러 왔다는 것도 알고 모든 행동과 말에서 자신을 배려하는 걸 느낄 수 있었다. 하지만 선은 아무 말도 할 수 없었다.

"지금 당장 어떻게 하자는 게 아냐. 조금만 내게 맘을 주면 진짜 잘할게. 응?"

천천히 다가가야 하는 걸 아는데 선이 얼굴만 보면 조바심이 나는 걸 어쩌겠는가. 현재는 그렇게 맘에만 있던 말이 나오고 말았다. 선의 마음에 걸린 빗장이 조금 헐거워진다.

❃

금요일 서울 가는 길.

선은 익숙한 차가 아닌 기차를 타고 올라가고 있다. 세 시간 전에 연락이 왔다. 분주한 음성의 김 실장이었다.

— 아가씨, 김 실장입니다. 다름이 아니라 갑자기 일이 터져서
요.

"아, 네. 안 좋은 일인가요?"

— 그게, 투자가 잘못되는 바람에 오늘 사장님께서 급하게 일
본으로 출장을 가셨습니다.

"아, 네."

— 그래서 오늘은 제가 모시러 가겠습니다.

자신 때문에 일부러 김 실장님이 멀리 서울부터 운전해 와서
자신을 데리고 가는 것이 너무 힘들 것 같아 괜찮다고 사양했다.

기차를 타고 올라가는 길. 선은 조금 현재가 걱정이 되었다.
전화기를 붙잡고 전화해 볼까 전화번호를 눌렀다 지웠다 계속 반
복했지만 결국 눈을 감아 버리고 말았다.

기차 차창 너머로 보이는 풍경에 생각이 많아졌다. 논을 지나
고 산도 지나고 건물이 많은 역도 지나다 컴컴한 터널도 지나서
달리는 기차 안에서 선은 눈을 감았지만 잠이 오지 않았다.

금요일마다 보던 현재의 얼굴이 막상 보이질 않으니 선은 갑
자기 이상한 기분이 들었다. 생각하고 싶지 않은 기분, 전에도
한 번 느껴 봤던 감정.

다시는 누군가를 좋아하거나 그 사람을 믿고 그 사람과 미래
를 계획하는 일 따위는 하지 않을 것이라 다짐했었다.

근데 지금 그녀의 머리와는 달리 가슴이 또다시 시작하려 하
나 보다. 선이 가슴을 붙잡고 다시 마음을 가다듬었다. 하지만

그런다고 한 번 흐르기 시작한 마음을 멈출 수 있을지 모르겠다.

어제부터 계속된 불편한 마음에 오늘 요리 교실에서도 선은 집중하지 못했다. 정신이 어디 가출이라도 했는지 요리할 때 언제나 조심하고 신경을 바짝 세우고 있는 그녀가 초보적인 실수를 저지르고 말았다.

요리수업을 마치고 나온 선은 자신의 손을 들어 보았다. 제대로 정신을 못 차리고 멍하니 수업을 진행하다 칼이 헛나가 손이 살짝 베였다.

우선 응급조치로 깨끗한 행주를 감아 놨는데 아무래도 약국에 가야겠다. 아까는 감각이 없던 베인 손이 이제야 쓰라려 왔다.

약국을 찾고 있는데 갑자기 튀어나온 손이 그녀의 손을 붙잡고 차에 태웠다. 옆을 보니 굳은 얼굴의 현재였다.

"손 다친 거야? 근데 왜 이러고 있어?"

"아니에요, 살짝 베인 거예요."

선이 정말 아무것도 아니라는 듯이 손가락을 들어 보였다. 하지만 현재에게는 통하질 않았다.

"피가 이렇게나 나는데?"

근처 약국에 들어가 약이란 약은 다 사 온 현재가 그녀의 손을 잡고 살살 약을 바르고는 호호 불고 마지막으로 분홍색 밴드를 붙였다.

어제는 일본의 투자자가 투자를 못하겠다며 발을 빼는 바람에 설득한다고 그녀를 데리러 못 갔다. 전화기를 들고 전화를 할까 말까 고민을 백 번도 넘게 했다. 하지만 결국 자신의 성급한 고백에 그녀에게 조금 생각할 여유를 주고 싶었다.

그래서 서울에 도착하자마자 제일 먼저 여기로 향했다. 그냥 정신을 차리고 보니 그녀가 있는 곳이었다. 서울에 도착하자마자 여기로 향한 것이다. 그래서 오늘은 문화센터 앞에서 얼굴만 보고 가려 했다. 근데 피가 묻은 행주로 손을 감고 있는 그녀를 보자 화가 나고 속상했다.

현재가 그녀의 손가락을 조심히 붙잡고 계속 물어 왔다.

"왜 조심 안 해? 심한 거면 어떻게 해? 병원 갈까? 병원?"

손가락이 절단이라도 된 것처럼 호들갑을 떠는 그를 보고는 크게 웃으며 보며 선은 깨달았다.

누군가를 다시 좋아하게 될까 봐 굳게 닫아 놨던 마음을, 계속 마음과는 다르게 부정하려던 감정을 이제는 인정해야겠다고.

전부터 무시하려고도 해 봤고 막으려고도 해 봤지만 막을 새 없이 불어온 설렘의 바람이 앞의 남자 때문이라는 것을 알아 버렸다.

가만히 듣고 있던 선의 추웠던 마음에 따뜻한 바람이 들어섰다. 눈을 들어 현재의 눈과 마주치자 그의 마음이 보인다.

또 상처 입고 후회하게 될지도 모르지만 그녀는 눈치 보지 말고 생각하지도 말고 그냥 마음이 이끄는 대로 한번 가 보고 싶어졌다.

"우리 일요일에 나들이나 갈까요?"

"어? 어, 진짜?"

그녀의 손가락에만 집중하고 있던 현재가 뜻밖에 들려온 물음에 현재는 당황했다. 그래서 다시 물었다. 정말이냐고.

"네."

웃으며 대답하는 선의 대답을 듣고는 얼떨떨한 기분에 현실인지, 믿을 수 없어 현재는 자신의 볼을 꼬집어도 보고 앞에 선이 웃고 있는 모습을 보고는 선을 꽉 안았다.

"하하하! 진짜지? 어디로 갈까?"

"어? 어? 숨 막혀요."

13

　일요일 아침 일찍부터 본가에는 현재가 아주머니를 부르는 소리가 계속되고 있었다.

　"아주머니, 혹시 집에 돗자리 있나요?"

　"아주머니, 혹시 보온병은 못 보셨어요?"

　"아주머니, 혹시 제 방에 카메라 못 보셨어요?"

　아주머니, 아주머니, 아주머니.

　현재네 집에서 3년째 일하고 있는 아주머니는 3년 동안 이 집 도련님이 자신을 이렇게나 많이 찾으며 부르는 것을 처음 보았다. 어디 소풍이라도 가는지 온갖 물건을 계속 찾아내라 해 그녀의 손이 분주해졌다.

　"아버님, 일어나셨어요?"

아침부터 들려오는 소란에 깬 할아버지를 보고는 도 여사가 웃으며 아침인사를 했다.

"아니, 아침부터 무슨 소란이더냐."

"아, 글쎄 현재가 선이랑 데이트가 있나 봐요."

"그래?"

"네, 정말 잘됐지 뭐예요."

할아버지는 이제 둘 사이가 좀 진전이 있나 보다 싶어, 필두를 볼 낯이 설 거 같아 마음이 놓였다.

위에서 계단을 다다다 내려오는 소리에 고개를 들어 내려오는 손자를 보고는 부러 농을 했다.

"그래, 선이랑 놀러 간다고? 이 할비도 따라갈까이?"

현재는 할아버지의 심술 따윈 가볍게 받아칠 수 있게 되었다. 그녀가 내게 조금 맘을 열고 있는데 이제 데이트까지 약속하고 나니 주위가 눈에 들어온다. 조바심이 사라지고 여유가 생겼다.

"아아, 같이 가시죠."

"큼큼, 잘 다녀오너라."

이제는 자신의 작전 따윈 먹히질 않나 보다. 전처럼 당황하며 얼굴 붉히는 꼴을 한 번 더 보고 싶었는데. 그래도 저리 웃으며 좋아하는 걸 보니 자신의 작전 따위가 대수인가 싶어졌다.

같은 시간 일요일 아침.

상아의 오피스텔. 선이 역시 떨리는 마음에 일찍 일어나 나들

이 갈 준비에 분주했다. 옷을 여러 번 바꿔 입어 보고 머리는 풀
었다 묶었다 하며 거울에 비친 모습에 배시시 웃음이 나왔다.

옷은 준비를 다 했고, 어제 준비한 재료로 도시락만 싸면 되겠
다 싶어 마음이 급해졌다. 주방에서 나는 소리에 일찍 일어난 상
아가 주방에서 도시락을 싸고 있는 선이를 보고는 깜짝 놀랐다.

"너, 오늘 부산 가는 거 아니었어?"

"어? 어. 그게……."

친구에게 뭐라 말해야 될지 몰라 머뭇거렸다.

"뭐야? 이렇게 예쁜 도시락 가지고, 설마 이현재 씨 만나러 가
는 건 아닐 테고……."

"음……. 그게 맞아."

그래도 선은 상아에게 자신이 혹시나 누군가를 만나면 제일
먼저 알려 주고 싶었다.

"진짜야? 잘됐다, 잘됐어. 어디로 가는데?"

"나들이 가자고만 했는데 어디 갈지 모르겠는데?"

"나들이가 뭐냐? 아예 손잡고 계란 둥둥 띄운 쌍화차나 마시
러 가지?"

"아, 그것도 좋겠다."

선이 자신의 농담을 이렇게 여유롭게 받으며 얼굴에 수줍은
꽃이 핀 걸 보고는 현재가 새삼 다시 보였다. 다시는 자신의 친
구 마음에 상처 나는 걸 볼 수가 없어 테스트하며 현재를 먼저
만나 봤는데 사람 보는 자신의 눈이 아직은 쓸 만한가 보다.

오피스텔에 도착한 현재는 선이 나와 있는 걸 보고 차에서 재빨리 나왔다. 매일 보던 정장 차림이 아닌 청바지에 폴로 티셔츠를 입은 편한 모습이 또 새롭게 느껴졌다.

"왜 벌써 나와 있어? 전화하면 나오지."

"그냥, 이쯤이면 올 것 같아서요."

그녀의 손에 든 도시락 통을 뺏어 들고는 다른 손으로 차 문을 열어 주었다. 선이 자리에 앉자 허리를 숙여 안전벨트를 해 주자 그녀의 볼이 붉게 물들었다. 현재가 그 모습을 보고는 귀여워서 손가락으로 볼을 톡톡 건드렸다.

차 문을 닫고 현재가 차를 출발시키자 그제야 선이 입을 뗐다.

"우리 어디 가요?"

"수목원. 어때?"

어제 밤새 나들이 가자는 말에 어디로 가야 하나 고민하고 고민해서 찾아낸 곳이 수목원이다. 왠지 모르게 그녀랑 잘 어울리고 그녀가 좋아할 것만 같았다. 역시나……

"좋아요."

고층 빌딩이 들어선 도시를 벗어나 고속도로를 한참 달려 산 등선을 돌자 산이 품고 있는 식목원이 나왔다. 차에 내려 맑은 공기를 마시고는 주위에 뭐가 있나 두리번거리는데 현재가 자신의 손을 잡고 걷기 시작했다.

"가자, 여기 오면 전망대에 올라가 봐야 한대."

"네? 네."

자신의 손을 잡고 있는 현재의 손이 너무 따뜻하고 포근해서 기분이 좋아졌다. 서로의 손을 잡고 나무 계단을 한참을 올라가니 산 아래의 마을과 지나가는 자동차들이 장난감 모형처럼 조그마하게 보였다. 하늘도 너무 가까이 있어서 손을 들어 구름을 잡을 수 있을 것만 같았다.

"경치 진짜 좋다. 너랑 같이 봐서 더 좋나?"

처음 만났을 때는 까칠하고 무심한 줄 알았는데 그 껍질 벗고 나니 상냥하고 다정했다.

"그런 말도 할 줄 알아요?"

"어, 이제 나의 다른 면을 계속 보게 될 거야."

"네? 너무 변하는 거 같은데……."

"괜찮아. 좋게 변하는 거니깐."

진짜 자신에게 이런 면이 있나 싶을 정도로 변하지만 아무렇지도 않았다. 그녀로 인해 변하고 있는 내 모습이 점점 마음에 들어가고 있다.

점심이 가까워 오자 현재가 의자에 앉아 선이 싸온 찬합 도시락을 한 칸씩 내려놓았다. 김밥, 양배추말이, 밀쌈, 여러 반찬, 과일까지 둘이 먹기에는 많아 보이는 푸짐한 도시락이었다.

"뭘 이렇게 많이 싸 왔어?"

"많이 먹어요, 맛이 있을지 모르겠어요."

"무슨 소리, 당신 첨 만났을 때 싸 온 도시락에 내가 반했는데, 무조건 맛있을 거야."

처음 도시락 보고 먹을 수나 있냐고 빈정거렸으면서. 이제 능글거리며 하고 싶은 말을 한다.

"네? 못하는 소리가 없어요."

서로를 보며 미소 짓고 맛있는 식사를 마치고는 현재는 놓기 싫다는 듯이 선의 손을 잡고는 길가에 키 큰 나무들이 서 있는 산책로를 걸었다.

기다랗고 쭉쭉 뻗은 나무들이 우뚝 솟아 하늘과 연결되어 있고 보드라운 흙냄새가 나는 길을 조용히 걸으면서 현재가 물었다.

"우리…… 이제 만나는 거지?"

산책로를 걷고 있긴 하지만 자신의 손에 느껴지는 그의 손의 감촉 때문에 주위의 풍경이 눈에만 스쳐 지나가고 있었다. 조용한 그의 물음에 선이 반문했다.

"네?"

현재의 조바심이 느껴지는 음성이 들려온다.

"만나는 거지?"

"……네."

선이 살포시 대답했다. 여느 연인처럼 초록 나뭇잎 사이로 들어오는 햇빛을 느끼며 서로를 느끼며 걸었다.

산책로가 끝나고 나온 연못에는 물을 좋아하는 식물들과 풀들이 물을 감싸고 우거져 있었다. 초록 연못 가운데 피어난 노랑어리연꽃이 눈에 띈다. 그 옆으로 더 아름다운 수련이 꽃을 피우고 있었다.

예쁜 분홍 연꽃에 눈을 고정하고 있는 선을 보며 현재가 말한다.

"한낮에는 꽃을 오므려 잠잔다고 이름을 수련이라 붙인다는데, 당신 보여 주려고 깨어 있나 봐."

선이 무슨 소리냐는 듯이 고개를 들어 쳐다본다. 그가 설명이 적힌 팻말을 가리킨다.

"여기 봐. 잠잘 수의 수련이라잖아. 낮인데도 활짝 펴 있잖아."

"예쁘다."

눈을 반짝이는 그녀는 바로 뒤에서 들려오는 소리에 선의 얼굴이 수련처럼 피었다.

"당신이 더 예뻐."

연못을 지나 조금 더 가니 선인장 온실을 만났다. 따뜻한 온도에 가시로 몸을 두르고 있는 많은 선인장을 구경하고 나오니 앞의 화단에 이 계절에 볼 수 있는 꽃들이 만개했다.

정확한 이름은 모르지만 꽃이라는 이유만으로도 소중하고 아름다운 꽃구경을 실컷 하고 향기에 취해 떠들었고 수목원 구석구석을 다니면서 여름의 푸르름을 느꼈다.

현재는 선이 한사코 사양했지만 남자의 기본 매너라며 선의
집까지 태워다 주겠다고 고집을 부렸다. 그리고 밤이 어두컴컴해
져서야 선의 집에 도착했다.

"고마워요. 운전해서 올라가려면 힘들 텐데 괜찮겠어요?"

"어? 어 괜찮아. 내 걱정 하지 마."

"그래도……."

"괜찮다는데 그러네. 아 잠시만……."

현재가 잠시만 하더니 차 트렁크에서 작은 화분을 들고 내렸
다. 아까 꽃구경하면서 칼랑코에라는 꽃 앞의 팻말에 적힌 말을
보고는 선이 자리를 잠시 자리를 비운 사이 화분을 샀다. 꽃말이
그녀에게 지금 자신이 하고 싶은 말이라서…….

"이거 칼랑코에래."

넓은 초록 잎이 퍼져 있는 중심에 조그마한 노란 꽃들이 무리
를 이루어 피어 있었다. 아직 피지 않고 얼굴을 숨기고 있는 봉
오리도 많았다.

"예쁘다."

"그지? 꽃말이 뭔지 알아?"

"아뇨."

"설렘. 나는 당신을 보면 항상 설레. 잘 자."

현재의 입술이 나비가 되어 꽃 같은 선의 이마에 내려앉았다.

14

수요일 T호텔 비서실.

박 비서와 막내 비서는 요즘만 같으면 이 회사에 몸을 바칠 수 있겠다 싶었다.

옛날엔 화만 내고 얼굴은 인상을 쓰고 뭔가 날이 서 있어 자신들은 바짝 신경을 세우고 있어야 했는데 요즘의 사장은 어딘지 모르게 나사가 하나 빠진 것 같다고나 할까?

그래도 긴장을 늦추면 안 된다. 언제 어디서 사장의 호통이 날아올지 모른다. 그런데 지금 출근하는 사장을 보라, 옛날 같았으면 인사에 고개만 끄덕이는 게 전부인데 저렇게 안부를 묻다니.

"좋은 아침입니다. 날씨가 좋죠? 김 부장 보고서 들고 들어와 보고하라 해 주세요."

"네? 네. 알겠습니다."

웃으며 아침 인사 하고는 사무실로 들어가는 사장을 본 박 비서는 놀라 턱이 빠진 것처럼 입을 벌리고 섰다. 막내 비서가 박 비서를 불렀다.

"박 비서님, 사장님 무슨 일 있으세요?"

"나도 모르겠어. 진짜 연애라도 하시나?"

"설마, 사장님 성격을 받아 줄 강심장이 있단 말이에요?"

"에이, 그래. 없겠구나."

아무리 돈 많고 잘생겼다지만 그 성격이 항상 문제였는데 설마 어떤 여자가 받아주겠나 싶었다. 쓸데없는 생각 말고 일이나 하자.

일정표를 뒤쳐 확인 후 박 비서는 김 부장을 호출했다. 바짝 긴장한 모습으로 김 부장이 사장실로 들어갔다.

"이번 부산 호텔 백화점에 입점할 브랜드입니다."

현재가 빠르게 보고서를 넘기며 신중한 눈으로 검토하고는 인상을 쓰고 낮은 목소리로 말했다.

"너무 평범한 브랜드들 아닙니까? 어디서나 다 살 수 있는 물건을 뭐하러 우리 백화점까지 와 산답니까?"

사장의 지적에 김 부장은 오늘도 어김없이 고개가 떨어뜨렸다. '그대'가 아니라 '사장' 앞에만 서면 얼마나 작아지는지 그래도 변명은 해야지 싶어 조그마한 목소리로 대답했다.

"그, 그게 다른 백화점에도 다 들어간 명품 브랜드입니다."

"그래서 지금 다른 호텔 백화점을 따라하겠단 말입니까?"

"아닙니다. 죄송합니다."

"오늘 안으로 다시 해 오세요. 꼭 명품이 아니라도 희소성 있는 브랜드를 찾으세요."

"네, 알겠습니다."

"나가 보세요."

안 그래도 좁은 어깨를 더 움츠리고 땀을 뻘뻘 흘리며 나온 김 부장을 보고 비서들은 고개를 흔들었다.

어떤 때는 기분이 좋은 것 같다가 일이 조금이라도 잘못되면 전처럼 호통을 치니 어디에 맞춰야 될지 모르겠다. 오늘은 어떻게 비위를 맞춰야 하나 생각 하던 중에 인터폰이 울렸다.

— 오늘 스케줄이 어떻게 됩니까?

"네, 지금 가지고 들어가겠습니다."

현재는 비서들이 자기 얘기하는 줄도 모르고 인터폰을 끊은 그는 자신의 핸드폰을 들어 사진첩을 열었다.

전에 상아가 보여 준 노란 원피스 입은 사진, 식목원에서의 사진, 집에 태워 줄때 몰래 찍은 잠든 모습의 사진을 넘기며 보다가 갑자기 목소리라도 듣고 싶어 번호를 누르는 손이 빨라졌다.

— 여보세요.

"나야, 뭐해?"

목소리만 들었는데도 입이 귀로 올라간다. 아, 보고 싶은데 주말까지 어떻게 참지? 이런 생각이 들자 아, 진짜 중증이지 싶다.

— 그냥 한의원 지키고 있죠. 조금 이따 무장아찌 담글까 생각 중이에요.

"나도 좋아해, 무장아찌."

— 그래요? 그럼 조금 많이 해야겠다.

이젠 정말로 조금은 나를 생각해 주나 보다 싶어 또 살짝 놀리고 싶어졌다.

"나 생각해 주는 거야?"

— 아, 아녜요.

그녀가 부끄러워 고개를 숙이고 애꿎은 땅을 발로 툭툭 치고 있는 모습이 눈앞에 그려졌다. 아, 보고 싶다. 현재는 그녀도 자신처럼 보고 싶다 말하면 당장 달려갈 수 있을 것 같았다.

"주말까지 어떻게 기다리지? 보고 싶은데. 당장 내려갈까?"

— 그러지 마요. 일 열심히 하고 주말에 봐요.

"그럼 매일 전화하면 무조건 받는 거야?"

— ……

"응?"

— ……네.

선이는 긍정의 대답을 하고 더 부끄러워졌다. 현재가 점점 마음에 차지하는 공간이 늘어가고 있나 보다.

"하하하."

노크 후 스케줄 표를 들고 들어가다 사장실에서 들리는 큰 웃음소리에 놀란 박 비서는 수첩을 떨어뜨렸다. 아마 자신이 헛것을 들었을 거야. 귀가 어디 고장이라도 났나.

그녀는 정신을 차리고 다시 안을 봤다. 이현재 사장이 저렇게 웃다니 정말 애인이라도 생겼나 보다. 그 애인, 정말 불쌍한 중생 구원하는 천사다, 천사.

들어오는 박 비서를 보고는 현재는 전화에 대고 인사를 했다.

"나 끊을게, 저녁에 또 전화할게."

물어보고 싶은 말이 있는데 어떻게 물어봐야 하나.

박 비서의 얼굴에 사장님 나 궁금한 거 있어요, 하는 표정이 떠오르자 현재가 웃으며 물었다.

"박 비서. 묻고 싶은 거 있어요?"

"네? 네, 사실은…… 아닙니다."

"물어보세요."

"그럼, 방금 통화하신 분은 누구신지? 사장님 애인 생기셨어요?"

"네, 소문 좀 내주세요. 저 애인 생겼다고요."

박 비서는 하늘에 대고 감사했다. 저번에 하느님께 사장 벼락 맞게 해 달라 했다가 조금 심한 거 같아 애인 생기게 해 달라 빌었더니 정말 생겼다.

정말 하느님이 계시긴 한가 보다. 애인 때문에 저렇게 부드러워졌나 보다.

박 비서가 충격받은 얼굴로 나가자마자 이현재 사장은 또 나사 하나가 아니라 여러 개쯤은 빠진 사람처럼 웃었다.

❋

이제는 손꼽아 기다리게 되는 금요일, 선을 태우러 가는 길 이제 조금 선선한 바람이 불어오고 논에 곡식들이 노랗게 익어 황금물결이 넘쳐흐르고 있었다. 마을로 들어가는 어귀에서 앞에 책가방을 메고 신발주머니를 흔들며 진주가 집으로 향하고 있었다.

"김 실장, 잠시 세워 보지."

현재가 창문을 열고는 진주를 불렀다.

"어린이! 타."

자신을 부르는 소리에 놀라 돌아보니 매주 선이 이모를 데리러 오는 아저씨다.

처음에는 이 아저씨 혼자 선이 이모를 쫓아다니는 줄 알았는데 언젠가부터 이모도 이 아저씨 전화를 받고는 몸을 배배 꼬는게 아마 둘이 얼레리꼴레리 하나 보다.

진주가 세모눈을 해서는 차에 올랐다. 그리고 팔짱을 끼고는 현재를 째려보며 말했다.

"아저씨, 우리 이모 좋아해요?"

"어? 어."

186

"우리 이모 안 울릴 자신 있어요?"

아니 선이 주위에는 선이를 감싸고도는 사람이 이렇게나 많단 말인가? 저번엔 상아더니 이번엔 이 꼬마 아가씨이다. 아마 모든 사람이 그 여자를 귀하게 여기나 보다. 현재가 결국 진주의 물음 앞에서 상아에게 했던 것처럼 대답했다.

"어. 자신 있어."

"이모 울리면 제가 가만 안 둬요."

진주는 저번처럼 이모가 물도 안 먹고 밥도 안 먹고 또 방에만 있는 건 아닌가 싶어 걱정이 앞섰다. 이 아저씨가 자신의 착한 이모 눈에서 눈물 한 방울만 흘리게 한다면 자신이 정말 가만히 있지 않겠다고 다짐하고 또 다짐했다.

선이는 모든 준비를 마치고 밖으로 나와 현재를 기다리고 있었다. 차가 서는 듯하더니만 뒤에서 진주가 내렸다. 오는 길에 같이 왔나 보다.

내려서는 자신을 향해 뛰어온 진주의 머리를 쓰다듬어 주고는 말했다.

"진주, 차 타고 왔어? 편하게 왔네?"

진주가 선이에게 매달려 어리광을 부렸다.

"응, 이모, 이모 이번에도 서울 갔다 일찍 올 거지?"

"그래, 우리 진주 좋아하는 달달한 설탕 도넛 사 올까?"

저번에 먹었던 설탕 발린 도넛? 짱이다. 입에만 넣었는데 사르르 녹았었다. 생각만으로도 입에 침이 고인다.

"좋아, 좋아. 진짜 좋아."

"어서 들어가서 씻고 점심 먹어. 엄마 기다리셔."

진주가 대문을 넘어 들어가는 것을 보고서야 자신을 계속 응시하고 있는 현재를 돌아보았다. 뭔가 심통 난 얼굴을 하고는 자기를 뚫어져라 쳐다본다.

"왜, 왜 그렇게 봐요?"

"아니, 나는 안 보이는 거야?"

"당연히 보이죠. 이렇게 큰 애를."

"뭐?"

"심통 난 애처럼 그러지 마요. 얼른 출발해요. 저녁시간에 늦겠어요."

뒤에 나란히 앉은 두 사람을 백미러로 한 번 보고는 김 실장이 차를 출발시켰다. 현재는 아직 퉁퉁 부어 있는 얼굴을 하고서 다리를 꼬고 앉아 있고 선이는 정자세로 두 손을 가지런히 무릎에 얹고는 바르게 앉아 있었다. 그냥 자신보다 다른 사람이 항상 우선인 것 같아 조금 서운한 현재다.

하지만 이내 그래, 상아나 진주 빼고는 남자는 자신이 최우선 순위겠지 하는 생각에 아까의 서운함 따위는 없어졌다. 침묵 속에 달리던 차 안에서 현재가 선의 손을 잡아 깍지를 꼈다. 놀란 그녀가 김 실장이 볼까 봐 조용한 목소리로 귓속말을 했다.

"왜 이래요?"

현재는 대답은 하지 않고 깍지 낀 손을 풀어서 손바닥에 글을 쓰기 시작했다.

좋아서.

손에서 올라오는 간지러움에 선이 놀라 손을 빼려 하자 그가 더 힘주어 잡았다. 이내 손을 빼려는 걸 포기하고는 그녀가 물었다.

"저 때문에 어머니 식사 준비하신다고 고생하신 거 아닌지 모르겠어요."

"아, 아. 걱정하지 마. 우리를 더 걱정해야 할지도 몰라. 어머니는 질보단 양이니깐."

"네? 힘들게 안 그러셔도 되는데."

"아니야. 어머니가 꼭 대접하고 싶으시다나."

대답을 마치고는 손에 힘을 줘 끌어당겨 가까이로 오게 해서는 마주 잡지 않은 손으로 선의 머리를 자신의 어깨에 기대게 했다.

"한숨 자야지, 이동만 했다 하면 주무시잖아. 김선 씨."

"그거 피곤해서 그런 거지요. 나 아무 데서나 안 자요."

흔들림 없이 달리는 차의 편안함에 대답이 무색하게 선은 또 오는 잠에 눈꺼풀이 무거워졌다. 자신의 어깨에 기댄 그녀를 보는 현재의 눈빛이 부드럽다. 조용히 김 실장에게 말했다.

"김 실장, 조금 천천히 가죠."

조금 늦게 도착해 저녁을 먹으러 들어간 주방의 식탁을 보고 선이는 놀랐다. 식탁 두 개를 이은 듯한 넓은 식탁 위에 진짜 없는 음식이 없었다. 이 많은 걸 준비하느라 아침부터 종종거렸을 고생이 보여 그녀의 마음이 죄송해졌다.

"뭘 이렇게 많이 준비하셨어요?"

"아니야, 내가 해 주고 싶어서 했어. 난 별로 한 것도 없어. 아줌마가 많이 도와줬어."

"그래도 너무 고생하신 거 같은데."

"사실 만들 수 있는 건 다 만들어 봤어. 뭘 좋아하는지 몰라서."

진짜 할 수 있는 건 다 만들어 봤다. 평생 동안 한 번 만들어 봤던 음식을 계속 만들다 보니 너무 많아 식탁을 두 개나 이어야 했다. 요리 잘하는 선이 자신의 음식이 입에 맞지 않을지 모르겠다. 하지만 앞의 이 아가씨는 예쁘게 대답한다. 도 여사는 이 아이와 정말 딸처럼 잘 지낼 수 있을 것만 같았다.

"전 아무거나 잘 먹어요."

대화를 가만히 듣고 있던 이 영감이 배가 고파져서는 서둘러 앉았다.

"얘기 고만하고 식사 시작하제이."

자리에 앉아 어르신들이 수저를 들길 기다려 수저를 든 선이 감자 된장국을 먹어 보고는 감탄했다.

"어머니, 시금치 대신 포항초를 넣으셨네요? 국물이 정말 맛있어요."

"어? 먹을 만해? 돌아가신 친정 엄마가 그렇게 해 주셨거든."

"너무 맛있어요."

만든 음식들을 하나하나 맛보고 맛있다고 말하는 아가씨를 보니 고생한 수고가 아무것도 아니었다. 밥을 젓가락으로 깨작거리지 않고 숟가락으로 적당히 떠 반찬까지 정갈하게 집어 먹었다. 도 여사는 정말 이 아이가 더 욕심이 났다.

이 영감이 앞에 놓인 굴비를 한 점 먹으려 하는데 현재 녀석이 굴비를 선이 앞으로 옮겼다. 그래, 굴비가 살도 오르고 맛있어 보이니 선이한테 양보하자. 그래서 옆에 갈비를 집으려는데 또 현재가 선이 앞으로 접시를 옮겼다. 내 한 번 더 참는다. 그럼 이번엔 콩나물 무침으로 손을 옮기려는데 또 현재의 손이 다가오자 젓가락으로 현재의 손등을 때렸다.

"아야."

"예끼, 저 많은 반찬 중에 왜 내가 집는 거만 그리 가져가는 게야?"

"아닌데요? 할아버지가 드시고 싶으신 게 선이가 좋아하는 거여서 그렇죠."

"그랴?"

현재의 눈치 없는 행동에 민망해진 선이 자신의 앞의 음식들을 다시 할아버지 앞으로 옮겨 놓았다.

"아니에요. 저 안 좋아해요."

"아니야, 아냐. 괜히 현재 놈이 괘씸해서 그랬으이, 나 그 반찬들 안 좋아혀."

이 영감이 돌아온 반찬들을 선이 앞에 다시 놓아 주었다.

할아버지가 살아계실 적에도 같이 밥상에 앉으면 할아버지는 자신이 좋아하는 음식을 앞으로 슬쩍 밀어 주셨다. 할아버지께서 돌아가신 후 오랜만에 느껴 보는 따뜻함에 울컥했다.

한 가족 같았다. 둘러앉은 밥상에서 웃으며 얘기하며 밥을 같이 먹는다는 것이 얼마나 소중한 것인지 그녀는 너무나 잘 알고 있다.

선은 이 소중함을 오랫동안 간직하고 싶어졌다.

현재는 점심을 먹고 잠시 눈을 감고 휴식을 취하고 있었다. 박 비서가 10분 후에 마케팅 회의가 있다고 알려 왔다. 옷매무새를 단정히 하고는 미팅 장소로 향하려는데 전화벨 소리가 들려왔다. 선이었다.

그가 하루에 열 번 정도 먼저 전화를 건다면 그녀는 한 번 정도 걸까 말까 한다. 그래서 그녀의 전화번호가 뜨면 무슨 일이 있어도 받는다.

"여보세요? 웬일이야?"

— 현재 씨, 지금 뭐해요?

"나? 회의 들어가려고."

— 회의 언제 마치는데요?

오늘 회의는 마케팅 보고만 받으면 되니깐, 현재가 시계를 보고 대답했다.

"어? 어. 한 한 시간쯤, 왜 그러는데?"

— 아, 나 봉사 활동 마치고 저번에 만든 장아찌 주고 가려고 했는데, 로비에 맡기고 갈게요.

"회의 30분이면 되니깐 기다려. 응?"

— 그냥 일 열심히 해요.

"아니라니깐 금방 내려갈게. 응?"

주말도 아닌 평일에 서울까지 올라왔다는데 선이 얼굴 한 번 더 보고 싶어 현재는 삼십 분만 기다리라며 열심히 그녀를 설득했다. 당장이라도 달려 내려가고 싶은데 중요한 보고라 미룰 수가 없었다.

— 알았어요.

"그럼 위에 올라와서 기다려 응?"

— 아니에요. 밑에 있을 테니 천천히 내려와요.

선은 오늘 양로원 무료 급식 봉사가 있는 날이라 잠깐 서울에 올라왔다. 저번에 담근 장아찌가 잘 익은 것 같아 상아 것도 챙기는 겸 해서 현재 것도 조금 더 싸 왔다. 로비에 전해만 주고 가려고 했는데 얼굴 보면서 주는 게 더 좋을 것 같았다.

전화를 끊은 선이 주위를 두리번거리며 한참을 호텔 로비를 구경하고 있는데 뒤에서 목소리가 들려왔다.

　"선이 아냐? 잘 지냈어?"

　뒤를 돌아보니 정운의 팔짱을 끼고 있는 세진이 있었다. 그리고 거의 다 아물어 가던 상처가 다시 벌어지려 하고 있었다. 어김없이 그녀가 자신에게 말했던 차가웠던 말들이 다시 생각났다.

　'할아버지도 돌아가셨으니 이젠 깔끔하게 정리해 줬으면 좋겠어. 너도 참…… 그냥 제발 봐 달라고 매달리지 그랬니? 괜히 엄한 할아버지 앞세워서 마음 약한 오빠 흔들어 놓는 건 좀 아니다.'

　이젠 면역이 생겼다고 생각했는데 아닌가 보다. 이렇게 얼굴을 마주치니 맘이 불편하고 손이 부들부들 떨리고 땀이 나기 시작했다.

　선이 손에 나는 땀을 바지에 문지르고 힘이 빠지려는 손에 힘을 더해 보자기를 힘써 쥐고 애써 침착한 목소리로 말했다.

　"어, 어. 잘 지냈어?"

　세진이 정운의 팔짱을 끼고 매달리듯이 해서는 그녀의 근황을 물었다.

　"우리야 잘 지냈지. 그러는 너는 잘 지냈어? 병원 쪽에서는 일 안 하는 거 같던데."

"그냥 할아버지가 하시던 식당 하고 있어."

"그래? 여전히 소박하구나? 아, 맞다 우리 결혼해. 여기 T호텔에서."

"어. 어? 축하해."

"식당 하고 있다고 했으니깐 우리 이바지 음식 선이한테 부탁하면 되겠다. 그지, 오빠?"

세진이 옆에 서 있는 정운에게 물었다. 하지만 정운은 굳은 얼굴로 아무 말 하지 못했다.

사실 그는 계속되는 결혼 준비에 지쳐 가고 있었다. 세진이 무슨 일이 있어도 호텔 예식을 해야 한다고 고집을 부리는 바람에 이 비싼 T호텔 예식장을 잡는다고 애를 먹었다.

거기다 오늘은 보통 드레스 숍에서 드레스를 맞추면 될 텐데 T호텔에 딸려 있는 웨딩숍에서 기어이 명품 드레스를 입겠다며 자신을 끌고 왔다.

그런데 이곳에서 옛 약혼자인 선을 보다니. 그는 이제야 놓친 것이 무엇인지 눈앞에 보였다. 부모님께서 그리도 세진을 반대하시며 선이 데리고 오라며 성화인 걸 무시해 버렸는데 요즘 세진의 허영심에 후회가 되고 있는 그였다.

한술 더 떠 지금의 약혼자인 세진이 아무렇지 않게 선에게 말했다.

"선아, 옛정을 생각해서 우리 이바지 음식 좀 해 줘, 응?"

"……"

축하한다고 말한 음성이 떨려 오고 아버지 음식은 해 줄 수 없겠노라 말하려 했으나 그러기도 전에 버티고 있던 다리에 힘이 풀리기 시작했다.

있는 힘을 다해 무릎에 힘을 줬다. 여기서는 정말 주저앉고 싶지 않았다. 이들에게는 이제 미움도 남아 있지 않다고 생각했는데 얼굴을 마주하고 있으니 마음이 또 무너져 내렸다.

힘이 풀려 눈을 감고 주저앉으려는데 누군가 어깨를 단단히 붙잡고는 자신을 지탱했다. 옆을 보니 현재가 자신의 옆에 와 있었다.

"올라와 있으라니깐 왜 이러고 있어?"

"아, 그게……."

현재는 앞의 사람들 따윈 신경 쓰지 않는다는 듯이 그녀의 얼굴만 쳐다보고 있었다. 현재가 나타나 선을 부축하자 앞에 있던 세진이 정운의 팔짱을 풀고는 화사하게 웃으며 인사했다.

"선이 친구 박세진이에요. 누구신지?"

물음에 현재가 선의 어깨를 단단히 감싸며 고개만 까딱하며 인사했다.

"이현재입니다."

현재가 가지고 있던 명함을 꺼내 세진에게 건네주었다. 받아든 고급스러운 명함에는 'T호텔 사장 이현재' 라는 글자가 금박 테두리 안에 박혀 있었다. 그러니까 앞의 남자가 여기 T호텔 사장이란 말이지. 코앞에 서 있는 현재를 보는 세진의 눈이 반짝였다.

세진이 크게 들어간 웨이브 머리를 정리하고 허리를 바로 펴서 딱 붙는 니트에 드러난 육감적인 몸매를 과시했다. 그러고는 여우 같은 목소리로 자신을 소개하며 현재에게 손을 내밀었다.

하지만 앞의 남자는 자신이 내민 손을 무시했고 그녀는 내민 손이 무색해 거두어들였다.

"괜찮은 거야?"

현재는 앞의 여자가 뭐라 하는지 들리지도 않았다. 그저 선의 창백한 모습만 보였다.

회의에 들어가자마자 집중은 안 되고 시작한 지 10분도 안 돼서 내일로 미팅을 미루고는 급하게 내려왔다. 로비에 있는 많은 사람들 가운데서도 선의 뒷모습을 한눈에 알아봤다. 빠른 걸음으로 그녀에게로 다가갔다.

그녀는 혼자가 아니라 앞의 커플과 이야기하고 있는 듯했다. 그러더니 몸에 힘이 풀리는지 쓰려지려 하기에 단숨에 그녀를 단단히 잡았다.

정운은 갑자기 나타나 선의 어깨를 잡고 위화감을 풍기는 그를 보고 선과 무슨 사이인지 궁금해졌다. 그 때 머리 위로 현재의 당당한 목소리가 들려왔다.

"아, 이 여자 약혼자입니다."

이 소리에 세 사람이 모두 놀라 현재를 쳐다봤다. 니들한테 더 이상의 설명을 해 줄 필요는 못 느낀다는 듯이 현재는 선이의 눈만 마주치면서 물었다.

"나갈까?"

자신만을 향해 물어오는 현재를 보고 선이 고개를 끄덕였다. 벙쪄 있는 두 사람을 뒤로하고 그녀의 어깨를 안고는 현재가 밖으로 나갔다.

아까 두 사람을 만나고부터 미소는 지우고 말도 없이 멍한 모습으로 있는 선을 보고 현재는 걱정이 되기 시작했다. 운전대를 잡고 자신의 오피스텔로 향했다.

"괜찮은 거야? 당장 부산 가는 건 힘들 것 같고, 본가에 가면 어른들 걱정하시니깐 내 오피스텔로 가."

말을 하고 걱정이 돼서 선의 얼굴을 봤지만 그녀는 의자에 기대 창밖만 쳐다보고 있었다. 조금 달려 도착한 오피스텔에 내려 힘이 빠진 그녀를 부축해 들어갔다. 실내온도를 높이고 자신의 침실로 데려가 그녀를 눕혔다.

"좀 누워. 응? 지금 쓰러질 거 같아. 잠시만 눈 붙이고 있어."

"……."

침대에 눕자마자 고개를 돌려 눈을 감아 버리는 그녀를 보고 조용히 문을 닫고 나왔다. 궁금했다. 무엇이 그녈 이렇게 창백하게 만들었는지.

물어볼까? 혹시나 그까짓 궁금증 때문에 그녀가 더 아파하면 어쩌나 싶어 거실을 왔다 갔다 하며 생각에 잠겼다. 그렇다면 누구에게 물어봐야 하나 싶어 생각하는데 그녀의 절친한 친구 상아가 생각났다.

핸드폰을 들어 전화를 걸었다. 기계 통화음이 가다가 곧 속삭이는 목소리가 들려왔다.

— 여보세요? 잠시만요.

어딘가 밖으로 나가서 전화를 다시 받는지 문 여닫는 소리가 들리고 이내 목소리가 들려왔다.

— 죄송해요, 교실이거든요. 무슨 일 있어요?

"그게, 저랑 잠시 만나 주실 수 있습니까? 급하게 물어볼 것이 있습니다."

갑자기 물어볼 것이 있다며 자신에게 전화를 건 현재가 의아했다. 혹시 선이한테 무슨 일이 생긴 건가 싶어 체육 전담 시간 동안 아이들이 없는 사이에 잠시 앞에서 만날 약속을 정했다.

"알겠습니다. 거기서 뵙죠."

전화를 끊고 그녀가 누워 있는 침실을 문을 열어 보니 눈을 감고 깊게 잠들어 있었다. 잠시만 나갔다 와도 괜찮겠다는 생각에 조용히 문을 닫고 약속장소로 서둘러 향했다.

학교 앞 조그마한 커피숍에서 현재를 기다리고 있던 상아는 그를 보고 일어나 인사도 없이 선의 안부부터 물었다.

"선이한테 무슨 일 있어요?"

"호텔에서 누구를 좀 만났는데."

현재의 말이 끝나기도 전에 상아가 흥분하기 시작했다.

"누구를요? 설마."

"결혼할 사이 같긴 하던데."

"고정운이랑 박세진 만났어요? 네 이 연놈들을 그냥. 가만히 두지 않겠어."

더 흥분해 일어나 카페가 떠나가게 소리를 지르는 상아를 보고 현재는 상아를 잡아 앉혔다.

"이렇게 흥분하는 걸 보니, 그 남자가 선이랑……."

"알아요? 그 여시도 만났어요? 그게 친구 약혼자를 뺏었잖아요."

"아. 아. 그렇게 된 거군요."

그때서야 상아는 흥분해서 현재에게 모든 걸 다 말한 걸 알았다. 아, 이놈의 입! 하지만 어쩌겠는가, 벌써 엎질러진 물인 것을. 상아가 한숨을 내쉬었다.

"그 때 할아버지도 돌아가시고 해서 선이가 충격을 많이 받았어요."

"……."

상아가 또 그 둘 때문에 선이 충격에 쓰러지기라도 한 게 아닌지 걱정이 됐다.

"그래서 선이는 괜찮아요?"

"지금 자고 있습니다."

"그래요? 잘 좀 부탁해요. 나는 수업이 아직 안 끝나서."

"걱정 마십시오."

현재는 그제야 선이 왜 그리 사시나무 떨듯이 떨었는지 알았다. 그 여자 성격에 가장 믿고 의지했던 두 사람이 그렇게 됐을 때 충격은 엄청났겠지. 그저 엇나가지 않고 살아와 줘서 고마웠다. 이제라도 자신에게 와준 것만으로도 감사했다.

근데 선의 일이라면 민감한 상아가 그런 일을 그냥 넘어갔다니 믿을 수 없었다. 필히 무슨 일을 했긴 했을 텐데, 궁금해진 현재가 상아를 보곤 물었다.

"그런데 상아 씨가 가만있었을 것 같지 않은데요?"

"아뇨, 선이 추스르기도 바빴고 난중에 알게 됐을 땐 막 엎어버리고 이러면 선이가 싫어할 것 같아서요. 조용히 그냥 내 식대로 처리했죠."

그래, 자신의 그 미련한 여자는 화도 한 번 못 내고 속으로만 삭였을 꺼다. 더 빨리 그녀를 알아보지 못한 자신에게 화가 났다.

상아가 말을 이었다.

"내가 그 연놈들 전화번호로 대출 명함 파서 공중전화에 뿌렸죠. 돈 빌려 달라고 전화 많이 왔을 거다. 하지만 아직도 화가 안 풀려요."

참 상아다운 방식이었다. 그렇다면 자신은 또 자신의 방식으로 그들에게 보여 줘야겠다. 그 여자를 건드리면 어떻게 되는지.

시계를 보니 벌써 한 시간이나 지나 있었다. 상아에게 양해를 구하고는 먼저 일어나서 그녀가 잠들어 있는 집으로 향하는 발걸음이 빨라졌다.

다시 집에 돌아와 침실 문을 여니 선이 아직도 자고 있었다. 그녀의 잠든 얼굴이라도 보려고 가까이 다가갔는데 그녀의 입에서 약하게 신음 소리가 나오고 있었다.

놀라서 이마에 손을 얹어 보니 열이 난다. 당황한 현재는 주치의 김 박사에게 연락했다. 큰일이라도 난 것처럼 소리치기에 단숨에 달려온 그는 진찰을 시작했다. 동행한 간호사가 땀에 젖은 선의 옷을 갈아입혔다. 그가 뒤에서 살피며 안절부절못하고 있는 현재를 안심시켰다.

"거참, 감기몸살 가지고 그렇게 호들갑을 떨며 날 부른 게야? 과로에 감기몸살이야. 푹 쉬고 나면 괜찮아질 거야."

"감사합니다."

"일어나면 간단히 죽 먹이고 약 먹여, 나오지 마. 나는 이만 갈게."

처음 보는 현재의 모습이다. 진짜 10년은 늙은 것 같은 얼굴에 저렇게 초초한 감정을 얼굴에 드러내고 있는 현재를 보고는 그가 저 아가씨를 생각하는 마음이 각별한 것 같았다.

잘하면 이번 해에 국수를 얻어먹을지도 모르겠다. 절친한 친구인 현재의 할아버지, 즉 이 영감에게 살짝 언질해 줘야겠다.

김 박사가 괜찮다고 걱정하지 말라고 말하고 나갔지만 침대에 누워 계속 얼굴에 열이 들떠 있는 그녀를 계속 보고 또 봤다.

이제 이 여자가 없으면 안 되겠구나.

손에 박힌 바늘로 들어가는 링거를 맞고 있는 그녀를 보니 또 가슴 한쪽이 막 아파 왔다. 약을 먹으려면 죽을 먼저 먹여야 한다는 생각에 주방으로 향했다.

냉장고를 열고 집안일 봐주시는 아주머니가 만들어 둔 반찬이며 야채며 냉장고에 있는 모든 재료를 꺼내 식탁에 올려놓고 인터넷 검색을 시작했다.

쉽게 야채죽 만드는 방법을 검색하고는 이 정도는 나도 만들 수 있겠다 싶어 쌀을 불렸다. 안에 넣는 야채를 잘게 다져야 하는데 쉽지가 않았다. 아무리 잘라도 크기가 줄지 않는 이상한 야채들이었다.

거의 죽이 완성되었을 무렵 주방의 소란에 깬 선이 나왔다.

"현재 씨? 뭐해요?"

"일어났어?"

선은 오늘 하루 종일 입고 있던 원피스가 아니라 남성용 긴 티셔츠에 반바지를 입고 있었다. 입고 있는 반바지가 너무 커서 내려오는 걸 손으로 잡고 선이 어정쩡하게 서 있었다.

"근데 나 옷은……."

"아, 간호사가 와서 갈아입혔어. 당신 땀을 많이 흘려서……."

"미안해요, 나 이제 괜찮은 거 같은데."

"아니야, 죽 먹고 약 먹어야 해. 내가 야채죽 끓였어 어서 앉아."

앞치마도 두르지 않고는 흰 와이셔츠에 온통 음식물이 묻어 있는 채로 그녀를 식탁에 앉히고는 선이 숟가락 들기를 기다리며 빤히 바라봤다.

누군가 자신을 위해 음식을 해 준 게 얼마 만이던가? 현재의 마음이 또 살랑인다. 숟가락을 들고 한 입 떠먹었다. 그녀가 한 숟가락 떠먹는 걸 보고는 현재가 기대에 차서 물었다.

"어때? 맛있어?"

"……."

"왜? 맛없어?"

현재가 계속 대답을 보챘다. 웬만하면 맛있다고 말해 주고 싶었지만 정말 먹을 수가 없을 정도였다.

죽에 들어 있는 야채가 너무 큼직해서 익지도 않았다. 가장 큰 원인은 죽이 너무 달다는 것이다. 아마 소금 대신 설탕을 넣었나 보다.

"그게, 미안해요."

칭찬을 기대했는데 입에서 사과의 말이 나오자 현재는 얼른 죽을 떠먹어 보았다.

아, 이건 인간이 먹을 수 있는 게 아니구나. 이걸 먹으면 안 아프던 사람도 병을 얻겠다.

현재가 죽을 치우고 다시 물었다.

"아냐, 내가 먹어도 맛이 없네, 뭐 먹고 싶은 거 있어?"

아파서 말라 생기 없던 눈이 다시 생기를 띠는 듯하더니 말한다.

"음, 아이스크림?"

"안 돼."

아이스크림이라니 감기몸살인데 안 된다고 강력하게 반대의 깃을 들었다. 하지만 얼마 후 처음 보는 그녀의 애교에 져서 냉동실 문을 열고 말았다.

"현재 씨? 응? 제발요 조금만 먹을게요 응? 한 번만요? 응?"

결국 거실 소파에 앉아 아이스크림 통을 들고 퍼먹고 있는 선을 보니 웃음이 나왔다. 그리고 계속 먹는 그녀를 보고 그만 먹으라는 말도 못하고 그녀의 앞, 바닥에 앉았다.

앞에 앉아 자기를 올려다보는 시선이 머쓱해져 선이 아이스크림 통을 옆으로 치우고는 오후에 있었던 일을 설명하려 했다.

"아까 호텔에서는, 그니깐."

꺼내기 힘들어 보이는 말을 꺼내려는 그녀를 보고는 손을 잡고 눈을 마주쳤다. 그에게 옛날에 약혼자가 있었다든지 같은 과거는 아무렇지 않았다. 그는 지금 또 그때 생각에 사랑하는 그녀가 아파질까 봐 그 생각밖에 없었다.

"괜찮아. 말 안 해도 돼. 아무 상관없어."

선은 현재에게 지금 꼭 말해야 될 것 같았다. 그녀가 지금 만나는 사람이 다른 사람에게서 자신의 과거를 듣게 된다면 그건 그에게 예의가 아닐 테니.

"그니깐…… 아, 까 남자는 내 약……혼자였고, 여자는 내
친……구였어요."

느리게 말을 더듬으며 고백하는 선의 말을 듣고 있던 현재는
역시나 아직은 그녀의 마음이 아픈가 보다 생각했다. 부러 가볍
게 말했다.

"뭐 상관없어. 아까 그 꼴뚜기 같던 것들?"

"꼴뚜기요? 세진이 예쁘지 않아요?"

좀 전에 세진이 현재에게 살갑게 웃으며 손 내미는 것을 봤다.
세진이 웃으며 인사만 하면 남자들은 호감을 보였다. 그녀의 섹
시하고 당당한 모습에 남자들은 항상 관심 있어 했고 좋아했다.

"안 예뻐, 내 눈에는 당신만 예뻐 보이는데."

"하지만."

"뭐야? 내가 그 꼴뚜기에게 넘어갔으면 좋겠어?"

현재의 말에 그가 혹시나 세진에게 반해서 이렇게 자신만 바
라봐 주는 눈빛을 거둬 버리면 어떡하나 벌컥 걱정이 들었다. 다
른 남자도 아니고 현재가 만약 자신을 버린다는 것을 이제는 생
각도 하기 싫어졌다.

"아니요, 아니요."

고개를 저으며 재빠르게 현재의 품에 안겼다. 갑자기 안겨 오
는 무게에 뒤로 넘어 갈 뻔한 몸을 바로 하고 머리를 쓰다듬으며
기쁨에 찬 목소리로 현재가 물었다.

"질투하는 거야, 지금?"

부끄러워진 선이 현재의 목을 더 끌어안았다. 그녀의 마음이 질투란 걸 알아 버린 현재가 그녀를 품에서 떼어 내서는 고개를 잡아 키스했다.

놀란 선이 뒤로 물러나려 하자 머리를 잡아당겨 입술을 열어 달라는 듯이 부드럽게 입 맞췄다. 이윽고 허락의 입술이 열리자 그는 더 깊게 그녀를 파고들었다.

한참 동안 향기 나는 입술을 탐하던 현재가 선을 놓아줬다. 얼굴이 홍당무처럼 빨개져서는 동그란 눈을 뜨고 가쁜 숨을 내쉬는 선을 보고는 확실해졌다.

"선아?"

열꽃이 핀 얼굴에 검은 눈동자가 대답했다.

"응?"

"사랑해."

현재가 근사한 목소리로 말하고는 다시 그녀에게 고개를 내려 입 맞췄다.

15

T호텔 직원 식당.

어느 회사든 그 조직의 최신 정보를 알고 싶다면 그 회사의 식당으로 가 보라. 로비에서 일하는 이 대리는 호텔의 소식통이다. 점심시간 밥을 먹으면서 이 대리의 입에서 나오는 최신 소식을 기다리는 사람들을 보고는 뜸을 들이다 대답했다.

"저번 주에 로비에서 사장님이 안고 가던 그 여자 봤어?"

"못 봤어."

"사장님 애인이래."

"그럴 리가 없는데. 딴 사람이 봤는데 여자가 겁에 질려 끌려 갔다던데?"

"아니야, 사장님이 보물 안듯이 데리고 나갔단 말이야."

"그래? 그럼 사장님 애인 있다는 소문이 사실인가 봐."

"그 여자 대단하다. 난 사장님이 치던 호통이 생각나서 얼굴도 제대로 못 쳐다보겠는데."

오늘 식당의 화젯거리는 단연 현재의 선이었다.

그 여자가 어떻게 생겼나부터 해서 어느 집 딸이라더라. 사장이 매달리고 있는가 보더라. 소문이 무성했다.

점심을 먹으러 간 식당에서 자신을 보며 사람들이 수군거리든 말든 선과 열렬한 키스까지 한 현재는 여유롭게 웃으며 식사를 하고 사무실로 올라갔다. 사무실로 들어서자 박 비서가 인사하고는 말했다.

"사장님, 지시하신 일 처리했습니다."

사장이 난데없이 웨딩홀을 예약한 사람 중에 한 커플을 찾아서는 약속을 잡아 달라고 부탁을 했다. 커플인 두 사람 다 오늘 시간이 괜찮다고 해서 약속을 잡았다.

난데없는 지시에 놀란 박 비서다. 사장은 항상 호텔의 전체적인 큰일을 처리했고 세부적인, 즉 한 커플의 결혼식 같은 건 밑에 사람들의 일이라 사장은 보고만 받고는 한 번도 이리해라 저리해라 지시한 적이 없었다.

잠시 후 노크도 없이 문이 열리더니 몸의 선명한 굴곡이 다 드러나는 원피스를 입고서는 한 여자가 들어왔다. 그러고는 마냥 이 호텔 사모님인 것처럼 당당했다.

"약속되어 있는데요."

뭐 이런 게 다 있나 싶었지만 사장에게 중요한 사람인지도 모른다는 생각에 입에 억지웃음을 지으며 인터폰을 들었다.

"사장님, 손님 오셨습니다."

— 들어오라 해주세요.

여자는 엉덩이를 흔들며 사장실로 들어갔다. 넓은 사무실에 고급 원목 책상 위에 딱 떨어지는 정장을 입고 서류를 넘기고 있던 현재가 일어나 자리를 권했다.

"어서 오세요. 앉으시죠."

인사를 건넬 겨를도 없이 세진은 자리에 앉았다.

세진은 선과 만났을 때 그 분함을 아직도 잊지 못하고 있다. 그녀보다 훨씬 섹시하고 예쁜 자신이 이런 남자를 차지하지 못하다니, 분해서 돌아 버릴 것 같았다.

하지만 비서실에서 전화가 왔을 때 다시 자신에게 기회가 온 것만 같았다. 그래서 오늘 이 남자를 꼬시려 며칠 밥도 굶고 이 딱 달라붙는 원피스에 몸을 끼워 넣었다. 섹시하게 다리를 꼬고는 앞의 남자를 보며 당당하게 말했다.

"정말 선이 약혼자세요?"

"아아, 그건 꼴뚜기1이 알 거 없고 좀 기다리지 꼴뚜기 신랑 올 때까지."

"뭐라고요? 꼴뚜기? 당신 미쳤어?"

"입 다무는 게 좋을 거야, 내가 다른 남자와 같다고 생각하면 오산이야."

현재가 낮은 목소리로 으르렁거리자 세진은 입을 다물었다.

지금까지 대기업 비서실에서 눈치로 먹고 살았다. 이 앞의 남자는 자신이 모시던 돈 좀 있다는 사람들과는 다른 부류다. 한 번 더 시도해 볼 것인가, 그만둘 것인가 하는 갈등 사이에서 고민하고 있을 때 비서가 도착한 정운을 데리고 들어왔다.

"아, 오셨습니까?"

정운은 이 남자가 자신을 왜 불렀는지 내심 긴장했다. 과거에 선이를 버리고 세진을 만난 것 때문에 한 소리 하려나 보다. 근데 그땐 어쩔 수가 없었다. 외로웠고 세진이 덮쳐 오는 걸 거부할 남자가 어디 있단 말인가?

내막을 아는 친구들은 자신을 보고 찌질하다며 연락도 하질 않는다. 그만두고 싶기도 했지만 어떻게 잡은 여자인데, 이렇게 화려한 여자가 자신이 좋다는데.

현재가 자신에게 따진다면 나도 할 말이 있다. 하지만 이 남자 앞에서는 계속 긴장되고 움츠러드는 걸 어떡하는가? 눈을 들어 소파를 보니 세진은 벌써 와 있었다.

"무슨 일로 저희를……"

"두 사람 결혼식을 제가 해 드리고 싶은데?"

현재는 자신 앞에 앉은 두 사람을 응시했다. 성질 같아서는 내 호텔에서 너네 잡것들 결혼식 못한다, 수준 떨어진다, 당장 나가라 하고 두 사람을 고개도 못 들고 다니게 매장시키고 싶었다.

그런데 그렇게 하면 그 착하고 미련하기만 한 여자의 마음이 편하지 않을 것 같았다. 그래서 생각하고 또 생각했지만 이 방법밖에 떠오르지 않았다.

전혀 예상하지 못한 제안에 두 사람 입에서 동시에 놀람의 말이 나왔다.

"네?"

"두 분께 너무 고마워서요, 고정운 님께서 선이를 버리고 이 여자랑 바람나 주시는 바람에 제가 그 여자를 만났잖습니까? 거기다 박세진 님께서는 천박하게 친구 남자 뺏어 주시는 바람에 제가 그 여자를 얻었잖습니까?"

존댓말은 쓰고 있지만 뭔가 비꼬는 듯한 말투에 두 사람은 입을 다물었다. 생각해 보면 주위에서 선이를 버리고 고정운이 박세진과 사귄다고 했을 때 띠꺼운 표정을 하고는 축하한다 말하거나 연락을 끊어 버리는 사람들은 있었어도 자신들이 한 짓을 이렇게 대놓고 말한 사람은 없었다.

"……"

"아아, 너무 고마워서 이 정도 돈은 내게 아무것도 아니거든. 그리고 이건 내 선물이자 경고라 알아 두시면 됩니다. 길 가다 그 여자를 만나더라도 알은척 말고 그 여자 눈에 띄지 않게 도망가십시오. 혹시나 당신들을 보고 그 여자 얼굴에 표정이 조금이라도 변화가 있다면 그땐 저도 제 이성을 붙들어 둘 수 있을지 모르겠습니다. 혹시나 부담이 되신다고 결혼식을 저희 호텔에서 안 하시겠다면 저야 영광입니다. 저야 돈 굳고 좋지 않겠습니까?"

자신의 할 말만 하고는 현재는 다시 책상으로 가 자리에 앉고는 박 비서를 불렀다.

"손님 나가신답니다."

두 사람에게 인사도 건네지 않고 나가는 모습도 무시하고는 책상의 서류로 눈을 돌렸다. 잠시 후 현재는 사무실에서 두 사람이 나가자 분에 못 이겨 책상을 내리쳤다.

사람이란 것들이 어떻게 이렇게 뻔뻔하단 말인가? 사랑한다고 친구 남자를 뺏었으면 거기에 만족해야지 자신을 향해 천박하게 다리를 꼬던 모습에 구역질이 올라왔다. 거기다 딴 여자 사랑해서 약혼자를 버려 놓고는 미련이 남은 얼굴이라니.

사무실에 역겨운 향수냄새가 진동했다. 선이의 싱그러운 냄새가 그립다. 목소리라도 들어야 살 것 같다. 전화를 하려는데 핸드폰의 화면에 익숙한 번호가 떴다. 약선 밥상! 재빨리 전화를 받았다. 그녀다.

"여보세요, 선이야?"

건너편에서 머뭇거리는 듯하더니 소리가 들려왔다.

— ……아저씨? 나 진주예요 진주. 나 기억나요?

"어? 어린이, 무슨 일 있어?"

저번에 명함을 주며 무슨 일 있으면 자신에게 연락하라 했는데 혹시나 번뜩 정신이 들며 물었다.

— 아뇨……. 그게 다음 주 화요일 우리 학교 운동회 있는데 아저씨 좀 오면 안 돼요?

"운동회?"

— 음, 달리기가 있는데.

"글쎄."

처음에 진주는 정중히 부탁하려 했다. 근데 아저씨가 영 내켜 하지 않는 것 같으니 최후의 수단을 써야겠다.

— 아저씨가 안 오면 영식이 삼촌이…….

전에 어린이가 말한 알통 올록볼록하고 까무잡잡하다던 그놈인가 보다. 내가 그 꼴을 볼 거 같아? 현재가 흥분해서 소리쳤다.

"뭐 영식이 삼촌? 전에 선이 이모 좋아한다던?"

— 네.

"운동회 언제 하는데? 아저씨랑 달려."

영식이란 놈뿐만 아니라 그 동네 모든 남정네에게 내가 그 여자 애인이라는 것을 보여 줘야겠다. 현재는 기필코 1등을 하고 말겠다는 의지로 주먹을 불끈 쥐었다.

시골의 작은 한 초등학교 가을 운동회, 시골학교 운동회는 아이들만의 축제가 아니다. 온 마을 사람들이 함께 즐기는 축제다. 아이들뿐만 아니라 어른들의 경기도 있고 각자 집에서 가져온 음식들을 함께 즐기는 모습은 시골초등학교에서만 볼 수 있는 풍경이다.

그리고 저 단상 앞에 쌓여 있는 많은 선물들은 마을 어르신들이 조금씩 아이들을 위해 가져온 것들이다.

전교생이 서른 명 정도밖에 안 되는 조그마한 학교라 청군 백군 나눠 응원하기도 민망했지만 아이들은 그저 파란 하늘 아래 뛰고 웃고 참새처럼 응원하는 게 마냥 즐거워 보였다.

그리고 이번 운동회는 진주에게는 조금 특별한 운동회였다. 매년 선이 이모랑 엄마랑 이렇게 날 보러 왔었는데 이번엔 남자인 현재 아저씨도 왔다.

"아저씨 왔어요?"

"그래."

현재는 지금 이 운동회에 참여하기 위해서 박 비서가 혀를 내두를 정도로 일을 해치웠다. 무슨 일이 있어도 그 영식이란 놈에게 선이를 뺏길 수 없다는 집념으로. 그리고 평소에는 잘 입지도 않는 추리닝까지 입고 여기 운동장에 서 있다.

"현재 씨? 여긴 웬일이에요?"

운동회에서 다 같이 먹을 도시락을 싸느라 선은 다른 사람들보다 조금 늦게 도착했다. 도착하자마자 뒷모습이 어딘가 자기가 아는 누군가와 닮았다 생각했는데 진주에게 다가가 인사하는 옆모습을 보고는 놀랐다. 현재였다.

"운동회에 뭐 하러 오겠어? 운동하러 오지."

사실은 당신 감시하러 왔다고 말 못 한다.

"정말이에요? 어떻게요?"

선이 의심스럽게 계속 물어보자 보다 못한 옆에 있던 진주가 답했다.

"이모, 내가 오라고 했어. 계주할 때 우리는 만날 꼴찌 하잖아."

"그래, 내가 이번엔 달리기가 무엇인지 보여 주지."

평소에 러닝머신에서 뛴 게 얼만데 내가 이까짓 운동장쯤이야 현재가 자신만만하게 웃으며 장담했다.

마을 운동회는 장기자랑으로 시작됐다. 하얀 바지에 검정, 노랑, 빨강의 삼색으로 장식된 저고리를 입고는 아이들이 열심히 준비한 풍물놀이를 시작했다.

오늘 진주는 완전 기분이 짱이다. 친구들이 모두 자신을 부러워했다. 현재 아저씨가 여기 마을 삼촌보다 훨씬 더 잘생기고 키도 크고 멋있었다. 진주가 장구를 치며 계속해서 선이와 현재가 있는 쪽을 돌아봤다.

"그래서 내가 안 오면 나 대신 누가 계주 하는 거야?"

현재가 아까부터 계속해서 선이에게 물어 온다.

"그만 좀 물어봐요. 오늘 현재 씨가 뛰면 되겠네요. 그리고 진주가 계속 돌아보잖아요."

마을 사람들은 전부 선이와 현재가 있는 곳을 힐끔힐끔 쳐다봤다. 시골에서는 볼 수 없는 차를 끌고 나타나서는 오자마자 한 의원네 아가씨 옆에서 조금도 떨어지지 않는다.

저 큰 키에 하얀 얼굴을 봐라. 텔레비전에서 얼마 전 끝난 '이게 최선입니까.' 하던 남자 주인공이랑 닮았다. 오늘 아줌마들 눈이 호강한다.

결국 아주머니들 사이에서 궁금함을 못 참는 김천댁이 나서서 물었다.

"선 선생, 누구야? 남자 친구야?"

"네?"

선이 망설이자 어깨를 감싸며 현재가 넉살좋게 대답했다.

"결혼할 사이입니다."

"그렇지? 어머, 어머. 잘생겼다."

온 동네 사람들이 두 사람의 결혼을 기정사실화하고는 축하해 주기 시작했다.

"감사합니다. 감사합니다."

현재가 고개 숙여 인사하며 너스레를 떨었다. 그러고는 조용히 선의 귀에 대고 속삭였다.

"이제 나한테 시집오는 수밖에 없겠어. 김선 씨."

오전 중으로 아이들의 경기인 백 미터 달리기, 장애물 경기, 줄다리기가 마무리되고 점심시간이 되자 마을 엄마들은 넉넉하게 싸 온 음식들을 가지고 온 마을 식구들과 나눠 먹기 좋게 정렬했다. 운동회에서 빠질 수 없는 김밥, 유부초밥, 불고기, 통닭부터 해서는 시골 된장, 풋고추, 나물들 임금님 수라상 부럽지 않은 상차림이었다.

선이와 진주 엄마, 아이들의 엄마들은 어르신들 식사를 돕고 있었다. 선이와 식사하고 싶던 현재는 돗자리에 풀썩 앉아 진주와 밥을 먹고 있었다. 어제부터 계속 궁금했던 말을 현재가 입 밖으로 꺼냈다.

"진주 어린이, 영식이 삼촌이 누구야?"

백 미터 달리기에서 1등을 한 진주는 1등 도장이 찍힌 손을 들어 저 멀리 어르신들과 막걸리를 한잔하고 있는 시커멓고 등치 큰 놈을 가리켰다.

"저기 저 아저씨요. 영식이 삼촌이 저번에도 1등 했어요."

"그래?"

먹던 음식을 내려놓고는 현재가 유심히 적을 살피기 시작했다. 탐색을 끝낸 현재가 자신만만하게 웃었다.

드디어 대망의 남자들의 달리기 대회.

온 동네 중장년들이 출발선에 섰다. 긴장감이 흐르고 땅 하고 총소리가 들리자마자 현재가 쏜살같이 치고 나가 달리기 시작했다.

현재는 밤마다 러닝머신을 달리던 실력으로 앞서 나가기 시작하더니 계속 차이를 벌리는가 싶더니 큰 차이로 1등을 차지했다. 그러고는 이쯤이야 하는 표정으로 선이 앞에 다가왔다.

칭찬 받고 싶어 하는 아이 같은 표정으로 현재가 물었다.

"나 잘 뛰지?"

선이 민망해하며 대답했다.

"혼자 그렇게 열심히 뛰면 어떻게 해요?"

마을 중장년들이 경기 시작 전에 막걸리나 나눠 마시면서 쉬엄쉬엄 손이나 잡고 뛰자고 얘기 나눴는데 아, 글쎄 처음 온 청년이 출발 소리와 함께 냅다 뛰기 시작하니깐 자신들도 엉겁결에 젖 먹던 힘까지 다해서 달렸다는 것이다.

선이 마을 사람들이 하던 얘기를 듣고는 민망해 어쩔 줄을 몰랐다.

"왜? 1등 해도 뭐라 하는 거야?"

정말 모르겠다는 표정으로 현재가 반문했다. 그런 두 사람을 보고 있던 마을사람들이 웃기 시작했다.

함께 운동하고 함께 어울려 웃으며 대화하고, 온 마을 사람들이 하나의 가족 같았다. 가을인데 시원하고 서늘한 바람이 아닌 훈훈한 바람이 마을에 불어온다.

그렇게 하고 싶어 하던 계주를 1등 했다. 처음에 스타트를 끊은 진주가 앞서 나갔으나 두 번째 달리는 선은 달리기가 아니라 걷듯이 뛰더니 선두 자리를 다른 엄마에게 내주었다. 세 번째로 바통을 받은 현재가 앞에 달려가는 대머리 아저씨를 추월하더니 결국 1등을 했다.

진주와 현재는 올림픽에서 금메달이라도 딴 것처럼 얼싸안고 기뻐했다.

운동회를 마치고 집으로 가는 길, 진주는 달리기로 1등 해 받은 공책을 들고 웃으며 집으로 뛰어가고 있었다. 뒤를 따르는 현재가 선의 손을 꼭 잡고는 붉게 물들어 가는 노을을 뒤로하고 천천히 걷기 시작했다. 현재가 물었다.

"처음 운동회 하는 건데 재밌는데?"

"처음요? 어렸을 때 운동회 안 했어요?"

"아아, 그냥 운동회 따윈 필요 없다 생각했지. 그리고 내가 다니던 학교는 운동회가 체력장이었다고 해야 되나?"

어렸을 때 다닌 학교의 운동회는 가족들이 와서 함께 운동하는 운동회가 아니라 체력을 검사하는 체력장 같았다. 다른 아이들의 부모님이 간혹 오기도 했지만 현재는 할아버지와 어머니께 한 번도 운동회라고 학교에 오시라고 말한 적이 없다.

그때는 그래야 될 것만 같았다. 아버지도 안 계신데 자신이 이제 이 집의 가장인데 이따위 운동회에 할아버지와 어머니를 부를 수는 없었다.

근데 오늘 선이네 마을에서 운동회를 해 보니 후회가 되었다. 다시 그때로 돌아가면 할아버지 어머니 다 불러서 자신이 달리기 1등 한 모습을 보여 드리고 싶었다. 현재의 얼굴에서 씁쓸함이 비쳤다.

선이 현재의 표정을 보고는 다른 한 손으로 잡은 현재 손에 얹고는 얼굴에 웃음을 비치며 말했다.

"다음에는 할아버지, 어머니도 부를까요?"

들려오는 선의 말에 현재가 선이와 꼭 닮은 웃음을 띠고 대답한다.

"그래."

자신을 사랑한다는 듯이 뜨겁게 쳐다보는 현재의 시선에 부끄러워진 선이 대화를 바꿔보려 아까부터 맘에 걸리던 말을 꺼냈다.

"아까 우리 무슨 사이라고 했죠?"

"무슨 사이?"

"있잖아요. 아까 아주머니께 했던 말."

"아, 결혼할 사이?"

"네."

현재는 선이 자신을 좋아한다는 것을 알고 있다. 알고 있는 것과 직접 입에서 나오는 말은 다른 거니깐. 그녀의 입에서 나오는 말로 듣고 싶어졌다.

"왜? 나랑 결혼 안 할 거야? 나 안 좋아해?"

사실은 앞에 있는 남자를 많이 좋아한다. 자기가 다시 누군가와 결혼을 약속하게 된다고 하면 그건 아마 현재일 거다. 한참을 뜸들이던 선이 작은 목소리로 대답했다.

"좋아해요."

선의 입에서 좋아한단 소리가 나오자 단번에 기분이 좋아져 버린 현재가 다시 쐐기를 박는다.

"좋아하면 결혼해야지, 나랑 안 하고 다른 놈이랑 할 거야?"

"현재 씨가 후에 나한테 싫증이……"

선의 입에서 나오는 말이 듣기 싫다는 듯이 현재가 선을 끌어당겨 입을 맞췄다. 다른 생각 따위는 들지 않게 조금 성급하게 입안을 휘저었다. 현재가 도망하는 혀를 잡아 자신의 것으로 휘감고 계속해서 밀어붙였다.

하지만 이내 사탕 굴리듯 부드럽게 입 맞추기 시작했다.

이 미련한 여자가 자신이 얼마나 아름답고, 탐이 나는 여자인지 모르나 보다.

다른 놈들이 눈독 들이는 걸 감시하느라 내가 얼마나 고생하는데, 거기다가 내가 얼마나 자기랑 결혼하고 싶어 안달이 났는데 그것도 모르고 자기한테 싫증이 날 거란다.

현재는 조금 난폭하게 입을 맞추다 달콤한 그녀의 입술에 또다시 부드러워졌다.

한참을 입을 맞추던 현재가 고개를 떼고 선에게 다시 물었다.

"지금 당장 하자는 거 아니야. 그래도 나랑 결혼은 할 거지? 응?"

"……네."

앞에 가던 진주는 집에 거의 다다라서도 이모와 아저씨가 안 오는 걸 알고는 다시 왔던 길을 되돌아갔다.

그리고 아이는 보이는 광경에 손을 들어 눈을 가렸다.

아저씨와 이모가 얼레리꼴레리 하고 있었다. 자라나는 어린이 앞에서 못하는 짓이 없다. 아저씨가 오늘 달리기를 잘해 주기도 했고 서로를 바라보는 모습이 마치 자기네 학교 부부선생님 같다.

선생님이 이럴 때는 눈치 있게 빠져 주는 게 예쁜 동생을 가질 수 있는 방법이라 했다. 그래, 한 번만 봐준다!

오늘의 운동회를 마치고 다음 날 출근해야 되는 현재는 서둘러 서울로 출발해야 했다. 저녁이라도 먹여서 보내야 맘이 편할 것 같아 선이 식사를 권했다.

"저녁 먹고 올라가요."

그녀랑 아침부터 지금까지 계속 있었지만 헤어지기가 아쉽고 점심때도 함께 밥을 먹지 못한 것이 이내 섭섭한 그는 식사를 권하는 소리에 당연히 입에서는 생각할 겨를도 없이 '예스'가 나온다.

"좋지, 뭐 만들어 줄 거야?"

"특별히 먹고 싶은 거 있어요?"

"난 당신 만들어 주는 거면 다 좋아."

못 말린다는 듯이 선이 웃고는 주방으로 들어갔다. 선이 냉장고를 열고는 어제 수산 시장에서 사 온 갈치를 꺼내 칼칼하게 조리기 시작했다. 진주가 좋아하는 두부에 계란을 입혀 굽고 미더덕을 넣어 된장찌개를 끓이기 시작했나. 보글보글 끓는 소리가 나자 불을 끄고 준비된 상을 들고 방으로 들어갔다.

진주가 현재에게 오늘 운동회에서 받은 상품을 꺼내 자랑하고 있었다.

"아저씨 봐요, 오늘 제가 선물 제일 많이 받았어요."

"어린이! 그건 전부 내 덕분이라고. 알고 있지?"

아이는 알고 있다. 계주에서 1등 한 게 선물이 가장 컸다. 하지만 감사하다고 말하기가 싫어졌다. 감사하다 말하면 앞의 이 아저씨는 더 거만해질 것만 같았다.

대답을 머뭇거리고 있는데 이모가 밥상을 들고 들어온다.

"진주야, 감사하다고 인사드려야지?"

이모의 말에 할 수 없이 일어나 인사했다.

"감, 감사합니다."

"현재 씨, 진주랑 밥 먹고 있어요. 나 내일 손님 받아야 해서 재료 손질해야 해요."

같이 앉아서 밥을 먹을 줄 알았는데 그녀가 다시 일하러 나간다는 사실이 맘에 들지 않아 그가 투정했다.

"먹고 해. 응?"

"아까 많이 먹어서 생각이 없어요."

이렇게 나오신다 이거지. 밥상에 올려진 먹음직스러운 반찬들을 살펴보다가 현재가 말도 안 되는 엉뚱한 소리를 꺼낸다.

"내가 좋아하는 갈치조림도 했네? 나 가시 발라 줘."

"진주도 혼자 잘 먹어요, 현재 씨도 잘 먹을 수 있죠?"

앞에 앉은 어린이가 가시도 못 발라 먹어서 이모한테 조른단 말인가 하며 탐탁잖은 표정을 짓고 있었다. 민망해진 현재가 결국 아무 말도 못하고 수저를 들었다. 어린이와의 밥상에서 현재는 애꿎은 갈치만 쑤셔 댔다.

밖이 컴컴해지자 현재는 하는 수 없이 무거운 엉덩이를 일으켜 차에 몸을 실으려 했다. 아쉬운 듯 다시 한 번 작별인사를 하고 진짜 차에 오르려는데 선이 분홍 손수건에 싸인 작은 도시락을 건넸다. 이게 뭐냐고 쳐다보니 아무것도 아니라는 듯 말한다.

"운전 오래 해야 되잖아요. 재료가 없어서 간단히 쌌어요. 운전 조심히 해서 올라가요."

현재가 선의 손을 잡아당겨 품 안에 안고는 아쉽다는 듯이 이마에 입을 맞추고 차에 올랐다. 살짝 붉어진 얼굴을 한 선이 그의 차가 보이지 않을 때까지 손을 흔들었다. 현재도 그녀의 모습이 점점 작아지다 결국은 보이지 않을 때까지 거울에서 눈을 떼지 않았다.

한참을 운전해 고속도로를 타고 달리다 쉬어 갈 겸 휴게소에 들러 그녀가 준 도시락을 풀었다. 도시락 안에는 캐릭터 모양의 음식이 들어 있었다.

주먹밥 세 개에는 김으로 만든 것 같은 세 사람이 있었고 메추리알과 햄을 꽂아 만든 꼬치, 당근과 무순 말이, 고구마, 토마토, 브로콜리가 예쁘게 담겨 있었다.

옆에 같이 든 쪽지를 꺼내 읽었다.

우리 다음 운동회에는 할아버지, 어머니랑 같이 해요. 주먹밥은 할아버지 어머니 현재 씨예요. 천천히 먹어요. 또 체해요.

아까 같이 밥은 안 먹고 재료를 손질한다더니 이걸 만들었나 보다. 도시락을 보고 있는 현재는 다짐했다.

이 여자가 아니면 절대 결혼하지 않겠다고.

이 여자만 평생 사랑하겠노라고.

이 여자와 평생을 함께 늙어 가겠노라고.

16

그렇게 현재가 선이와 평생을 함께하겠다고 결심하고 난 후 그는 바로 주얼리 숍으로 향했다. 몸에 딱 맞는 비싼 양복에 그가 차고 있는 시계까지, 머리에서 발끝까지 스캔을 마친 직원이 한걸음에 달려 나가 그를 향해 상냥하게 웃으며 반겼다.

"어서 오십시오. 무엇을 도와 드릴까요?"

"음, 프러포즈용 반지를 구입하고 싶은데."

"잘 찾아오셨습니다. 손님."

직원이 재빠르게 현재를 반지가 전시된 쇼윈도 쪽으로 이끌었다.

"저희 매장은 주로 에물 반지를 찾는 분들이 많으십니다."

현재가 유리 안의 반짝이는 보석들을 살펴보기 시작했다. 하지만 그의 눈에는 다 거기서 거기 비슷비슷해 보였다. 다시 한 번 유심히 살피던 그가 결국은 포기했다.

"추천할 만한 반지가 있습니까?"

"손님, 가격은 어느 정도로 생각하고 계신지."

"아, 가격은 상관없습니다."

가격이 상관없다는 말에 직원은 이게 무슨 횡잰가 싶어 가장 고급스럽고 비싼 반지들을 조심히 꺼내기 시작했다. 그리고 그에게 보여 줬다.

"보통 결혼반지로는 다이아몬드를 많이 하십니다. 이 반지는 여성스럽고 여성분들이 많이 선호하시는 티퍼니 세팅이 들어간 티퍼니 반지입니다."

현재가 반지를 들어 살펴보기 시작했다. 중간에 큰 다이아가 정교하게 세팅되어 박혀 있었고 주위를 작은 다이아몬드들이 링을 빙 둘러 가며 장식하고 있었다.

하지만 공주처럼 예쁘고 화려하긴 한데 선이 별로 맘에 들할 것 같지 않다. 밖으로 돌출된 다이아는 분명 요리할 때 그녀를 불편하게 만들 테니. 현재가 고개를 흔들었다.

"다른 걸로 보여 주십시오."

"아, 네. 그럼 샤눌에서 나온 이 반지는 어떠세요? 이 반지는 심플한 걸 좋아하시는 여성분들이 많이 찾으십니다."

직원이 두 번째로 보여 준 반지를 현재가 들어 다시 관찰하기 시작했다. 아까와 달리 다이아몬드가 안에 박혀 있었고 반지가 모던하고 심플해 보였다. 선이 요리를 할 때 껴도 문제가 없을 것 같았다. 하지만, 그는 좀 더 특별한 걸로 그녀에게 프러포즈하고 싶었다.

"좀 특별한 건 없습니까?"

"그럼, 잠시만 기다려 주시겠습니까?"

앞의 까다로운 고객의 요청에 직원은 안으로 들어가 잠시 후 벨벳 상자를 들고 나왔다.

그러고는 조심스럽게 상자를 열어 그에게 보여 줬다.

"따로 반지로 만들긴 해야겠지만, 이번 영국 경매에서 낙찰 받아 온 노란 다이아몬드입니다."

다이아몬드는 노란색으로 빛나고 있었다. 현재가 눈을 반짝였다. 다이아몬드 사이로 그녀가 보이는 듯했다.

"맘에 듭니다. 제가 구매하죠."

"그럼, 반지 디자인은?"

"방금 본 노란 다이아몬드를 중간에 박고 다른 부분은 심플하게 링으로 만들어 주십시오. 그리고 안에 이니셜을 새겨 주십시오."

"어떤 걸로 새겨 드릴까요?"

"아, 'To my heart' 라고 새겨 주십시오."

"네, 사이즈는 어떻게?"

아, 무턱대고 오느라 사이즈를 생각 못했다.

"사이즈는 제가 알아보고 주말에 연락드리겠습니다."

"네, 연락 주시면 바로 세공 들어가겠습니다."

"잘 부탁드립니다."

당부의 말을 마치고 작은 세부사항까지 주문을 마친 현재가 숍을 나갔다.

"네, 감사합니다. 안녕히 가십시오."

직원이 구십 도로 허리 굽혀 인사했다. 긴장을 하고 있던 직원은 오늘 첫 손님에게 반지를 그것도 노란 다이아몬드 주문 반지를 팔다니 믿을 수가 없다. 사장님께서 오시면 아마 특급칭찬을 해 주실 거다.

그나저나 프러포즈 받을 여자는 너무 좋겠다. 저렇게 잘생긴 사람이 온 맘을 다해 프러포즈 할 텐데. 조금 부러워진다.

숍에서 나와 차에 오른 현재는 아직도 뛰고 있는 가슴을 진정시키느라 호흡을 가다듬었다. 반지까지 보고 나니 그녀와 더 결혼하고 싶었다. 그녀를 사랑하는 마음뿐만이 아니라 이제는 정말 그녀의 법적인 권리가 있는 가족이 되고 싶었다.

그녀만 생각하면 현재는 이제 자동적으로 행복해진다.

토요일, 현재가 선의 요리 클래스가 끝나기만을 기다리고 있었다.

한 무리의 사람들이 우르르 나가고 난 뒤 선이 밖으로 나왔다. 조금 떨어진 곳에 차를 주차하고 기다리고 있던 현재는 선이 손을 흔들며 자신을 향해 걸어오는 모습에 저절로 미소가 나왔다.

오늘 그녀와 어머니 선물을 고르러 백화점에 가기로 했다. 내일이 어머니의 생신이다. 한 달 전만 해도 어머니의 생신 날짜를 똑똑히 기억하고 있었는데, 어느새 까먹었는지 일주일 전에 선이 물어오지 않았다면 깜빡하고 잊어버릴 뻔했다.

걸어온 그녀가 현재를 앞에 서서 웃는다.

"언제 왔어요?"

"응, 온 지 얼마 안 됐어."

"그래요? 어서 가요."

현재가 먼저 조수석 문을 열자 그녀가 고맙다며 고개를 끄덕이고는 차에 올랐다. 백화점으로 향하는 차에서 그가 한 손으로 운전대를 잡고 다른 손으로 그녀의 손을 잡았다. 그녀가 놀라 손을 떼었다.

"사고 나요."

"어허, 그래도 어떻게 손을 그렇게 매정하게 뿌리치냐?"

"아이 참."

현재가 토라져 고개를 돌리자 선이 웃으며 그의 볼에 입 맞췄다.

"이제 됐지요?"

언제 그랬냐는 듯이 현재는 금방 또 풀어졌다. 선이에게 현재는 참 다루기 쉬운 남자였다.

"응, 한 번 더 해 주면 안 돼?"

"운전 안 해요?"

"응. 응?"

현재가 계속 보채자 선이 할 수 없이 그의 볼에 입 맞추려는 순간 그가 고개를 돌려 그녀의 입에 쪽 하고 입 맞췄다.

"현재 씨! 운전 조심!"

"하하. 알았어."

투닥투닥 사랑의 기운이 차 안에 가득했다. 백화점에 도착한 두 사람이 손을 꼭 잡고 입구로 들어섰다.

"현재씨, 뭐 생각해 놓은 거 있어요?"

"글쎄, 당신은?"

"저도 아직. 생신상은 제가 차리긴 할 건데. 선물은 뭘 사야 할지 저도 고민이에요."

두 사람은 1층부터 매장을 둘러보기 시작했다. 선물이라는 게 막상 사려고 마음먹으면 뭘 사야 할지 난감할 때가 한두 번이 아니다.

현재는 제일 먼저 보석이 위치한 곳으로 발이 향했다. 어머니가 좋아하실 만한 게 어떤 게 있나 고심하고 있는데 옆에 있던 선이 물어 왔다.

"어머니, 보석 해 드리려고요?"

"응. 모임 같은 거 있으시면 자주 하시곤 하니깐. 이거 한번 껴 봐."

현재가 커다란 진주가 박힌 반지를 선에게 내밀었다.

"이걸요?"

"사이즈 맞나 대충 보게."

"저한테 맞다고 어머니한테 맞으실까요?"

"한번 껴 봐."

선이 마지못해 반지를 손에 끼웠다. 현재가 이때가 기회다 싶어 유심히 사이즈를 눈여겨봤다.

사실 어머니께는 반지 말고 목걸이와 귀걸이 세트를 사 드리려 마음먹고 있었다. 생각해보니 이왕 어머니 선물도 사는 김에 그녀의 반지 치수도 알고 일석이조가 아닌가. 반지 치수를 알아낸 그가 옆에 놓인 목걸이와 귀걸이로 눈을 돌렸다.

"아, 생각해 보니 반지보다는 목걸이나 귀걸이 세트가 낫겠다."

"네, 반지는 어머니 치수를 모르니 그게 더 괜찮을 것 같아요."

현재는 어머니 생신 선물로 진주 목걸이와 진주 귀걸이 세트를 구입했다.

그 후 선은 현재를 이끌고 백화점 구석구석을 돌아다녔다. 그리고 다리가 아프다는 현재와 커피 한 잔 하며 곰곰이 생각하는 듯하더니 결국 처음에 눈여겨본 실크 스카프를 골랐다. 현재가 믿을 수가 없다는 듯이 그녀를 봤다.

"아니, 처음에 본 걸 살 거면서 장장 두 시간을 돌아다닌 거야?"

현재의 투정은 가볍게 무시하고 선이 스카프를 계산했다.

"예쁘게 포장해 주세요. 소중한 분께 선물할 거거든요."

예쁘게 포장한 스카프를 종이백에 조심히 들고 매장을 나섰다.

"우리 장도 봐야 되는데."

"알았어."

내일 어머니 생신상은 기어코 선이 차린다 했다고 어머니께 말씀드렸더니 어머니께서 감격해하셨다. 1층에 위치한 케이크 전문점에서 커다란 케이크도 샀고 마트에 들러 생일상에 올릴 음식 재료를 사고 나서야 본가로 향했다.

다음 날, 아침 어머니의 생신날. 선은 새벽부터 일어나 부엌을 총총거리며 돌아다녔다. 가장 먼저 밥을 하고 미역국을 끓이기 시작할 때 현재가 부엌으로 들어왔다.

"도와줄까?"

"현재 씨가요? 그냥 식탁에 앉아서 구경해요."

"아니야. 나 머슴처럼 부려도 돼."

"그냥 있어요."

선의 요리하는 속도가 빨라졌다. 통을 꺼내더니 재워 놨던 갈비를 냄비에 넣고 야채까지 썰어 넣고는 갈비찜을 만들기 시작했다. 그리고 재빨리 찜통에 넣어 두었던 삼겹살을 꺼내 간장 소스에 졸이기 시작했다. 주방에 맛있는 냄새가 진동했다.

부추를 무쳐 간장에 조린 통 삼겹살을 썬 옆에 놓았다. 그리고 재빨리 프라이팬에 기름을 두르고 조기를 구워 내기 시작했다.

마침 밥이 다 됐는지 소리가 났다. 선이 다 된 밥을 퍼내더니 기다랗게 썰어 구운 가지에 김밥 말듯이 말아 위에 강된장을 올렸다. 또 다른 밥은 주먹밥처럼 말아서 초록 잎에 싸서 강된장을 넣고 말았다. 선이 하는 양을 보고 있던 현재가 물어 왔다.

"이건 뭐야?"

"아, 곰취예요. 곰취 특유의 향내가 밥과 함께 먹으면 맛있어요."

"그래?"

현재가 은근슬쩍 손을 뻗었다. 선이 그의 손을 쳐냈다.

"아직 안 돼요. 어머니 생신상인데."

"알았어."

현재가 입맛을 다셨다.

"현재 씨도 만들어 볼래요?"

"내가?"

"이렇게 곰취에 밥을 싸기만 하면 돼요."

현재가 선이 하는 양을 자세히 보고 조심히 잎에 밥을 싸기 시작했다. 선이 가만 보더니 잘한다고 칭찬하자 현재는 곰이 재주 부리듯 계속해서 곰취 쌈밥을 만들고 있었다.

선이 만들어 온 다른 밑반찬들과 함께 만든 음식들을 식탁에 놓고, 가운데에 어제 사 온 케이크를 놓고 나니 생일상이 완성되었다. 대충 생일상이 만들어진 것 같으니 현재가 소리쳤다.

"어머니, 생신상 받으셔야죠."

평소보다 일찍 일어나셔서 기다리고 계시던 할아버지와 어머니가 식당으로 들어오셨다. 자리에 앉으신 할아버지께서 어머니를 보시곤 말씀하셨다.

"어멈, 좋겠다이. 선이한테 이런 거한 생일상도 받아 보고."

"그러게요, 아버님. 제가 살다 보니 이런 날도 있네요."

두 분의 칭찬에 선이 겸손하게 대답했다.

"차린 게 없어서."

어머니께서 아니라며 손을 내저으셨다. 계속 서서 할아버지, 어머니께서 선이와 나누는 대화를 가만히 듣고 있던 현재가 결국은 끼어들었다.

"초에서 촛농 떨어져요. 어서 식사해야겠는데요."

"그랴, 어서 촛불 끄고 식사하자이."

생일 축하 노래를 마친 후 어머니께서 소원을 비시고 초를 끄셨다. 그러자 할아버지께서 준비한 흰 봉투를 건네셨다.

"생일 축하한다이. 사고 싶은 거 사서 쓰라."

"안 주셔도 되는데."

어머니가 한사코 사양했다. 그러자 불쑥 현재가 끼어들었다.

"어머니, 할아버지께서 주신다고 하실 때 미리미리 받아 두세요."

"큼큼, 현재 말이 맞다. 어서 받아라."

"감사합니다. 그런데 현재 너는 빈손이냐?"

어머니가 현재를 향해 눈을 흘기셨다. 현재가 옆에 놓아 둔 보석 상자를 들어 어머니께 건넸다.

"어머니, 생신 축하드려요."

"그래. 고맙다. 키운 보람이 있구나."

마지막으로 선이 자신이 장장 두 시간 동안 돌아다니며 고른 선물을 꺼내 들었다.

"어머니, 이건 제 작은 선물이에요."

"아니, 무슨 선물까지. 생일상으로도 충분히 감동인데."

생일을 맞이한 어머니의 눈이 조금 촉촉해졌다. 이번 생일은 조금 특별하다. 아들의 여자 친구인 선이가 함께했으니깐. 할아버지께서 수저를 드셨다.

"고만하고, 먹자. 식겠다."

모두들 수저를 들고 선이 차린 음식을 맛보기 시작했다. 어머니께서 초록 잎에 싸인 쌈밥을 맛보시고는 물으셨다. 향긋한 향기가 입안에 퍼졌다.

"이건 곰취인가 보구나. 맛있구나."

현재가 재빨리 나섰다.

"어머니, 그거 제가 만들었어요."

그 소리에 세 사람 모두 웃었다. 어머니께서 자랑스러운 듯 고개를 치켜든 현재를 향해 미소를 지으셨다.

"아들한테 생일상도 받아 보고 감격이다."

어머니께서 갑자기 감격에 겨운 표정으로 자신을 바라보시자 현재가 순순히 사실을 말했다.

"아, 그 쌈밥만 제가 하고 다른 건 전부 선이가 했어요."

어머니가 그럴 줄 알았다는 듯이 말씀하셨다.

"그렇지?"

가재는 게 편이라더니 보고 있던 선이 현재 편을 들었다.

"아니에요, 어머니. 현재 씨가 많이 도와줬어요."

어머니의 생신상을 앞에 둔 모두가 행복해했다. 도 여사는 선이가 차려 준 생일상과 저렇게 부드러워진 아들 현재를 보는 게 행복했다. 이 영감은 이제 친구의 손녀로서의 선이가 아니라 가족이 될 준비를 하고 있는 선이를 보는 게 행복했다. 그리고 선이는 이렇게 어머니께 진심 어린 생일상을 차려 드릴 수 있어 행복했다.

마지막으로 현재는 아직까지 정정하신 할아버지 때문에, 생일상 하나에도 이렇게 즐거워하시는 어머니 때문에, 그리고 자신이 사랑하는 여자가 자신의 가족과 웃고 있어서 행복했다.

17

고추잠자리가 하늘을 날고 허수아비가 논을 지키고 서 있는
가을의 막바지. 약선 밥상 마당 앞 평상에 앉은 진주가 선이 이
모가 하는 양을 지켜보고 있다.

엄마는 오늘 자신을 떼어 놓고 읍내 농협에 갔다. 따라가겠다
고 고집을 부렸지만 엄마는 금방 갔다 온다며 나를 달래고는 몰
래 나갔다. 하지만 심술도 잠시 이모가 일하는 것을 지켜보러 평
상에 앉았다.

일주일 전쯤인가 이모가 큰 대야에 소금과 물을 넣고는 파처
럼 생긴 걸 재어 두는 걸 봤는데 오늘에서야 꺼내더니 뭔가를 만
들려나 보다.

"이모 이건 뭐야?"

"응? 이건 고들빼기라는 김치야. 조금 쓴 맛이 나서 인삼 김치라고도 부르지."

이모가 인삼이라는 게 몸에 좋은 약재라고 가르쳐 준 게 생각난 아이가 자랑스럽게 말했다.

"몸에 좋은 김치인가 보다, 그지?"

"그래, 감기에 좋지. 우리 진주 감기 자주 걸리니깐."

"근데 이모, 왜 일주일 전부터 소금에 재어 둔 거야?"

"그냥 먹어도 맛있지만 이렇게 삭혀 먹으면 더 맛있지. 우리 진주도 같이 만들어 볼까?"

서울로 올라가야 하는 날 어김없이 그가 데리러 온다. 이제 익숙해져서 습관이 돼 버렸다.

그에게서 아침에 조금 늦게 도착할 것 같다 연락이 왔다. 오늘은 할아버지께 가면서 뭘 가져다 드리나 하다 저번에 재어 놓은 고들빼기를 양념만 해서 무치기만 하면 최고의 반찬인 것 같아 부지런을 떨고 있다.

흰 쌀밥에 고들빼기김치 한 개만 얹어서 먹어도 밥이 꿀꺽꿀꺽 넘어간다. 가을에 밥도둑이 이 고들빼기 김치다.

진주가 호기심을 보이며 앉아 있기에 같이 무쳐 보자 제안했다. 빨간 고춧가루에 배즙, 마늘, 젓갈 등 재료를 넣고 비벼서 맛난 양념을 만들었다. 이제 양념과 함께 버무려만 주면 김치가 된다.

마침 풋마늘짱아지가 있어 듬성듬성 잘라서 같이 버무렸다. 다

만든 김치를 돌돌 말아 모이 기다리는 새끼마냥 입을 벌린 진주 입에 넣어 줬다.

"이모, 물, 물, 매워."

진주가 생각보다 매웠는지 혓바닥을 내밀며 호호 소리 내며 연신 물을 찾았다. 그런 아이가 귀여워 옆에 있던 물을 따라 컵을 밀어 주고는 담근 김치를 서둘러 통에 나누어 담았다. 그리고 하나씩 통을 옮기려는데 대문 밖에서 손님이 왔는지 인기척이 들려왔다.

"계십니까? 여기 혹시……."

선은 대문을 열고 들어오는 남자를 보고는 들고 있던 김치 통을 떨어뜨렸다.

조금도 변하지 않은 얼굴, 진주 아빠였다.

벌써 감옥에서 나온 건가, 어떻게 여길 알아냈을까, 이런 생각이 들기도 전에 진주를 보고 소리쳤다.

"진주야, 들어가. 어서. 문 잠그고 있어."

놀란 아이는 굳어 있었다. 선이 더 크게 소리쳤다.

"경찰 아저씨 불러. 무슨 소리가 들려도 절대 나오면 안 돼. 알겠어?"

선이 진주의 등을 떠밀다시피 해서 집 안으로 들여보내고 앞의 남자를 보고는 말했다.

"여기는 무슨 일이시죠?"

"그럼 그렇지, 이럴 줄 알았지. 니년이 빼돌린 거였어? 그래,

덕팔이 놈이 부산에서 봤다고 했지."

기어코 여기까지 알아내 찾아온 집념에 무서워졌다. 하지만 선은 안에 들어가 있는 진주만 생각하고 떨리는 목소리에 힘을 줬다.

"경찰 부를 거예요."

"내가 부산을 얼마나 뒤진 줄 알아? 안 가 본 곳이 없어. 그래서 니년이 생각났지. 옛날에도 남의 일에 간섭하더니. 이혼하고 하면 끝나는 줄 알았나 보지? 나 진주 아빠야, 내가 내 자식 본다는데 니가 무슨 상관이야? 비켜."

진주 아빠가 막무가내로 집 안으로 밀고 들어가려 했다. 앞에 선 선이 물러설 수 없다는 듯이 팔을 벌리고 막아섰다 그러자 남자는 가소롭다는 듯이 비웃고는 단번에 그녀를 밀어냈다.

남자의 힘에 밀려 선이 바닥으로 넘어졌다. 넘어지면서 부딪힌 그녀의 팔이 아파 왔다. 하지만 그녀는 포기하지 않고 다시 일어나 막아섰다.

"이년이 남의 가정사에 뭐 이리 관심이 많아? 엉? 비키라니깐."

신경질 난 듯 더 큰 힘으로 밀쳐 버린 힘에 선이 나가떨어졌다. 다시 넘어지면서 계단 돌 모서리에 부딪힌 것 같다.

안 되는데 막아야 하는데 일어서고 싶지만 팔에 올라오는 통증에 주저앉았다.

'일어나야 하는데, 안 되는데, 누가 좀 제발.'

그 때, 막무가내로 집 안으로 첫발을 들인 진주 아빠가 마당에 처박혔다.

"누굴 때려? 너 죽고 싶어?"

딱딱하게 굳은 표정의 현재가 서 있었다. 그제야 선은 안심했다.

어느덧 시간은 흘러 부산 호텔 백화점 공사 현장이 거의 마무리가 되어 가고 있다. 이제 오픈 준비만 남아 있다. 그러다 보니 마무리 작업으로 처리할 일이 많아져서 선이 데리러 가는 게 조금 늦어졌다.

아침부터 손이 미끄러져 물컵을 깨뜨린 것부터 시작해서 갑자기 뛰쳐나온 고양이 때문에 차 사고까지 날 뻔했다.

오늘 하루가 이상하게 안 좋은 일만 연달아 일어나고 있으니 맘이 불편해지기 시작하더니 종국에는 불안불안했다. 더 큰일이 생길 것 같은 느낌. 그래서 부러 운전하는 김 실장을 재촉했다.

"조금 빨리 가죠."

그리고 역시나 안 좋은 일은 불시에 일어나고 막을 수도 없었다.

도착하고 나서 들어선 마당에는 통이 엎어져 김치가 흩어져 있고 큰 대야며 그릇들이 내팽개쳐 있었다.

눈으로 재빨리 그녀를 찾는데 어떤 놈이 선이를 밀치고 있었다. 머리가 하얘지면서 살인 충동이 들었다. 남자를 바닥에 내리

꽂았다. 그때부터 남자의 멱살을 잡고 주먹을 날렸다.

"살, 살려 주세요."

맞고 있던 남자가 살려 달라며 빌었다. 약한 사람에게는 함부로 주먹 쓰는 게 두렵지 않으면서 자기보다 강한 사람에게는 이렇게 빌기부터 한다. 뒤에서 팔을 붙잡고 주저앉은 선이 현재를 불렀다.

"현재 씨, 그만해요. 그만, 진주 좀……."

애타게 들려오는 소리에 그제야 이성이라는 정신이 들어오고 선이 보였다. 그녀에게 심각한 표정으로 다가갔다.

"괜찮은 거야?"

"네, 넘어지면서 팔을 좀 다쳤나 봐요. 진주 좀 봐줘요, 네?"

자신이 다친 건 아무렇지도 않고 또 남부터 걱정하는 그녀에게 현재는 화가 났다.

바닥에 널브러져 있는 남자를 김 실장에게 처리하라 하고는 현재가 안으로 들어섰다. 방에 들어가서는 빠른 속도로 방을 뒤지며 진주를 찾았다.

"진주, 진주야."

아무리 뒤져도 보이질 않아 방에는 없는 줄 알았는데 옷장에 전화기를 들고 숨어서 겁에 질려 있는 진주를 찾아냈다. 그가 들어오자 진주가 울면서 안겨 온다.

"엉엉, 아저씨. 이, 이모, 이모는요? 나 때문에 이모가…… 엉엉."

"아니야, 이모 괜찮아. 나가자."

아이를 안고 밖으로 나가자 마침 도착한 경찰이 남자를 끌고 나가고 있었다. 김 실장이 처리하겠다며 경찰서로 동행했다. 현재 품에 안겨 울던 진주가 주저앉은 선이 이모 얼굴에 생채기가 난 걸 보고는 품에서 뛰어내려 달려갔다.

"이, 이모. 괜찮은 거야? 나 때문에, 많이 아파?"

선은 눈에 그렁그렁한 눈물을 달고는 불안해하는 진주를 보니 아이를 안심시켜야겠다는 생각밖에 안 들었다. 그녀가 팔을 들어 진주를 끌어안으며 말했다.

"이모, 아무렇지도 않아. 우리 진주는 괜찮은 거야?"

"엉엉, 이모."

"당신 팔은 괜찮은 거야? 병원 가자."

선이 하는 양을 지켜보고 있던 현재가 화를 내며 둘 다 차에 태웠다. 밟을 수 있는 대로 밟아 시내에 들어서자마자 보이는 큰 병원으로 둘을 끌고 들어갔다.

"여기, 이 사람 좀 봐주십시오."

이제 응급실 2년 차 레지던트는 침대에 누워 있는 여자 환자를 진찰하는데 땀이 삐질삐질 났다. 뒤통수가 타 버릴 듯이 레이저를 쏘아 대는 남자 때문이다. 팔에 살짝 금이 간 거 같긴 한데. 엑스레이를 찍어 보고 깁스만 하면 될 것 같은데 왜 째려본단 말인가?

"엑, 스레이를 찍어 봐야 알겠지만 팔에 금이 간 것 같은데요.

깁스를 해야 될 것 같습니다."

"······."

남자는 아무런 말도 하지 않고는 누워 있는 여자만 응시했다.

"현재 씨, 나 괜찮아요, 응? 화내지 마요."

선이 다치지 않은 다른 손으로 그의 손을 잡았다. 그러자 현재가 옆의 의자에 주저앉더니 얼굴을 쓸어 내렸다.

"미치는 줄 알았다고, 당신은 왜 항상 남이 먼저야. 당신 생각하는 난 생각 안 해?"

"미안해요, 응? 대신 당신이 원하는 대로 할 테니 화 풀어요. 응?"

"······."

현재의 핸드폰으로 전화가 왔다. 김 실장이다.

"네."

"경찰에 넘겼고 박 변호사님이 처리하신답니다."

"감사합니다. 그리고 진주 어머니 좀 병원으로 모시고 와 주십시오."

전화를 마치고 다시 침대로 가니 긴장이 풀렸는지 두 사람 다 살며시 잠들어 있었다. 현재는 엉엉 울다 잠든 진주를 보고는 눈에 난 눈물 자국을 살며시 닦아 주었다.

헐레벌떡 뛰어온 진주 엄마를 안심시키고는 일이 처리될 때까지만 진주를 데리고 양평 별장에 잠시 가 있으라 일렀다. 더 이상 신세를 질 수 없다며 떠난다는 모녀를 현재가 설득했다.

"그러지 마세요, 선이가 일어나면 마음 아파할 겁니다. 부담도 갖지 마세요. 선이 가족은 제 가족이기도 하니까요."

김 실장을 따라온 이 대리에게 모녀를 양평까지 조용히 모셔 드리라 부탁하고는 깁스를 하고 잠들어 있는 선을 안아 차에 올랐다. 진정제를 맞고 깊이 잠든 그녀를 자신의 어깨에 기대게 하고는 김 실장에게 목적지를 일렀다.

"김 실장. 내 서울 오피스텔로 가지요. 늦어도 되니깐 천천히 가 주십시오."

달리는 차 안에서 현재는 생채기가 나 부은 선의 얼굴을 바라봤다.

안 되겠다. 부산에 계속 둘 수가 없다. 바로 옆에 둬야 안심이 되겠다. 매주 그녀를 데리러 가는 시간도 너무 아깝고 거기다 이런 나쁜 일까지 생기니 거기에 둘 수가 없다.

현재는 계속해서 선의 얼굴을 조심스럽게 만지고 또 만졌다.

❋

평소보다 팔이 무겁고 자다 깨서 목이 말라 눈을 뜬 선은 낯익은 천장에 놀랐다. 전에도 본 적 있는 파란색 천장. 아, 현재 오피스텔인가 보다. 아프고 쿡쿡 쑤셔 더 무거운 몸을 일으키니 침대 맡에 앉아 엎드려 있는 현재가 보였다.

선이 하얀 긴 손으로 현재의 부드러운 머리카락을 조심히 만졌다. 머리에 손이 닿는 감촉에 일어난 현재가 선을 보고 짐짓 심각한 표정을 내비쳤다.

"일어났어?"

"네. 근데 여기까지 데리고 온 거예요?"

"응. 당신 내가 원하는 대로 다 해 준다며."

"그렇지만."

"그치만은 없어. 거기에 둘 수가 없어. 내가 안심이 안 된단 말야."

그러더니 심각한 표정을 풀고 그녀를 살며시 당겨 품에 안았다. 그리고 머리를 쓰다듬으며 부드럽게 말했다.

"아까 화내서 미안해. 하지만 다음에도 또 그러면 용서 안 해. 알겠지?"

"네…… 아, 맞다. 진주는요?"

"잠시 엄마랑 별장에 여행 보냈어."

그래, 잠깐 동안 멀리 떨어져서 엄마랑 쉬고 오는 것도 괜찮겠지. 그러자 갑자기 할아버지가 생각났다. 지금쯤 자신이 오시길 기다리고 있으실 텐데. 선이 현재에게 당부했다.

"아, 할아버지께는…… 나 다쳤다고는 말하지 말지. 걱정하실 텐데."

"그것도 걱정하지 마. 잘 둘러댔어."

계속된 현재의 할아버지 같은 잔소리에 지쳐 가던 무렵 한바탕의 소동이 다 잘 넘어간 걸 알았는지 두 사람 배에서 동시에 꼬르륵 소리가 들려왔다. 점심도 건너뛰고 이제 저녁 무렵이니깐 배가 고플 만도 하다. 민망해져서 서로 눈을 마주치고는 웃었다.

"배고프지? 나가자."

거실로 선의 손을 잡고 나가서는 의자를 빼서는 그녀를 앉히고, 김 실장에게 부탁해서 사 온 죽을 전자레인지에 돌렸다.

땡 소리가 나자 김이 모락모락 나는 죽을 꺼내 식탁 위에 내려놓았다.

"오늘은 현재 씨가 만든 죽이 아니네요?"

민망해진 현재가 헛기침을 했다.

"그렇게 맛없는 죽은 아니었다. 뭐."

"난 맛없다고 안 했는데. 크크."

팔에는 깁스하고 얼굴은 상처가 나서는 아무렇지 않은 듯 놀리는 그녀를 보고는 현재는 안심했다.

"내가 먹어도 별로였어. 만들어 주고 싶은데 저번처럼 이상한 죽 만들까 봐."

선이 농담이었다며 잘 먹겠습니다 인사하고 수저를 들고 한입 먹으려 하자 현재가 숟가락을 뺏어 들고는 웃었다.

"팔도 다쳤으니깐 내가 먹여 줄게, 응?"

"괜찮아요. 왼손으로 먹을 수 있어요."

고개를 젓는 그녀를 무시하고 다시 죽을 퍼서는 호호 불어 그녀의 입으로 가져갔다.

"한 입만. 응?"

결국 현재가 떠먹여 주는 죽을 한 입 먹고는 넘겼다. 그냥 죽한 숟가락이었는데 선의 마음은 전체가 따뜻해져 나지막이 속삭였다. 누군가 자신을 이렇게 걱정해 주는 것도 좋다. 그 누군가가 앞에 있는 현재라는 게 더 좋다.

"좋다."

"응? 뭐라고?"

"아니에요."

그렇게 아무것도 아닌 죽 한 숟가락에 현재와 선이의 마음이서로가 서로에게 전부가 되어가고 있다.

18

T호텔 사장실.

박 비서와 막내 비서는 오늘도 여덟 시 사십 분부터 사장이 출근하길 기다리고 있다. 그런데 아홉 시가 되어서도 사장이 나타나질 않자 무슨 일이라도 생긴 건지 걱정이 되기 시작했다. 매일 속으로 욕하는 사장이긴 했지만 그래도 미운 정도 정이라고 걱정이 된다.

삼십 분이나 지난 아홉 시 삼십 분이 되자 박 비서가 참다 참다 사장님께 연락을 취하려 전화를 드는데 사장이 헐레벌떡 뛰어들어왔다.

"죄송합니다. 십 분 뒤 보고받도록 하죠."

오늘 아침 현재는 늘 눈뜨는 시간 아침 일곱 시에 일어났다.

손님방에서 자고 일어난 현재는 늘 아침 습관처럼 씻으러 욕실로 들어가지 않고 다른 방 침실에 잠들어 있는 그녀의 얼굴을 보러 까치발을 들고 들어갔다. 그러고는 시곗바늘이 두 바퀴나 돈 줄도 모르고 계속해서 잠들어 있는 그녀의 얼굴을 보다가 평생 처음으로 지각이란 걸 했다.

사실 맘 같아서는 결근하고 그녀 얼굴을 하루 종일 볼 수도 있을 것 같았지만 아쉬움을 뒤로하고 이마에 살짝 입 맞추고는 서둘러서 출근했다.

지금쯤 일어났을 것 같은데.

현재가 집으로 전화를 걸었다. 신호가 한참이나 가고는 잠에서 덜 깬 목소리가 흘러나왔다.

― 여, 여보세요.

"일어났어?"

잠결에 받은 전화에서 현재의 목소리가 흘러나오자 선이 당황했다.

― 벌써 출근했어요? 나 얼마나 잔 거예요? 깨우고 가지요.

"어, 오래, 아니."

― 네?

"벌써 출근했고 오래 잤고 안 깨웠어. 나 일 시작해야 해. 오늘 아무 데도 나가지 말고 집에 있어 알겠지?"

― 필요한 것도 사야 되고.

현재가 절대로 안 된다는 듯이 단호한 목소리로 타일렀다.

"내가 사 갈 테니 집에만 있어 알겠지?"

— 네…….

대답은 이렇게 했지만 그녀는 현재가 갑자기 보쌈하듯 데리고 오는 바람에 짐을 챙겨 오지 못해 당장 갈아입을 속옷도 없었다.

간단하게 세수만 하고 밖에 잠깐 나갔다 오면 현재가 눈치 못 챌 것 같았다. 팔에 깁스한 것뿐인데 현재가 너무 중병 환자 취급하고 있어 불편했다.

한 달 정도 깁스를 해야 될 거 같은데 우선 문화센터에도 전화해야 하고 예약된 손님들께도 취소를 알려야 하고, 무엇보다 상아에게 연락해야 하는데 하루 종일 바쁘겠다.

간단하게 준비를 마치고 밖으로 나섰다.

박 비서는 지금 백화점으로 외근을 나왔다. 늦게 출근한 사장이 자신을 호출하고는 스케줄은 다 막내 비서에게 미루고 백화점에 갔다 와야겠다고 지시했다. 처음에는 호텔을 백화점으로 잘못 들은 줄 알았다. 다음으로 들려오는 심부름의 목적을 듣고 박 비서는 뒤로 넘어갈 뻔했다.

"어제 제 여자 친구가 좀 다쳐서 갑자기 제 집으로 옮겨 왔습니다."

그게 자신과 무슨 상관이란 말이냐. 박 비서가 대답했다.

"네?"

"간단한 옷가지도 없고 해서, 박 비서님이 저보다 잘 아실 것
같은데요?"

아, 그러니깐 자기 여자 친구 옷을 부탁하는 건가?

이현재 사장은 지금까지 자신에게 한 번도 사생활과 관련된
일은 시킨 적이 없다. 근데 지금 자기 여자 친구 옷을 내게 부탁
한다고? 많이 변했네. 우리 사장님. 입꼬리가 올라가려는 걸 참
고 박 비서가 물었다.

"사이즈는 어떻게 할까요?"

"그게. 박 비서님은 어떻게 되십니까?"

"저는 55 입습니다."

"그럼 55 정도 하면 되겠네요. 부탁드립니다. 물론 외근 수당
은 나갈 겁니다."

"감, 감사합니다."

박 비서는 자신의 상사, 즉 이현재 사장을 이렇게까지 만든 여

자가 궁금해졌다. 살다 살다 여자 옷을 부탁하면서 쑥스러워하며 웃는 사장을 보게 되다니. 이 역사적인 순간을 다른 사람에게 말해도 절대로 믿지 않겠지. 박 비서는 부탁하는 사장의 모습을 사진으로 찍어 증거로 남기고 싶기까지 했다.

박 비서가 나가자마자 현재는 다시 집으로 전화를 걸었다. 전화신호가 한참이나 가고도 받질 않는다.

이 여자가! 화가 나서 다시 핸드폰으로 전화를 걸었다. 그랬더니 신호가 울린 지 얼마 안 돼서 받는다.

— 여보세요? 현재 씨?

"어디야. 집 아니야?"

— 아까 전화하고 또 전화한 거예요? 한 시간도 안 지났어요.

현재가 화가 난 목소리로 다시 물었다.

"집에만 있으라니깐 또 어딜 나간 거야?"

— 그게, 살 것도 있고 마트에 잠깐 왔어요.

"내가 사 간다고 했잖아. 집에만 있으라고."

현재의 계속된 높은 음성에 선이 조금 심통이 나서 뿌루퉁하게 말했다.

— 아니, 현재 씨가 내 속옷도 사올 거예요?

현재는 그제야 큰 소리 치던 입을 닫았다.

"……."

선이 결국 포기한 듯 아이 달래듯 그를 달랬다.

— 미안해요. 진짜 금방 들어갈게요. 알겠죠?

"알았어."

❀

박 비서가 외근으로 나가 사 온 선을 위한 선물이 담긴 종이백을 들고 집으로 들어온 현재는 욕실에서 들리는 선의 비명에 놀라 종이백은 던져 버리고 욕실 문을 열어젖혔다.

선이 옷이 젖은 채로 샤워기를 들고 어정쩡하게 서 있었다.

"무슨 일이야?"

한 이틀 머리를 못 감았더니 간지러워서 견딜 수가 없었다. 현재가 마치고 오기 전에 감아야겠다 싶어 왼손으로 샤워기를 들고 트는 순간 수압 때문에 샤워기를 놓쳤다. 그러다 보니 온데 물이 튀어 난장판이 된 순간 놀란 현재가 욕실 문을 열고 서 있었다.

"그게 머리 감으려고……."

"뭐? 놀랐잖아."

물에 젖은 채 긴 머리를 귀신처럼 풀어 헤치고는 옷은 군데군데 물이 묻었다. 샤워기를 들고 울고 싶은 듯한 얼굴을 보는데 왜 이리 귀여운지.

현재가 의자 하나를 가져와서는 세면대 앞에 놓고는 재킷을 벗고 흰 와이셔츠의 소매를 걷었다.

"여기 앉아 봐."

"괜찮은데…… 어? 어."

결국 현재가 손을 잡아 의자에 앉히고는 뒤로 고개를 젖히게 했다.

"불편한데……."

"그래도 깁스해서 혼자 어떻게 머리를 감아? 눈 감아. 금방 끝나."

샤워기의 물 온도를 적당히 조절하고는 선의 고개를 뒤로 젖혀 감촉이 좋은 긴 머리를 감기기 시작했다. 선이 부끄러워 어쩔 줄 모르고 왼손을 들어 얼굴을 가리고 있었다.

샴푸를 덜어 거품을 내서 머리를 조심스럽게 마사지하고 거품을 쓸어 냈다. 그리고 적당한 온도의 물로 헹구기 시작했다.

눈을 꼭 감고 한 손으로 얼굴을 가렸지만 귀까지 붉혀진 선을 보고는 그대로 얼굴을 내려 이마에 입 맞췄다. 입맞춤에 놀란 선이 손을 내리고 위를 쳐다본다.

"이건 반칙이죠. 난 이러고 있는데."

"그럼 당신도 하면 되지."

말이 끝나기 무섭게 턱을 들게 해서는 현재가 입을 맞췄다.

"어, 옷 젖어요."

"상관없어."

와이셔츠가 젖어 들어가도 신경 쓰지 않는다는 듯이 계속 삼킨 입술을 놓지 않았다.

머리를 꼼꼼히 헹구고는 그녀의 손을 이끌고는 화장대에 앉혔다. 선이 괜찮다며 자신이 머리를 말리겠다는데도 굳이 말려 주겠다며 드라이기를 들고 그녀의 머리를 말리기 시작했다. 따뜻한 바람과 현재의 부드러운 손길에 나른해진 선이 눈을 감고 말했다.

"현재 씨 잘하는데요? 미용실 해도 되겠어요?"

"뭐? 나 같은 고급 인력을? 그리고 내가 다른 여자 머리 이렇게 해 줬으면 좋겠어?"

말이 또 엉뚱한 데로 튀고 있다. 선이 흥분한 현재를 진정시키려 돌아서서 현재의 허리를 안았다. 그리고 조근한 목소리로 현재를 달랬다.

"나만 이렇게 해 주면 되잖아요."

그제야 만족한 현재가 헤벌쭉 웃었다.

"응."

선이 안긴 얼굴을 현재 품에서 부비기 시작했다. 현재가 아래에서 뜨거움이 올라와 긴장했다. 아무것도 모르고 이 여자는 웃으며 그저 좋단다. 현재가 조용하게 내뱉었다.

"끙. 나도 언제까지 참을 수 있을지 모르겠는데."

"응?"

"아니야."

마저 머리를 말리고 각자 옷을 갈아입고 만난 주방에서는 현재가 선이 앞에서 툴툴대고 있다. 저녁에는 된장찌개를 먹고 싶다며 마트에서 재료를 사 왔다고 비닐봉지를 들어 보인 현재에게 선이 만들 줄은 아냐고 물으니 당연하지 하며 장담을 한다. 그리고 지금, 칼을 들고 호박을 난도질하고 있다.

"내가 할까요? 그냥 못한다고 하지 그랬어요."

현재가 남자가 칼을 들었으면 호박이라도 썰어야지 하는 집념으로 포기하지 않고 다시 장담한다.

"아니야, 만들 줄 알아."

"오늘 먹을 수는 있는 거예요?"

현재도 슬슬 칼과의 사투에서 지쳐 가고 배도 고파 오자 포기했다.

"시켜 먹을까?"

결국 포기한 현재가 웃겨 선이 나섰다.

"제가 가르쳐 줄 테니깐 현재 씨가 해 볼래요?"

"좋아."

합의점을 찾고 나니 선의 지시에 따라 현재가 호박, 양파, 감자, 두부 된장찌개에 들어갈 재료를 손질하는 손이 빨라졌다.

끓는 물에 야채를 넣고 끓인 물에 된장까지 푸니 구수한 냄새가 집 안에 진동했다. 준비한 된장찌개와 김, 김치, 계란 프라이밖에 없는 저녁 식사였지만 맛있었다.

멋지고 화려한 음식이 놓아진 밥상도 멋진 밥상이지만 선과 현재가 같이 앉아 서로를 보며 먹는 이 밥상이야말로 천상의 밥상이 아닐까.

그렇게 그들은 또 같은 밥상을 공유했다.

시간은 언제나 그렇듯 잡고 싶지만 잡을 수 없이 흘러가고 이제 현재의 집에서 지내는 것이 익숙해지고 있다.

학기 말이어서 일이 끊이지 않던 상아가 방학이 다가오자 여유가 생겼다고 자신이 머물고 있는 현재네 집으로 온다고 한다.

처음에 자신이 다쳤다는 것을 알고는 펄펄 뛰면서 노발대발하더니 현재가 나타나서는 일을 처리했다는 사실을 알고는 그때부터 상아는 현재에게 무한 신뢰를 보내고 있다.

전 같았으면 어림 반 푼어치도 없지, 하며 현재네 집에 발도 못 들이게 했을 텐데 이제 상아는 그냥 그런가 보다 하고 넘어갔다. 약속 시간이 다 돼서 상아에게서 전화가 왔다.

"여보세요?"

— 여기 근처인 거 같은데, 어? 여기 P건물 앞 L아파트 맞아?

"응."

— 알았어, 다 왔어.

금세 벨소리가 들렸다. 상아가 들어오더니 뒷짐 지고 집부터 구경하기 시작했다.

"야, 역시 부자가 좋긴 좋구나, 여기 땅값도 비싸. 거기다 이렇게 넓은 평수면 돈깨나 할걸?"

"그래?"

"그럼 그렇지. 또 모르고 있었지."

선이 주방에서 따뜻한 차를 우려내고 어제 현재가 사 온 케이크를 잘라서 접시에 담았다. 구경을 다 마친 상아가 식탁에 앉았다. 그리고 깁스한 선의 팔을 이리저리 살피더니 가방에서 펜을 꺼내 사인하기 시작했다.

"내가 얘들 공책에는 참 잘했어요, 도장만 찍어 줘서 내 사인이 이렇게 멋진 줄 까먹고 있었다?"

"그래, 네 사인 받아서 영광이다. 어서 케이크 먹어. 네가 좋아하는 치즈야."

"땡큐, 맛있겠다. 그래. 진주 아빠는 어떻게 됐어?"

"현재 씨가 처리했어. 경찰에 고소하고 다시는 진주 옆에 못 오게 각서랑 금지 처분받았나 봐. 진주도 이제 다시 학교 다니고."

"잘됐네. 근데 너는 계속 여기 있는 거야?"

"그게……."

"여기 있은 지 한 삼 주 정도 되지 않았어?"

"어. 팔 풀고 나면 이제 부산 내려가야지."

팔에 깁스는 하고 있지만 안 그래도 고운 얼굴이 더 예뻐진 걸 보니 현재가 아마 잘해 주는 정도를 넘어 받들어 모시나 보다. 근데 설마…….

"현재 씨가 밤에 가만히 두긴 하니?"

"어? ……어."

상아의 말이 무슨 뜻인지 알아버린 선이 얼굴을 붉히며 시선을 바닥으로 고정시켰다. 상아는 부끄러워하는 친구의 모습에 짓 궂어졌다.

"현재 씨, 설마 어디 이상 있는 거 아냐?"

"아, 아니야!"

선이 놀라 소리쳤다. 현재가 얼마나 열심히 참고 있는지 알고 있다. 자신을 배려해서 참고 있다는 것을.

매일 손을 잡아 입 맞추고 뒤에서 갑자기 안아 올 때도 많다. 거기다 안고 있다 오랫동안 키스를 나눌 때는 얼마나 초인적인 힘을 발휘하는지.

계속 놀리고 싶었지만 친구의 얼굴이 터져 버릴 것 같았다. 조 금 더 놀리고 싶지만 더 놀렸다가는 뒷일을 감당하지 못할 듯하 니 슬며시 화제를 돌렸다.

얼마 전 들은 엄청난 소식에 대해……

"너한테 말해야 하나 싶었는데."

"응?"

"고정운이랑 박세진이랑 결혼식 전날 파투났대."

"뭐라고?"

"말해야 하나 했는데 에라, 모르겠다. 어차피 알게 될 건데. 현재 씨가 두 사람 결혼 비용 대 준다고 했단다. 대 주면서 선물 이자 경고라고. 너 같은 보석을 몰라봐 줘서 고맙다고. 박세진이 야 본래 그런 겉치레 좋아해서는 거기서 결혼하자고 그러고 고정 운은 꼴에 자존심은 있어서 거기서는 못한다고 싸우고는 헤어졌

262

단다. 게다가 박세진은 고새를 못 참고 선 시장으로 나가셨고 고정운은 술에 쩔어 산단다. 역시 아직 세상은 살 만한가 봐."

"……."

"현재 씨 진짜 괜찮은 거 같아. 그리고 또."

앞에서 상아의 말이 계속되고 있었지만 선은 아무 소리도 안 들렸다. 선이는 이제 진심으로 괜찮다고 말할 수 있었다. 현재가 옆에 있어 줘서 이젠 정말 아무렇지도 않았다.

그 당시의 나는 내가 부족하고 잘못돼서 그런 게 아니란 건 알고 있었지만 살아온 모든 것이 배신으로 돌아왔을 때 내 자신이 싫어졌었다. 사랑에 배신이나 우정의 다른 면을 보았다는 것보다 왜 그렇게 착하게 미련하게 살았나 하는 것에.

하지만 현재를 만나고 현재의 할아버지와 어머니를 만나고 더 열심히 자신이 살아 온 것처럼 살 수 있을 것 같았다. 현재라면 자신이 있는 모습 그대로 믿어 주고 사랑해 줄 테니깐. 내 이름이 선이라는 것을 알아차리고 의미 있게 불러 줄 테니깐.

19

요즘 T호텔 사장 비서실은 정각 6시가 다가오면 시계를 당연하게 쳐다보는 사람들이 많아졌다.

첫째는 남편 얼굴이 어떻게 생겼는지 까먹어 가던 박 비서다.

요즘은 남편과 보내는 시간이 많아졌다. 조금 더 노력하다 보면 하늘의 별을 딸 수 있을 것 같았다. 내일이 주말이니 오늘 남편과 둘이 오붓이 DVD 빌려보고 흠흠흠. 시간아 빨리 가라! 가는 길에 마트에 들러 팝콘이랑 맥주를 사 가야겠다.

둘째는 다크 서클의 여왕 막내 비서다.

드디어 다크 서클은 물러가고 남자 친구가 생겼다. 야근이 없어지니 얼굴에 생기가 돌기 시작했고 멋진 사람을 만났다. 오늘 저녁에 만나 세 번째 데이트 코스로 연극을 보러 가기로 했다.

마지막은 이현재 사장이다.

부러 일감을 만들어서 회사를 지키던 그가 이제는 칼 퇴근의 진수를 보여 주고 있다. 선이 기다리고 있는 집으로 가고 싶어서 5시부터 서류는 눈에 들어오지 않고 계속 시곗바늘만 쳐다봤다.

6시 5분 전! 이현재 사장은 재킷을 들고 출발선에 선 선수처럼 나갈 준비를 한다. 비서들도 가방을 챙기고는 눈치 보며 앉아 있다.

6시 땡, 종이 치자마자 문이 열린다.

"저는 들어가 보겠습니다. 내일 뵙죠."

현재가 사라지자 비서들도 챙겼던 가방을 들었다.

"저 요즘 사장님이 정말 좋아요. 남자 친구가 더 좋지만."

박 비서도 동의했다.

"나도 좀 좋다. 가끔 화도 내시지만, 데이트 잘하고 내일 보자. 그리고 여자가 좀 빼고 그러기도 해야지. 너무 들이대면 안 돼. 네가 먼저 고백해서 사귀는 거잖아."

막내 비서는 배시시 웃기만 했다. 좋은 사람이 먼저 고백하면 되지. 누가 먼저냐 그게 뭐 그리 중요하다고. 거울을 들어 화장을 고치고 머리도 다시 정리하고 마지막으로 문을 닫고 사무실을 나왔다. 남자 친구 만나러 가는 길이 그냥 설레고 기대된다.

퇴근길 막히는 도로 위에서 현재는 차에서 발을 동동 구르며 신호가 바뀌기를 기다리고 있다. 그는 요즘 닥치는 대로 하던 일을 조금 줄이고 여유를 갖게 되었다. 선이 기다리고 있는 집으로 가는 길이 너무나 좋다.

차에 내리자마자 뛰어 들어간 1층에서 초조하게 엘리베이터가 오기만을 기다렸다. 25층에서 내려오는 엘리베이터를 기다리지 못하고 계단으로 가 몇 계단씩 성큼성큼 뛰어 9층까지 올라간다. 현재가 가쁜 숨을 내쉬며 초인종을 눌렀다. 안에서 그녀의 목소리가 들린다.

"왔어요?"

예전과 달리 혼자 살던 오피스텔은 컴컴한 주차장에서 위를 올려다보면 밝게 불이 켜져 있다. 또 신발을 벗고 들어선 집은 온기가 느껴진다. 삭막하기만 하던 분위기가 선이 가져온 싱그러움으로 넘쳐난다.

앞치마를 입은 선이 새색시처럼 웃으며 그의 재킷을 받아 든다.

"뭘 이렇게 많이 했어. 손도 불편하면서……."

"아니에요, 간단하게 차렸어요. 씻고 와서 밥 먹어요. 밥만 담으면 돼요."

"알았어."

현재가 욕실로 들어가자 선이 밥을 담아 식탁에 내려놓는다. 손이 불편해 힘든 음식은 차리지 못하고 간단한 김치찌개와 가져온 반찬 그리고 그가 좋아하는 호박버섯볶음까지 차려냈다. 현재가 젖은 머리를 털며 편안한 흰 티에 파자마로 갈아입고 나왔다.

"맛있겠는데, 어서 먹자."

마주 보고 앉은 식탁에서 현재가 밥을 먹으며 오늘 있었던 일을 물었다.

"오늘 상아 씨 잘 왔다 갔어?"

"네."

"무슨 얘기 했어?"

"……"

선은 빙그레 웃으면서 아무 말도 하지 않았다. 현재가 계속해서 찌개도 퍼먹고 다른 반찬도 맛보고 계란말이를 집었을 때, 선이 턱에 두 손을 괸 채로 고운 목소리로 그를 불렀다.

"현재 씨."

"응?"

"사랑해요."

밥 먹다 들은 갑작스런 사랑 고백에 집었던 계란말이를 떨어뜨렸다. 그런 현재를 보고 또 선이 빙그레 웃으며 이어 말한다.

"내가 나인 걸 사랑해 줘서 많이 고맙고 사랑해요."

현재는 밥 먹던 걸 멈추고 수저를 옆에 내려놓고는 물컵을 들어 물을 벌컥벌컥 마시기 시작했다. 한 컵 빠르게 마시고는 말했다.

"미안……"

뭐가 미안하단 말인가 쳐다보자 현재가 일어나 식탁 옆을 짚고는 긴 허리를 접어 그녀에게 입 맞췄다. 한참을 맞추고 나서야 선의 얼굴을 매만졌다.

"밥 먹다가는 안 하려 했는데, 당신이 그런 말 하니깐 참을 수가 없어서."

선과 현재가 그들만의 세계에 갇힌 듯 서로만을 응시했다. 그렇게 오랫동안 시간이 멈춘 것처럼 눈빛으로만 말하고 있었다. 두 사람은 이 순간 시선이 서로를 향해 있다는 것이 좋았다.

그날의 컴컴한 밤, 현재는 선의 고백에 잠을 들 수가 없다. 세상을 다 가진 것처럼 행복해서 이젠 정말 아무것도 필요가 없다.

누워서 천장을 보고 선이 닮은 하얀 양만 세고 있었다. 1,000마리쯤 셌을 때 갑자기 노크 소리가 들리더니 문이 열린다. 그녀가 하얀 원피스 잠옷을 입고 서 있었다.

"자요?"

현재가 벌떡 일어나 그녀에게서 떨어져 실낱같은 이성을 붙잡고는 말했다.

"남자 혼자 자는 방에 이렇게 들어오면 어떡해."

선 역시 잠이 오지 않았다. 아까의 고백 이후 맘이 계속 쿵쾅거려서 두근대는 가슴을 부여잡고 일어나 침대에만 앉아 있었다.

갑자기 현재가 보고 싶었다. 어디서 이런 용기가 났는지 모르겠지만 아침이 되면 부끄러워 쥐구멍에라도 숨고 싶을지 모르지만 그래도 컴컴한 어둠을 핑계 삼아 노크했다.

"현재 씨니깐."

그 말에 현재의 실낱같은 이성이 뚝 끊어졌다. 성큼성큼 다가가 문밖에 서 있던 선을 잡아 당겨 거칠게 입을 맞췄다. 입술이 열리자 현재가 선의 혀를 감아 올렸다.

몽롱한 눈으로 올려다보는 그녀를 안아 조심스럽게 침대에 누이고는 다시 키스했다. 이마에 조심히 입을 맞추고는 낮은 목소리로 겨우겨우 내뱉었다.

"지금 말해. 내가 참을 수 있을지 모르겠지만, 참아 볼게."

선이 대답 대신 한 손으로 현재의 목을 끌어안았다. 그것이 신호가 되어 현재가 하얀 원피스 잠옷을 벗겨 냈다. 부끄러워 한 손으로 몸을 가리며 떠는 선의 손을 잡고는 손에 키스했다.

현재는 자신 밑에 누워 있는 사람이 선이라는 사실이 아직도 믿기지 않았다. 얼마 동안 선의 손을 잡아 키스하고 부끄러워 눈을 감고 있는 그녀의 눈에 입 맞추고 고백했다.

"예쁘다. 심장이 터질 것 같아."

현재가 티셔츠를 홀러덩 벗고는 선의 손을 들어 탄탄한 가슴 안에 존재감을 드러내며 뛰는 심장으로 가져갔다. 쿵쿵쿵 터져 나올 듯이 뛰는 심장이 손바닥에 느껴졌다. 선이 놀라 눈을 뜨자 현재가 멋있게 웃으며 다시 말했다.

"사랑해."

현재의 심장과 같은 박자로 그녀의 심장도 춤추고 있었다. 선이 눈을 떠 말했다.

· "저도요."

두 정점을 가리고 있던 속옷을 벗겨 내고는 가슴을 물고 빨기 시작했다. 손에 알맞게 들어오는 과실이 너무 달콤해서 계속해서 부드럽게 만졌다. 정신없이 한없이 탐하다 정점을 비틀었다. 열에 들뜬 선의 입에서 참지 못한 신음이 흘러나왔다.

"음, ㅇㅇㅇ."

"참지 마, 응?"

현재가 선의 귀에 대고 부드러운 목소리로 속삭였다. 귀에 뜨거운 바람이 불어오자 선의 몸이 흠칫 떨었다. 선이 신음인지 대답인지 모르는 말을 내뱉었다.

"으, 응."

선의 대답을 듣고 계속해서 가슴을 애무하던 현재가 목에 자신만의 표시를 남기고 그의 입술이 온몸 구석구석 닿았다.

점점 밑으로 내려와 선의 납작한 배에 자잘하게 베이비 키스를 하고는 더 밑으로 내려가 은밀한 곳을 가리는 하얀 가리개를 벗겨 냈다. 선이 놀라 다리를 오므렸다. 오므리는 그녀의 발을 잡아 키스했다. 그리고 조심히 다리를 벌리고 검은 숲을 뚫어져라 쳐다보더니 얼굴을 내렸다.

"하, 하지 마요."

선이 현재의 머리를 밀어내려 했지만 그녀의 작은 거부는 현재의 열망 앞에서 무시되고 있었다. 거부가 점점 신음으로 바뀌어 갔다.

현재가 집요하게 한 곳을 핥았다. 부드러움이 흘러나왔다. 어찌할지 모르는, 처음 느껴 보는 느낌에 선이 흐느꼈다.

"음, 아아, 으앗."

자신을 받아들이길 준비하는 선을 강렬한 눈으로 응시한 현재가 부드러운 안으로 손가락 하나를 밀어 넣었다. 너무 부드럽고 좁아서 아늑해졌다. 하나에 반응하자 손을 움직였다. 선이 가쁜 숨을 내쉬었다.

"하아."

현재가 다시 얼굴을 내려 소중하게 키스했다. 더 정성스럽게 그녀를 아껴야 하는데 이 이상은 한계다. 현재가 입을 벌리고 신음하는 선의 얼굴을 만지면서 말했다.

"당신 팔도 아픈데, 나 진짜 짐승인가 보다."

선이 열망이 핀 얼굴로 고개를 저었다.

"최대한 자제해 볼게."

말이 끝나기 무섭게 다리를 벌려 그가 조심히 들어갔다. 처음 낯선 것을 받아들이는 안이 현재를 휘감아 왔다.

"아앗, 아."

다시 조금 힘을 줘서 밀어 넣었다. 선이 아파 얼굴을 찡그리는 걸 보고는 현재가 모든 움직임을 멈춘다. 시간이 지나 어느 정도 익숙해지자 선이 손을 위로 올려 인상 쓰며 참고 있는 현재 얼굴을 쓰다듬었다. 이 순간에도 자신을 먼저 생각하는 남자. 이 남자를 사랑한다.

눈을 마주치고 선이 끄덕이자 현재가 움직였다. 더 깊숙이 닿고 싶은 마음을 담아 더 선이에게 다가갔다. 현재가 선의 안에서 신음한다.

"음, 아아. 너, 무 좋아."

계속된 움직임에 두 사람이 소리 냈다.

"아아, 앗."

좋음으로 바뀐 느낌이 황홀해지고 선이 현재와 함께 절정에 올랐다. 그녀의 위로 무너진 현재가 선이 무거울까 봐 옆으로 누워 그녀를 껴안았다.

"선아, 사랑해."

"음."

처음 느끼는 생소함에 선이 까마득히 잠으로 빨려 들어갔다.

그녀가 잠드는 걸 본 현재가 욕실로 가서 따뜻한 물에 적신 수건을 가져와 아래를 닦아 주자 선이 흠칫 놀란다.

그런 그녀가 너무 예뻐서 또 고개를 드는 남성을 애써 무시하고 한참을 그녀를 바라보다가 입 맞추고는 그녀를 품에 안고 잠들었다.

두 사람이 누운 침대 위로 아름다운 달빛이 비치고 있었다.

다음 날 점심때가 다 돼서 먼저 일어난 선이 옆에서 자신을 안고 잠들어 있는 현재를 보고는 부끄러워졌다. 어제의 뜨거움이 생각나서 어딘가로 숨고 싶어졌다.

쥐구멍을 찾아 일어났다. 현재의 팔을 조심히 풀고는 몸을 일으켰는데 안 아픈 곳이 없다. 따뜻한 물에 몸을 좀 담그면 괜찮아질 듯싶은데.

조심히 내려와 침대 바로 밑에 떨어진 원피스를 주워 입고는 욕실로 향하는데 생소한 아픔에 신음하며 주저앉았다.

"아."

작은 신음 소리에도 반응하며 일어난 현재가 주저앉아 있는 선을 보고 놀라 물었다.

"어디 아파? 어디?"

"……."

그곳이 쓰리고 아프다고 절대로 말 못한다. 선이 고개를 숙이고 눈을 마주치지 못하자 그제야 눈치챈 현재가 그녀를 안고는 욕실로 향했다. 욕조 끝에 선을 앉히고는 따뜻한 물을 받기 시작했다.

"잠시만 기다려."

선이 현재의 탄탄하고 매력적인 벗은 몸에 부끄러워져 아무 말도 못하고 시선을 욕실 바닥에 고정시켰다.

"……."

그런 모습의 그녀가 또 사랑스러워져 버린 현재가 머리에 입 맞추고는 밖으로 나가 어제 약국에서 사 온 걸 가지고 왔다.

"이걸 깁스한 데에 씌우면 물이 안 들어간대. 어제 사 왔어."

어느 정도 물이 받아지자 프리지아 입욕제를 풀고는 손을 들

273

어 그녀의 원피스를 벗기려 했다. 선이 놀라 손을 저었다.

"안 벗을래요."

"그럼 옷 입고 욕조에 들어갈 거야?"

선이 부끄럽다는 듯이 고개를 끄덕였다.

"그래, 그럼."

현재가 잠옷 입은 선을 안아서는 욕조에 조심히 내려놨다. 하얀 원피스가 물에 젖어 그녀의 몸에 달라붙어 가녀리고 아름다운 곡선이 드러났다.

현재가 음흉하게 웃더니 선의 뒤로 들어와 그녀를 안았다. 현재가 뒤에서 앉아 계속해서 물에 젖은 잠옷이 덮인 그녀의 가슴을 지분거렸다.

"하지 마요, 부끄럽단 말이에요."

"이 정도에 부끄러워하면 어떻게 해. 내가 머릿속으로 생각하고 있는 거에 비하면 아무것도 아닌데."

"하지만……."

선이의 다음 말은 사라졌다. 현재가 고개를 돌려 키스로 그녀의 말을 삼켰다. 그렇게 오랜 시간이 지나도록 욕실에서는 물소리와 함께 신음 소리가 흘러나왔다.

T호텔 사장 비서실.

부산 호텔 백화점이 오픈 날짜가 이제 정말 코앞으로 다가오다 보니 야근하는 날이 많아졌다. 최대한 빨리 일을 처리하려 했지만, 며칠 야근하는 건 어쩔 수 없는 일이었다.

초인종도 누르지 않고 조용히 들어가면 선이 소파에 웅크리고 새우잠을 자고 있다. 속상해서 그러지 말라고 말을 해도 들은 체 만 체다.

오늘도 서둘렀지만 넘쳐오는 일감을 이기지 못하고 시계가 12 시를 넘어갈 즈음 귀가했다. 소파에 그녀가 또 불편하게 자고 있 다.

조심히 안아서 침대에 내려놓는데 몽롱한 눈을 뜬다.

"왔어요? 안 자고 기다리려 했는데……."

졸린 눈을 비비며 잠을 깨려는 그녀 이마에 입 맞추고는 현재 가 이불을 덮어 준다.

"더 자. 씻고 와서 바로 잘게."

"배 안 고파요? 식탁에……."

하던 말을 다 못하고 다시 잠에 빠져드는 선이다. 현재가 재킷 을 벗고 넥타이를 풀고는 식탁으로 향한다.

손잡이 달린 하얀 뚝배기 뚜껑을 여니 간단한 연두부 수프랑 누룽지가 담겨져 있다. 옆에 포스트잇을 보고는 늦은 밤 배고파 살짝 허하던 가슴이 먹지도 않았는데 따뜻하게 채워진다.

현재 씨, 일한다고 고생이 많아요. 오늘은 연두부 수프랑 누룽 지예요. 친사레인지에 잠시 돌려 먹어요. 혹시 나 또 자고 있으면 무조건 깨워요!!!^^

웃으며 수저를 들었다. 늦게 들어온 주제에 저녁 야식까지 얻어먹는 내가 뭐 잘한 게 있다고 당신을 깨우나. 배를 든든하게 채우고 간단하게 씻고는 침대로 들어와 현재가 선을 끌어안았다. 그의 품에 꼭 맞게 안겨 오는 선을 안고서야 잠들었다.

'이제 당신을 안지 않고는 잠도 오지 않아. 당신 없었던 옛날은 기억나지도 않아.'

현재네 집에서 함께 지낸 지도 한 달이 다 되어 가는 날, 깁스를 풀러 병원에 가야 되는 날이다. 현재가 얼마 전 자신과 같이 가자며 약속을 했지만 요즘 부산 호텔 오픈 준비로 너무 바빠서 매일 밤늦게 들어오는 그에게 같이 가자고 말하기가 미안했다.

까칠하고 피곤해 보이는 얼굴을 하고서는 저녁 늦게 들어와서는 깨우지도 않고 자신이 일어나기도 전인 새벽 일찍 나가서 잠은 언제 자나 싶어 걱정이 되는데, 괜히 병원 간다고 말하기 좀 그랬다.

팔 깁스 푸는 것쯤이야 혼자 가도 상관없을 것 같았다. 간단하게 준비하고 택시를 잡아타고 병원으로 향했다. 대기실에서 기다리다가 간호사가 그녀의 이름을 부르자 진찰실로 들어갔다. 간단한 체크 사항을 숙지하고 깁스를 풀려는데 그 때 노크 소리가 들리더니 현재가 들어왔다.

"어떻게 왔어요?"

"내가 같이 가자고 했잖아, 기억하고 있었지."

"바쁘잖아요. 나 혼자 와도 되는데."

"안 바빠. 바쁜 일은 다 마무리했어."

현재가 말을 마치고는 그녀의 뒤로 가서 서서는 의사가 석고를 절단하고 깁스를 다 풀 때까지 선의 어깨를 잡고 있었다. 그녀의 팔이 가벼워지자 다시 한 번 숙지사항을 주의 깊게 듣고는 그녀를 조심히 보호하며 병원을 나왔다.

택시 타고 가도 된다는데 굳이 차에 태우고는 안전벨트를 매어 주는 현재를 보고 선이 물었다.

"이제 안 바빠요? 다시 들어가 봐야 하는 거 아니에요?"

"급한 불은 다 껐어, 비서실 직원들 며칠 휴가 줬어. 물론 나도."

"그럼 집에 가서 좀 쉬어요. 피곤하잖아요."

"아니야, 오늘은 집 말고 나랑 갈 곳이 있어."

어디 가냐고 물어도 현재는 웃기만 할 뿐 대답 없이 차를 출발시켰다. 가까운 곳에 가는 건 아닌지 고속도로를 탔다. 얼마쯤 달리자 그녀의 눈이 감겼다.

현재는 오늘 선이 깁스를 푸는 날이라는 걸 알고 있었다. 오늘 기념으로 멋진 곳에서 식사를 하고 함께 밤을 보내는 것이 계획이었다. 그래서 급한 일을 다 나부리하고 오픈 전에 고생한 비서실 식구 모두에게 며칠 휴가를 줄 생각을 하고 있었다. 근데 바로 몇 시간 전에 할아버지께 전화가 왔다.

"무슨 일 있으세요?"

— 현재냐? 할비다. 그래, 오늘 선이 깁스 풀러 가는 게야?

할아버지가 걱정하신다고 무슨 일이 있어도 말하지 말라던 선의 당부에 할아버지께는 거짓말을 했다. 부산에 일이 생겨서 한 달 동안 문화센터 강의를 못하게 됐다고. 그래서 서울에 못 올라올지도 모른다고 연락이 왔다고 거짓말했다.

그런데 역시나 모든 걸 알고 계시는 전지전능한 할아버지께서 모르실 리 없었다.

"알고 계셨어요?"

— 그럼 알고 있었지. 나가 바보냐?

손자 놈은 모르겠지만 손자가 거짓말할 때는 입꼬리 한쪽이 살짝 올라간다. 자기를 찾아와 말하길 선이에게 일이 생겨서 서울을 못 온다는 말을 입꼬리를 올리며 전했다. 당연히 거짓말이지.

나중에 김 실장에게 다그쳐 물어보니 다쳤다고 한다. 당장에 달려가 지팡이로 내리치고 싶었지만 현재 놈이 잘 처리했다고 했다. 그러고는 선이를 지 오피스텔에 데려다 놓았단다.

다음 날 다시 찾아와 현재가 다시 입꼬리를 올리고 호텔 일이 바빠서 이제 지는 오피스텔에서 출퇴근한단다.

이 영감은 모른 척해 줬다. 언제고 자기가 참견할 순 없으니깐, 둘이 맘에 있으면 함께 하겠지 싶었다. 이제 정말 필두를 만나러 가도 될 것 같다. 놀란 현재의 대답이 들려온다.

"네, 오늘이에요."

― 니 이제 바쁜 일은 거의 끝났지야?

"네."

― 그럼 선이 깁스 풀고는 필두 산소에 좀 갔다 오니라.

"네?"

― 선이 할비, 이맘때쯤 갔어. 제삿날은 우리 다 같이 가면 되것지만. 그전에 니는 인사도 안 하고 선이를 보쌈했어야?

생각하지도 못했다. 너무 많은 일이 한꺼번에 일어나서 선을 데려오기 전에 먼저 인사했어야 하는데 귀한 손녀따님 주셔서 감사하다고 인사하는 게 순서였는데, 갑자기 후회가 밀려왔다. 더 소중하게 대해 줬어야 하는데. 현재가 순순히 반성했다.

"네, 죄송해요."

― 가서 선이 달라고 정중히 인사하고 오니라.

선이는 아무도 없는데 자신에게 이렇게 정정하게 살아 계신 할아버지가 계셔서 다행이다. 그리고 손자에게 가르침을 주시는 할아버지가 좋았다. 현재가 정중히 말했다.

"감사합니다. 할아버지."

― 알믄 됐어, 그라고 내 증손자도 이제 볼 수 있는 게야?

"네?"

― 메야. 요즘은 애가 혼수라는디. 니는 트렌드도 모르는 기야?

"힘써 볼게요."

— 그랴, 잘해야 해이.

"감사합니다."

그가 잊고 있었던 것들과 실수들이 더해져 내려놓는 전화기가 무거웠다. 하지만 이내 마음을 다잡았다. 좀 있으면 선이 할아버지께 인사하러 가야 하는데 밝고 행복한 모습만 보여 드리고 싶었다. 현재가 선이를 떠올렸다. 현재가 그녀만 생각하면 저절로 나오는 웃음을 귀에 걸었다.

잠에서 깬 선이 어디로 가는지 궁금해 창밖을 응시했다.

계속 달리던 차가 익숙한 곳에 섰다. 매일매일 와 보고 싶었지만 너무 죄송해서 가끔 들를 수밖에 없는 할아버지 산소였다. 그러고 보니 얼마 안 있으면 할아버지 돌아가신 날이다. 요즘 너무 행복해서 바보같이 까먹고 있었다.

놀란 눈으로 현재를 쳐다보자 그가 내려 트렁크에서 국화 바구니와 큰 비닐봉지를 들고 굳어 있는 선이 있는 차 문을 열고는 손을 잡아 내리게 했다.

"너무 늦게 왔지? 먼저 인사했어야 하는데."

"……."

선이 금방 차오른 눈물이 그렁그렁한 눈으로 올려다보자 현재가 흐르는 눈물을 닦아 주며 말했다.

"울지 마. 안 그래도 너무 늦게 와서 혼날지도 모르는데, 이렇게 울리기까지 하면 나 정말 크게 혼날 거야."

"아, 아니에요. 우리 할아버지 안 그래요."

현재가 훌쩍이는 그녀의 손을 잡고 언덕을 올라갔다.

고 김필두 묘비 앞에 선 현재가 조용히 국화 바구니와 가져온 간단한 음식을 차리기 시작했다. 할아버지가 좋아하시던 곶감과 막걸리도 있었다. 어떻게 알았냐고 현재를 쳐다보자 아무것도 아니라는 듯이 현재가 말했다.

"할아버지가 알려 주셨어. 곶감이라면 자다가도 벌떡 일어나셨다고."

"고마워요."

현재가 대답 없이 선의 손을 잡아 힘을 주어 꽉 쥐었다 놓았다. 그리고 산소 앞에서 절을 하고는 막걸리를 떠 뿌리기 시작했다.

선이 현재가 하는 것을 보는데 눈물샘이 고장이라도 난 것처럼 눈물이 마르지 않는다. 현재의 담담한 말이 들려온다.

"너무 늦게 와서 죄송합니다. 처음 뵙겠습니다. 저희 할아버지가 이, 수 자, 복 자 되십니다. 제 이름은 이현재입니다. 할아버님 손녀 선이를 많이 사랑합니다. 절대 울리지 않겠다는 지키지 못할 약속은 하지 않겠습니다. 행복해서 눈물 흘릴 수 있도록 항상 노력하겠습니다."

현재의 말을 듣고 있던 선이 속으로 할아버지께 덧붙여 말했다.

'할아버지, 보고 계세요? 많이 죄송해요. 정운 씨랑 헤어진 거 사실대로 말 못해서 정말 죄송해요. 거기 할머니랑 엄마 아빠랑 다 보고 계시죠? 좋은 사람이에요. 있는 대로 날 사랑해 주는 사람이에요. 이 사람이랑 같이 살고 싶어요.'

어디선가 바람이 불어와 선의 눈물을 만진다. 바람이 괜찮다고 알고 있다고 눈물을 닦아 주니 눈물이 멈추고 흘렀던 눈물이 마른다.

그녀가 웃으며 따뜻한 현재의 손을 잡고 올라왔던 길을 내려갔다. 차를 타고 산을 나와 약선 밥상에 도착하자 한 달 사이 더 커 버린 진주가 달려와 그녀의 품에 안겼다.

"우리 진주 그사이 더 컸네? 잘 지냈어?"

"응, 완전 잘 지냈어. 아저씨네 별장에서 소도 보고 강아지도 보고 거기서 봤던 강아지가 진짜 귀여워서 엄마한테 똑같은 거 사 달라고 조르고 있어. 크크."

아이는 아이인가 보다. 그 끔찍한 경험 속에서도 새롭고 아름다운 기억들을 더 소중히 생각하는 것을 보니 다행이다 생각했다.

현재에게 고맙다는 눈빛을 보냈다. 현재가 아무것도 아니라는 듯 으쓱하고 만다.

진주 엄마가 나와 계속 감사인사를 했다. 그러고는 둘이 오붓하게 있으라며 진주를 데리고 읍내 시장으로 피해 줬다.

어제도 얼마 못 자고 오늘 내내 운전을 하기도 했고 선이 할아버지께 인사하러 간다는 사실에 긴장했던 현재가 피곤한지 방에서 잠시 눈을 붙인다더니 이내 코를 골며 자기 시작했다. 현재의 옆에서 그가 자는 걸 계속 쳐다보던 선이 눈까지 내려온 현재의 머리를 만지며 그를 응시했다.

'이 사람이라서, 이 남자를 만나서, 다행이다.'

현재는 잠결에 익숙한 부드러운 손이 자신을 만지는 것 같았다. 꿈도 꾸지 않고 몇 시간을 달게 자고 일어난 현재가 눈을 떴을 때 보인 것은 자신을 뚫어져라 보고 있는 선이었다. 부드러운 손이 그녀였나 보다. 머쓱해진 현재가 선을 올려다보니 선이 꽃처럼 웃으며 말했다.

"현재 씨, 우리 결혼할까요?"

방금 일어난 현재가 잠에서 덜 깨서 꿈인 줄 알고는 반문했다.

"응?"

"저랑 결혼해 주세요."

꿈이 아닌가 보다. 이 여자가 자신을 보면서 꿈이 아니라고 다시 말한다. 놀란 현재가 몸을 일으켜 선을 마주 보고는 분한 얼굴을 하고는 말했다.

"지금 당신 프러포즈하는 거야? 나한테?"

"누가 하면 어때요? 나랑 하기 싫어요?"

애처로운 눈빛으로 그를 쳐다보는 선을 보고는 현재가 벌떡 일어나더니 벗어 놓은 재킷 안주머니에 항상 넣어 다니던 벨벳 케이스를 꺼냈다. 그리고 선이 앞에 한쪽 무릎을 꿇고 떨리는 음성을 숨기고 말했다.

"사실은 진짜 오래전부터 사서 계속 넣고 다녔어. 기회만 엿보면서. 당신이 이렇게 선수 칠 줄 몰랐지만."

"……"

그녀의 갑작스러운 프러포즈에도 항상 그녀를 위해 준비된 자인 현재가 뚜껑을 열어 반지를 보여 줬다. 돌아오는 프러포즈에 놀란 선이 감격한 표정으로 손으로 입을 가렸다.

"흠흠, 김선 씨. 저와 결혼해 주시겠습니까?"

"……"

선이 대답없이 바라만 보자 조바심 느낀 현재가 다시 말했다.

"진짜 잘할게. 당신 가족이 되고 싶어."

"네, 네."

그 말에 선이 현재에게 안겨 왔다. 갑작스런 선의 포옹에 현재가 이부자리 위로 넘어졌다. 그가 웃으며 자신 위에 안긴 그녀의 머리를 끌어당겨 소중하게 입을 맞췄다.

　결혼하기로 결정하고 나서부터는 현재와 선의 의견은 중요하지 않았다. 손자 놈 고얀 성격에 선이 도망갈지도 모른다고 내일 당장 식부터 올리자는 할아버지를 진정시키느라 진땀을 뺐다.

　선은 할아버지께 혹시 실례가 안 된다면 자신에게 가족과 같은 분들과 맛있는 식사나 한 끼 했으면 좋겠다고 넌지시 말했다. 할아버지께서 그러면 가족끼리 선보이는 상견례를 당장 이번 주에 하자고 권하셨다.

　"그랴. 니한테 가족이면 우리한테도 가족이다. 당장 만나 보고 싶다이."

　허락이 떨어진 후 현재에게 그녀는 식사자리에 친구 상아도 함께했으면 좋겠다고 말했더니 현재가 흔쾌히 허락했다.

"당연하지. 우리 장모님 오셔야지. 그리고 내가 큰 선물 해 드릴 거야."

현재가 상아보고 계속 장모님이라 하고 상아는 현재를 우리 사위라고 하는 걸 보니 두 사람이 자신 몰래 한 번은 만났을 거라 생각했는데 오늘 현재가 친구에게 선물까지 한다는 걸 들으니 자신을 현재에게 갖다 붙인 것이 상아인가 보다.

너무 우연이 많긴 했지. 상아에게 바로 연락했다.

— 여보세요?

"상아야, 혹시 이번 주말 저녁에 시간 괜찮아? 현재 씨 집이랑 식사하는데 와 줄 수 있어?"

상아의 섭섭한 목소리가 들려온다.

— 당연하지, 나한테 말 안 하려고 했어? 내가 네 친구고 언니고 엄마인데. 우리 엄마한테도 물어볼게, 그래도 어른이 있어야 네가 안 밉보이지.

"아냐, 다 나를 예뻐해 주셔."

— 알아, 그래도 나는, 그래.

사람들은 피를 나누어야 진짜 가족이라고 얘기한다. 하지만 상아에게는 그렇지 않다. 피를 나누지 않아도 선은 상아에게 친가족이다. 언제고 이런 날이 올 줄은 알았지만 그녀가 시집간다고 하니 울컥한다.

건너편에서 울먹임이 들려오자 선이도 울먹거렸다. 옆에서 통화를 듣고 있던 현재가 말했다.

"행복해서 우는 거야? 나 당신 할아버지랑 약속했는데…… 슬퍼서 우는 거 아니지?"

수화기 너머에서 낯간지러운 현재의 말이 들려오자 상아가 울먹임을 멈췄다.

— 아주 작작 좀 해라.

상아의 툴툴거림이 들려오자 현재가 큰 소리로 말했다.

"장모님, 제가 아주 큰 거 선물해 드릴게요."

그 말에 아까의 훈훈함은 날아가고 선과 상아의 웃음이 터져 나왔다.

토요일 저녁, 이곳 T호텔 레스토랑 VIP룸에는 선과 현재가 사랑하는 모든 사람이 모여 있었다.

현재네는 어머니, 할아버지가 나오셨고, 선은 진주, 진주 엄마, 상아, 상아 어머니가 자리에 함께했다. 할아버지와 어머니가 인사하자 상아 어머니와 진주 엄마가 일어나 공손히 허리 숙여 인사했다.

도 여사가 먼저 말했다. 어느 상견례 자리에서나 하는 기본적인 인사였지만 하는 말에 진심이 묻어났다.

"선이처럼 참한 며느리, 우리 현재에게 주셔서 감사합니다."

상아에게서 현재와 그의 가족 얘기를 들었다. 요즘 세상이 많이 변하긴 했지만 혹시나 피붙이가 하나 없다고 이렇게 착한 아이를 못 알아보는 집안이라면 자신이 절대 결혼을 허락할 수 없다고 결사반대하려고 했었다. 그러나 앞의 어르신의 인품을 보니 걱정 안 해도 될 것 같다.

무엇보다 현재라는 청년이 선이를 바라보는 눈빛이 맘에 들었다. 남자가 지 여자가 제일인 줄 알고 챙길 줄 알아야 하는데 그런 것 같았다.

상아 어머니가 아니라며 손을 저었다.

"아닙니다. 이렇게 훌륭한 아드님을 주시니 감사합니다. 무엇보다 두 분 다 선이를 많이 예뻐하시는 것 같아 맘이 놓이네요. 선이 할아버지가 이제 편히 눈을 감으시겠네요."

인사가 대충 끝나자 음식이 들어오기 시작했다. 처음 방으로 들어올 때부터 눈을 굴리며 최고 힘센 사람을 탐색하던 진주가 당당히 할아버지 옆에 자리를 잡았다. 식사가 시작되자 진주가 들어오는 음식들 중 가장 크고 맛있어 보이는 전복을 집어 할아버지 앞 접시에 살며시 놓아 드렸다. 그러고는 할아버지를 향해 애교 섞인 웃음을 발사했다.

"할아버지 맛있게 드세요."

손자라곤 현재 하나 있는데 손자 놈은 남자애여서 그런지 애교가 없어 항상 아쉬웠다. 그런데 오늘 만난 여자아이는 예쁘지 상냥하지 거기다 애교까지 쓰리 콤보를 선보이니 이 영감의 기분이 하늘을 나는 것 같았다. 앞에 큰 새우 튀김을 집어 진주에게 놓아주었다.

"오냐, 진주도 많이 먹그래이."

"네, 잘 먹겠습니다."

"아이, 우리 진주 잘 먹네이."

진주가 친증손녀처럼 맘에 꼭 든 이 영감이 진주의 머리를 쓰다듬었다.

"진주 담번에 할비 집에 놀러 오라이. 내가 최고 좋은 거 사 준다이."

"정말요? 할아버지 최고."

진주는 처음에 선이 이모가 결혼한다고 했을 때 기분이 썩 좋지 않았다. 동네 유일한 처녀 윤주 이모가 서울로 시집가고는 친정에 내려오는 게 가뭄에 콩 나듯 뜸했기 때문이다. 선이 이모도 결혼하면 자기 곁을 떠날 텐데, 생각만 해도 슬퍼졌다.

하지만 오늘 본 멋진 할아버지와 예쁜 아줌마는 자신을 보고 웃으며 상냥하게 인사해 줬다. 엄마가 선이 이모 가족이면 우리에게도 가족이라고 했으니깐 나에게도 이제 할아버지가 생기는 거다. 친구들한테 가서 자랑해야지.

진주는 할아버지 곁에서 떨어질 줄 몰랐다.

훈훈한 대화와 간혹 웃음소리가 어우러진 행복한 식사가 끝나고 모두 집으로 돌아가고 선과 상아, 현재만 남았다. 현재가 상아를 오피스텔로 태워 주면서 차에서 전에 한 약속을 잊지 않고 말했다.

"상아 씨, 뭐 갖고 싶으신 거 있습니까? 자동차든 뭐든 말씀하십시오."

"농담으로 해 본 말 아니었어요?"

현재가 진지하게 말했다.

"솔직히 선이랑 잘된 것도 전부 상아 씨 덕분입니다."

한참을 고민하던 상아가 뜸들이며 물었다.

"뭐든 상관없는 거예요?"

"네."

뭘 사 달라 할까. 중매를 잘 서면 옷 한 벌 얻어 입는 거라던데. 상아는 딱 하나 원하는 게 있다. 다시 한 번 곰곰이 생각하던 상아가 말했다.

"……그럼 헐리웃 스타 페리가 입고 다니는 추리닝 선물해 줘요."

거하게 자동차까지 생각하고 있었다. 그래, 집을 원한다 해도 가능했다. 자신의 선을 잡는 데 일등 공신이니. 근데 앞의 선의 친구라는 여자는 추리닝을 요구했다. 정장 한 벌도 아니고 추리닝이라니.

"네?"

출근하는 날 아니면 편한 것을 제일로 아는 상아가 즐겨 입는 옷은 추리닝이다. 집에서뿐만 아니라 밖에 나갈 때도 추리닝을 애용한다. 그런데 얼마 전 본 추리닝은 추리닝 주제에 너무 가격이 하늘을 찔렀다. 상아가 간절히 말했다.

"갖고 싶었는데, 좀 비싸더라고요. 교사 월급으로 그건 좀. 정말 원해요."

상아를 데려다 주고 오는 길, 현재는 전에도 물어본 적 있는 것 같은 물음을 다시 한 번 선이에게 물었다.

"상아 씨, 진짜 초등학교 선생님 맞아?"

항상 사람들은 선이에게 상아가 초등학생 선생님이 맞냐는 질문을 제일 많이 했다. 그래서 이제는 그러려니 한다. 말의 뜻을 알겠다는 듯이 선이 웃으며 대답했다.

"맞아요. 학교에서는 단아하고 인기 짱인 선생님인가 보던데요?"

믿을 수 없다는 듯이 현재가 다시 물었다.

"당신이랑 진짜 제일 친한 친구 맞아?"

선이 상아에 대해 가지는 마음은 상아가 선이를 생각하는 마음과 견주어 더하면 더했지 모자라지는 않을 것이다. 선이 진지하게 현재를 바라봤다.

"네. 걔가 없으면 지금의 나도 없어요."

진지하게 말하는 선을 보고는 현재가 다짐했다. 상아의 추리닝은 자신이 평생 책임진다고.

❋

초스피드로 진행 중인 결혼 준비가 한창이던 어느 날, 현재이 서울 본가에는 뜻밖의 손님이 방문했다. 사감 선생님처럼 긴 검은 치마와 하얀 블라우스를 입고 나타난 상아였다.

"아니, 사돈 선상님께서 무슨 일이신가?"

"그동안 안녕하셨습니까?"

상아가 조신하게 치마를 잡고는 할아버지께서 앉으시자 절을 올렸다. 그러자 절을 받은 할아버지께서 흡족하게 웃으셨다.

"역시 초등학교 선상님이라시드만, 역시 선상님이라서 그란지 기품이 있구만."

치마를 가지런히 하고 치마 끝을 잡고 자리에 앉은 상아가 조용히 대답했다.

"네, 어르신. 감사합니다."

"그래 무슨 일이신고?"

상아가 조신하게 웃으며 대답했다.

"네, 다름이 아니오라 선이 혼수 때문에 찾아뵈었습니다."

"혼수? 우리는 그란 거 필요 없당게."

"제가 비싼 건 못하지만 할아버지 어머님 한복 한 벌씩은 해 드릴 수 있을 것 같습니다."

할아버지는 앞에 앉은 아가씨를 봤다. 선이가 참 좋은 친구를 뒀구나. 그리도 베풀고 남을 위할 줄 알더니 그것들이 다 잊지 않고 선이에게 돌아오고 있었다.

앞에 앉은 아가씨가 기특해 보여 흔쾌히 승낙했다.

"그랴, 사돈처녀 마음이 고우니 우리 한복 한 벌씩 얻어 입지. 그리고 내 부탁도 함 들어주시겠나?"

"네. 어르신."

"우리도 요즘 현재네 집에 들어갈 혼수 보러 다니는데 현재랑 선이는 아무것도 필요 없다고 한당께. 그게 말이 되는가? 신혼 살림인데이?"

상아가 할아버지 말에 맞장구쳤다.

"그럼요, 어르신. 백번 지당하신 말씀입니다."

"그랴, 그랴. 그래서 우리가 살림을 바꿔 주려는데 선이가 뭘 좋아하는지도 모르고 젊은 사람 감각도 필요하니 사돈처녀가 함께 봐주겠나?"

상아가 또 조신하게 대답을 했다.

"어르신께서 해 주신 건 선이는 뭐든 좋아할 겁니다. 그래도 제 도움이 필요하시다면 적극 협조하겠습니다."

"그랴, 그럼 우리 이번 주에 K백화점에서 볼까이?"

"네, 어르신."

금요일 본가 식사시간. 이제 한 가족이나 다름없는 할아버지, 어머니, 현재, 선이까지 네 식구가 한 밥상에 앉아 있다. 어른들이 수저를 들길 기다렸다가 식사를 시작한 선이, 한참 식사하다가 운을 뗐다.

"저희 결혼하고 여기 들어와 살까 봐요."

"뭐?"

"왜이?"

선의 말에 현재와 할아버지가 동시에 반문했다.

293

"현재 씨랑 같이 본가로 들어와서 살게요. 할아버지랑 어머니랑 같이 살고 싶어요."

"안 돼!"

반대하는 현재의 외침에 세 사람 모두 그에게 레이저를 쏴 댔다. 분위기를 파악한 현재가 수습에 들어간다.

"아, 물론 나도 할아버지랑 어머니가 좋지만 당신 여기 들어오면 난 또 3순위잖아."

어이없는 변명을 듣던 할아버지는 숟가락을 들어 탁 소리 나게 현재의 머리를 때렸다.

"아."

"예끼 이놈, 니가 들어와서 살자 해야지."

"할아버지, 잘 생각해 보세요. 할아버지께서 원하시는 트렌드를 따라가려면 여기 들어와 살아야겠어요? 안 살아야겠어요?"

옛날 같았으면 침묵에 밥 먹는 소리만 가득하던 식탁이 시끌벅적해서 기분이 좋은 어머니가 궁금해서 물었다.

"트렌드라뇨?"

증손주가 보고 싶어 현재를 종용했다고 할아버지는 절대 말 못한다. 헛기침하며 어멈하고 계속 상의했던 얘기를 이제 손부가될 선이에게 전했다.

"큼큼, 그런 게 있어야. 선이야. 아이를 낳으면 들어와 살더라도 신혼이니깐 한 몇 년은 나가서 살다 들어오니라. 니 애미도 그렇게 하기로 했어야."

"하지만……."

착하고 어른 공경할 줄 아는 며느리 맞은 것도 좋은데 무엇보다 너무 어렸을 때부터 철이 들어 버린 자신의 아들이 지 아버지가 돌아가시기 전처럼 감정을 드러내고 있는 것만으로도 더는 바랄 게 없다. 어머니는 단호하게 말했다.

"하지만은 없어, 며느님. 신혼도 즐겨 보고 해야지. 우리랑 같이 살 날은 많으니깐 몇 년 만 그렇게 해."

할아버지와 어머니의 분가 허락이 떨어지자 현재는 고개 숙여 가슴 깊숙이 인사했다.

"감사합니다."

어머니는 곱게 눈을 흘기셨다.

"아들 키워 봤자 소용이 없구나."

눈치 없는 현재의 행동에 선이 그의 옆구리를 꼬집었다. 그리고 진심을 담아 어머니께 말씀드렸다.

"죄송해요, 어머니. 제가 잘할게요."

어머니가 장난스레 말씀하신다.

"그래, 나는 현재 필요 없다. 선이만 있으면 된다."

이 말에 모든 사람이 웃었다.

새로운 가족이 만들어지고 있었다. 어떤 관계든 매한가지겠지만 가족이라는 관계가 유지되기 위해서는 서로가 서로를 배려해야 할 것이다. 지금처럼 서로를 조금만 배려할 수 있다면 매일매일이 지금 같을 순 없겠지만 그래도 선은 정말 행복할 것 같았다. 아니 행복할 수밖에 없겠다.

✳

주말 K백화점. 단발머리에 단정한 검정 9부 정장바지와 하얀 재킷을 받쳐 입은 여자가 할아버지를 부축해서는 가전제품 매장을 돌고 있다.

사람들이 신기하게 쳐다보기 시작했다. 손녀뻘 되는 아가씨에게 계속 '선상님, 선상님.' 부르고 있는 할아버지께 웃으며 '어르신, 어르신.' 하며 맞장구 치고 있는 여자를 보는 게 흔한 일은 아니니깐.

동그랗게 생겨서는 바닥을 돌아다니고 있는 제품을 보고는 할아버지가 물었다.

"선상님 이건 뭐시당가?"

어르신께 선생님이란 소리 듣는 게 불편한 상아가 계속해서 만류했다.

"어르신, 그냥 상아라 불러 주시라니깐요. 제가 민망해서."

"아, 그라도 초등학교 선상님을…… 우리 때는 선상님 그림자도 안 밟았어라이."

결국 상아는 포기했다.

"네, 어르신, 이거는 저절로 돌아다니면서 청소해 주는 기계예요."

"그랴? 세상 좋아졌어. 이건 무조건 사야겠구만. 현재 녀석이 청소 같은 건 안 도와줄 터이니."

꼭 필요한 필수품이라 생각했는데 할아버지께서 먼저 사자고 말씀해 주시니 상아가 엄지를 들어 올리며 동의한다.

"그죠? 어르신 역시 안목이 탁월하십니다."

상아와 현재 할아버지는 환상의 콤비 플레이로 신혼살림을 채워 넣었다.

모든 쇼핑이 끝나고는 상아는 자신이 즐겨가는 전통 찻집으로 할아버지를 모시고 갔다. 거기서 상아가 제일 좋아하는 식혜와 할아버지 몫의 수정과를 주문하고 이 찻집에서 가장 좋아하는 사이드 메뉴 맥반석 계란을 함께 즐겼다.

친구는 닮는다 하더니 어른 공경할 줄 아는 것도 둘이 닮았다. 이 영감이 흡족한 듯 웃었다.

"내 손자 한 놈 더 있으면 짝지어 주고 싶어이."

"감사합니다. 어르신. 그래도 저보단 선이가 예쁘시죠?"

"아. 말이라고이."

선이를 생각하고 사랑하는 두 사람의 마음이 닮았다. 그렇게 이수복 할아버지와 이상아 선생님은 쇼핑을 마무리하고 찻집에서 차 한 잔의 여유를 만끽했다.

결혼식 당일. 부산에 새로 오픈한 호텔 웨딩홀의 첫 번째 웨딩을 현재가 장식하게 됐다. 선이 마을분들을 초대하고 싶다고 넌지시 현재에게 말했기 때문이다.

현재는 그 길로 웨딩홀을 아예 통째로 빌렸다. 그래도 명색이 오너의 결혼식인데 결혼식을 준비하는 사람들은 갑자기 통보된 날짜에 경악했다. 시간이 생각보다 너무 촉박해서 야근을 밥 먹듯이 해 준비한다고 퀭한 얼굴을 하고 있는 것도 모르는 현재는 선의 손을 잡고 예복을 맞추러 갔었다.

결혼 예복을 맞추러 간 드레스 숍에서 모든 신부의 로망인 보라 왕 드레스를 입어 보고 적당한 것으로 골랐다.

하나만 빌리자는 데도 현재가 기어이 지금 입고 있는 드레스와 짧은 미니 드레스를 구입했다. 입고 갈 데도 없는데 굳이 살 이유가 뭐냐고 하자 용도가 있다고 우기면서 기어이 샀다.

그리고 결국 집에 와서 미니 드레스를 입어 보라 떼를 쓰더니 그날은 침실에서 나올 수가 없었다.

신부대기실에서 오늘의 주인공인 선이 어깨에서 팔 부분까지 레이스 볼레로로 장식된 새하얀 프린세스라인 웨딩드레스를 입고 환한 조명 아래 앉아 있었다. 머리는 하나로 올려 단단하게 고정하고 티아라 왕관을 쓴 신부는 눈이 부셨다. 어느 신부든 다 예쁘고 아름답겠지만 선이는 더 아름다웠다. 인사하러 온 사람들 모두 이렇게 예쁜 신부는 본 적이 없다며 감탄을 하고 갔다.

행복이 날아온다는 꽃말을 가진 호접란 부케를 들고 하얀 베일 뒤로 얼굴을 붉히고 있었다. 아름다운 신부가 호접란이 가져다 준 행복을 끌어안고 웃음 짓고 있다.

그 옆에 오늘의 들러리인 상아가 검정 치마 정장을 입고 베이지색 힐을 신고 단정히 앉아 친구의 얼굴만 계속 쳐다봤다. 선이와 함께했던 시간들에 감정에 복받쳐 딸 시집보내는 엄마처럼 손수건에 눈물을 닦아 내기 시작했다.

상아가 울자 선이도 울고 싶어졌다.

"그만 울어. 응? 나도 울고 싶어진단 말야."

상아가 울음을 멈췄다.

"울지 마. 울면 안 돼. 너 신부 화장 지워져서 안 돼."

옆에서 두 사람을 지켜보고 있으시던 상아 어머니께서 상아의 등을 때리셨다.

"아주 신파를 찍어라 엉? 나 대신 니가 그냥 혼주 좌석에 앉지 그러냐?"

마지막 눈물까지 닦고는 상아가 진심으로 어머니를 올려다봤다.

"그럴까?"

그 소리에 선이 울음을 멈추고 오늘같이 좋은 날에 걸맞게 웃었다. 오늘 화동인 진주가 예쁜 분홍 드레스를 입고 현재의 손을 잡고 들어왔다. 현재가 근사한 웃음을 지으며 손을 내밀었다.

"갈까?"

하얀 백합과 장미, 그리고 카라로 장식된 하얀 길에 순백색의 드레스를 입은 선이 떨리는 손으로 현재의 손을 잡았다. 경쾌하게 울리는 결혼 행진곡에 맞춰 선이 현재의 손을 잡고 버진 로드를 걸어갔다. 선은 길을 지나가면서 그녀의 결혼식을 축하하러 온 수많은 사람을 바라봤다. 할아버지와 함께 살았던 마을에 있는 모든 분들이 그녀가 걸어가는 길에 박수를 치며 축하해 주고 있었다.

그녀의 사랑하는 친구 상아가 울면서 행복하게 웃고 있었다. 앞에는 꽃을 뿌리며 가는 진주가 있었고 그녀를 향해 고개를 숙이는 진주 엄마도 있었다.

함께했던 모든 인연들 속에서 가장 소중한 인연의 손을 잡고 발을 내디뎠다.

선이 현재만 들리게 속삭였다.

"현재 씨, 사랑해요."

선의 사랑 고백을 들어버린 현재가 베일로 가린 선의 볼에 입을 맞췄다. 그리고 선의 귀에 속삭였다.

"내가 더 많이 사랑해."

❀

축복이 가득했던 결혼식을 마치고 신혼여행을 떠나기 위해 현재와 선은 바로 공항에 나와 있다. 두 사람은 진주 엄마가 선물한 체크 남방을 입고는 비행기에 오르기 전에 가족들에게 인사하고 있었다.

할아버지께서 선의 손을 잡아 구석으로 데려가시더니 몰래 하얀 봉투를 건네주셨다.

"할아버지?"

"현재가 돈이 있겠지만, 그래도 가서 맛난 것도 사 먹고 사고 싶은 것도 사고 햐."

사양하려 했지만 선은 감사한 마음으로 받았다. 이제 자신에게도 진짜 가족이 생겼다. 할아버지가 돌아가시고 항상 채워지지 않던 허함과 쓸쓸함은 이제 선에게서 찾아볼 수 없었다.

선이 할아버지와 속닥속닥 비밀 이야기를 하고 있는 걸 보고는 현재가 재빨리 다가가려 했다. 달려가는 현재의 목덜미를 잡으신 어머니가 충고하셨다.

"아들, 너무 며느리 괴롭히지 말고, 그래도 파리 가는 건데 구경도 하고. 알겠지?"

파리에 도착하자마자 자신이 할 일을 너무 잘 알고 계시는 것 같아 당황한 현재가 말을 더듬었다.

"알, 알겠습니다."

그러고는 장성한 아들을 대견한 듯 바라보시는 어머니를 끌어 안았다. 그동안 부끄러워 맘에만 있었던 말이 나온다.

"어머니, 감사합니다."

인사를 마치고 둘은 파리로 향하는 비행기에 올랐다. 비행기가 하늘을 나는 동안 선이 현재의 어깨에 기대어 눈을 감았다. 현재가 자신의 어깨에 닿는 선을 사랑스럽게 쳐다봤다.

신혼 여행지를 파리로 정한 이유는 그래, 어느 저녁 날이다.

결혼 준비가 한창이던 어느 날, 그날도 역시 맛있게 저녁을 먹고는 그녀와 함께 영화를 봤다. 선이 가장 좋아한다는 오드리 햅번이 나오는 영화. 영화가 시작하지도 않았는데 그녀가 기쁨에 찬 눈으로 말했다.

"나는 오드리 햅번이 너무 좋아요, 사람들은 '로마의 휴일'이나 '티파니에서 아침을'을 좋아하지만 난 '사브리나'가 제일 좋아요."

사브리나를 좋아해 몇 번이나 봐서 대사도 외울 정도라고 했으면서도 프로젝트로 나오는 흑백 영화가 시작되자 흠뻑 빠져 버렸다. 그가 어깨를 감싸도 미동도 없이 두 손을 꼭 모아서는 신을 영접하듯 화면을 뚫어져라 쳐다만 봤다.

그녀에게서 돌아오는 반응이 없자 현재도 어쩔 수 없다는 듯이 영화에 집중했다.

흑백화면에서도 예쁜, 파리 물 좀 먹은 사브리나가 라이너스에게 말한다.

— 파리에서 제일 먼저 할 일은 이슬비가 아니라 진짜 비를 흠뻑 맞는 거예요. 비는 아주 중요해요. 비가 내리면 파리는 최고의 향취를 내거든요.

자신의 우상 오드리가 하는 말을 듣고 있다가 선이 화면에 고정된 눈을 돌려 그를 바라봤다.

"현재 씨, 우리 파리로 갈까요?"

"비 맞으러 파리까지 가잔 말이야?"

어디 따뜻한 나라로 가려 했던 현재가 갑자기 파리로 목적지가 바뀌자 퉁명한 말이 튀어나왔다. 하지만 선이 현재의 팔에 매달려 그가 가장 약해하는 애교를 선보이며 부탁했다.

"현재 씨, 응? 파리로 가요? 응? 제발요? 네? 가고 싶어요."

얼마나 가고 싶었으면 먹고 싶은 아이스크림 먹을 때 아님 보여 주지도 않는 애교를 선보인단 말인가. 어차피 현재는 이번뿐

만이 아니라 평생 이 여자에게만은 항상 약자일 것이다. 어차피 가게 될 곳은 파리니 그래서 그는 조건을 붙였다.

"그럼 일정은 내가 짜도 되는 거야?"

파리에 간다는 사실에만 기분 좋아진 선이 현재가 무슨 생각 하는지도 모르고 큰 소리로 대답했다.

"네!"

인천에서 오후 1시 반에 출발해 그날 파리 시간으로 오후 6시 반쯤 도착한 현재와 선은 호텔에 도착해 체크인 하고는 그래도 결혼식이라고 피곤했는지 침대에 머리를 대자마자 곯아떨어졌 다.

죽은 듯이 한참을 자다가 깊은 잠에서 서서히 깨어난 그녀는 계속 누군가가 그녀의 가슴을 지분거리는 것에 잠을 깼다. 현재 가 씩 웃으며 고개를 들었다.

"깼어?"

"현재 씨, 뭐해요?"

"아, 음…… 우리 일정을 시작하는 거지."

그러더니 옆에 놓여 있던 초콜릿을 물고 그녀에게 입 맞춰 왔 다. 달달한 초콜릿이 녹으며 입안에 달콤함이 녹았다. 달달하게 휘감아 오는 혀를 감으며 선이 신음했다.

"으으, 음."

선의 신음이 촉매제가 된 현재가 가슴을 물고 정점을 집요하게 괴롭혔다. 그는 계속해서 선을 환락으로 초대했다. 더 큰 신음이 선의 입에서 나오니 현재가 만족한 듯 몸에 흔적을 남기기 시작했다.

"아앗."

선의 허리가 튕겨 올랐다. 선이 받아들일 준비가 되자 현재가 씩 웃으며 남성을 잡고 급하게 넣었다. 현재의 입에서 탄식이 흘러나온다.

"아, 아. 사랑해."

열에 띤 선이 현재의 허리를 감아 오자 현재가 허리에 힘을 주고는 속도를 높였다.

"하아, 하아."

선의 시선이 흐려지며 깊어질 때 현재가 선의 다리를 어깨에 걸치곤 선을 더 깊이 안았다. 말할 수 없는 쾌감이 현재를 덮치자 그가 선의 안에서 쓰러졌다. 그러고는 몸을 돌려 선을 자신의 위로 올렸다.

현재의 가슴에 얼굴을 묻은 선이 몽롱한 소리로 말한다.

"계속 이럴 건 아니죠?"

"모르지."

선이 주먹을 쥐고 현재를 가볍게 때리자 현재가 웃으며 다시 신에게 입을 맞췄다. 다시 고개 드는 남성을 그녀 안에서 풀어냈다.

그렇게 사브리나의 말처럼 파리의 비를 맞아 보고 싶었던 선은 침대에서 벗어나지 못했다. 신혼여행 동안 호텔 방에서, 현재의 품에서 벗어나지 못한 선이 결국 참다 참다 소리를 질렀다.

"현재 씨, 정말!!"

선이 참다 참다 화를 내자 그 모습도 귀여워 보인 현재가 알겠다며 그녀를 달래고는 마지막 날에는 그녀의 손을 잡고 영화의 배경이 된 파리를 구경하기 시작했다. 빨간 풀 스커트를 입고 몸에 딱 맞는 검정 니트, 플랫슈즈를 신은 선은 오드리 같았다.

사브리나가 된 선이 현재의 손을 잡고는 파리의 구석구석을 걸었다. 거리마다 보이는 파리스러운 상점에서 가족들을 생각하며 하나하나 세심히 선물을 골랐다.

할아버지께서 좋아하신다는 양주와 어머니를 위한 스카프, 진주를 위한 초콜릿, 상아를 위한 예쁜 스웨터까지…….

길거리에서 바이올린을 켜는 할아버지의 선율에 취하고 갓 구운 빵집에서 나오는 맛있는 냄새에 이끌려 산 빵을 들고 발이 닿는 대로 걸었다.

노상 카페에서 신문을 읽으며 커피를 마시는 멋진 중년의 할아버지도, 거리를 뛰어가는 남자아이도, 멋진 스카프를 두르고 높은 힐을 신고 당당하게 걸어가는 여자도 파리의 일상적인 풍경이었다. 하지만 그런 일상적인 풍경마저 두 사람에게는 소중하고 특별했다.

둘의 최종 목적지는 선이 인터넷으로 검색하고 검색해서 찾은, 파리에서 깔끔한 맛으로 유명하다는 아이스크림 가게, 'Berthillon'

이었다.

알록달록한 색으로 유혹하고 있는 아이스크림 진열장 앞에서 선 그녀가 흥분해서 아이처럼 발을 동동 구른다.

"뭐 먹지? 현재 씨도 먹을 거죠? 우리 한 개씩 사서 나눠 먹어요."

"그냥 먹고 싶은 거 두 개 사. 어차피 내 거도 당신이 다 먹을 텐데."

"아니에요. 하나만."

고민 고민하다 고른 아이스크림을 들고는 현재의 손을 잡고 가게를 나왔다. 다시 거리를 걸으며 선이 오드리처럼 즐거워했다.

현재는 사랑스럽다는 듯 눈으로 쳐다보다 파리의 주위 시선은 상관하지 않고 볼을 잡아 키스했다. 그녀가 반응하며 깊어진 키스에 숨이 찰 무렵 얼굴에 톡톡 물방울이 닿는 듯하더니 파리에 비가 내리기 시작했다.

선이 현재의 두 손을 잡고 마주 보고는 말했다.

"현재 씨, 비가 와요."

선이 웃으며 비를 맞으며 돌자 선의 빨간 풀 스커트가 원을 그리듯 넓게 퍼졌다. 파리의 거리가 비의 향취를 내기 시작했다. 현재가 인상 쓰며 말했다.

"그렇게 좋아? 감기 걸려. 들어가자."

"네, 완전 좋아요."

빗방울이 점점 무거워지는 것 같아 현재가 선의 손을 잡고는 자신들이 묵는 호텔로 뛰기 시작했다. 룸에 들어와서는 가장 먼저 욕실에서 수건을 들고 나왔다. 덜덜 떠는 그녀에게 수건으로 머리를 말리면서 현재가 툴툴거렸다.

"감기 걸린다니깐. 그렇게 좋아?"

"좋지요. 현재 씨랑 같이 있잖아요."

입술을 덜덜 떨면서도 자신과 같이 있어 좋아서 저런다는데 더 이상 뭐라 하냐 말이다. 하지만 감기 걸려서 또 아플까 봐 걱정되는데 부드러운 걱정이 흘러나온다.

"그래도 파리까지 와서 감기 걸릴까 봐 그러지."

현재의 진심 어린 걱정을 듣고 있다가 선이 발꿈치를 들어 현재의 입에 입 맞췄다. 아이스크림처럼 달콤한 그녀의 입맞춤에 현재가 반응했다.

그렇게 오랫동안 두 사람의 키스는 멈출 줄 몰랐다. 그렇게 그들의 신혼여행은 초콜릿 같은 입맞춤으로 시작해서 비의 입맞춤으로 끝났다.

로마의 휴일에서 헤어질 수밖에 없었던 연인, 조 브래들리가 앤 공주에게 말했다.

Well, Life isn't always what one likes, is it?(인생이란 게 늘 좋은 것만 되는 게 아니잖아요?)

인생에 늘 좋은 것만 있는 건 아니겠지만 그래도 두 사람이 함께하는 것만으로도 그저 좋지 않을까?

—*The end*

에필로그 1

　두 사람은 영화 같던 신혼여행을 서로의 마음에 간직하고 일
상으로 돌아왔다.

　현재는 선과 밤마다 사랑을 나누는 것도 좋지만 가장 좋은 것
은 날마다 그녀와 함께 숨을 쉬고 같은 시간을 살아 내고 있다는
것이다.

　선은 부산에서 운영하던 약선 밥상을 진주 엄마에게 맡겼다.
오랜 시간 선이 하던 음식을 어깨너머로 배워 온 그녀는 선과 견
주어도 손색이 없는 요리로 손님들을 행복하게 만들고 있었다.

　진주야 뭐 항상 밝고 건강하게 지내고 있었다. 이번에는 반장
까지 맡게 되어서 동네의 군기반장으로 통했다. 그리고 현재의
할아버지네 집에 들러 가끔 자고 가곤 한다. 진주가 할아버지를

찾을 때마다 본가는 꼬마 공주님 맞을 준비로 분주하다.

그리고 주말마다 부산 호텔, 백화점으로 내려가는 그를 그녀가 따라 내려가서는 시골 어르신들 침도 놔 드리고 바다를 보면서 현재의 호텔에서 하룻밤 묵고 오기도 한다.

어느 주말, 부산에 내려갔을 때 선이 부산 관광을 시켜 주겠다며 그에게 자갈치 시장을 구경시켜 주었다. 그리고 현재의 손을 잡고는 그녀가 자주 가는 횟집으로 이끌었다. 골목에 위치한 식당에서 인상이 좋은 아주머니가 그녀를 알은체했다.

"선이 왔어야? 오랜만에 왔네."

"안녕하셨어요?"

주인아주머니가 옆에 선이 손을 잡고 있는 훤칠한 청년을 보고는 말했다.

"누구여? 애인이야?"

"아니에요. 남편이에요."

"그래? 잘생겨부렀구만."

생선 비린내와 사람 붐비는 것에 인상 쓰던 현재는 잘생긴 남편이란 말에 또 좋아져서 바보처럼 웃었다. 그러고는 선이 말리는데도 둘이서 다 먹지도 못할 정도로 비싼 모둠회 대자를 시켰다.

다 먹을 수 있다면서 입이 미어터지도록 집어넣는 현재를 말리고 나와 손을 잡아 이끌고 자갈치 시장 옆에 위치한 남포동을 걷기 시작했다. 노점상에 파는 액세서리며 신기한 잡동사니들도

구경하고 즐비하게 전시된 옷 가게들도 들어가 옷 구경도 실컷
한 두 사람은 평범한 데이트를 즐겼다. 그리고 사람이 줄서서 먹
는다는 호떡도 사서 손에 들고 호호 불며 먹었다.

가족들과 함께 또는 친구들과 함께 더러는 연인의 손을 잡고
걸어가는 수많은 인파 중에서 현재는 선과 함께 손을 잡고 걷는
이 순간이 그저 좋았다.

그녀가 가까이 위치한 보수동 책방으로 그의 손을 이끌었다.
오래된 누런 책들이 수북한 서점으로 들어가서는 책들을 한 권씩
보기 시작했다.

좁은 서점 안에 많은 책들이 빽빽이 들어차 있었다. 발걸음을
옮길 때마다 바닥은 삐거덕 소리가 났고 오래된 책에는 뿌연 먼
지까지 쌓여 있었다. 현재가 선을 보고 물었다.

"새 책을 사서 보지 왜 헌책을 보는 거야?"

그러자 선이 빙그레 웃었다.

"헌책에서는 다른 사람들의 사연이 묻어 있잖아요."

선이 계속해서 아래에 놓인 책을 뒤지며 찾기 시작했다. 그러
자 아무런 말없이 책을 좋아하는 현재도 책 한 권을 들고 살펴보
기 시작했다. 그리고 서로 원하는 책을 골라 나와서는 사람이 붐
비지 않는 커피숍으로 들어갔다. 선은 주스를, 현재는 커피를 시
키고는 서로 무슨 책을 골랐는지 왜 그 책을 골랐는지 궁금해했
다. 현재가 먼저 물었다.

"무슨 책 골랐어?"

"아, 청마 유치환의 〈사랑했으므로 행복하였네라〉요."

"이수동 시인에게 쓴 사랑의 편지?"

"네, 사람들은 아내도 있는 남자가 딴 여자를 사랑한다고 말하지만 저는 아마도 그가 그녀를 여자로서라기보다 정신적으로 같은 시인인 그녀를 더 사랑하지 않았을까요? 20년 동안 5,000통이 넘는 편지 안에 든 시를 받은 이수동 시인은 얼마나 행복했을까요?"

"지금 편지 써 주기를 강요하는 거야?"

현재에 말에 웃으면서 선이 다시 말을 이었다.

"사랑하는 것은 사랑을 받느니보다 행복하나니라. 현재 씨, 나도 당신을 사랑하는 게 더 행복해요."

이제는 자신의 아내가 된 선이 입에서 나오는 고운 말에 현재가 주체할 수 없이 떨리는 마음에 책을 넘기고 있는 그녀의 손을 잡아 입 맞췄다.

오랜 시간 동안 앉아 서로의 손을 잡고 책을 읽은 두 사람이 밖으로 나왔을 때 두 사람 뒤로 노을이 지고 있었다.

✳

그녀는 현재가 출근하고 나서 화장대 안의 보석함에서 그의 멋진 필체로 쓰인 짧은 편지를 발견했다. 자신은 생각도 못하고 있었는데 기억하고 있었나 보다. 좀 많이 감동이다.

선이에게.

이 편지는 내가 처음이자 마지막으로 당신에게 쓰는 편지야.

나도 당신을 사랑하는 게 더 행복해.

이런 편지 말고 평생 행동으로 보여 줄게.

— 네 남편, 현재가.

편지를 접으면서 선은 생각했다. 평생 동안 현재와 결혼한 것을 후회할 일 따위는 없을 것 같았다.

그녀의 인생에서 가장 잘한 일이 남편을 만난 것이다. 쓸쓸하고 허했지만 이젠 현재가 있어 따뜻했다. 억지웃음으로 자신을 포장하지 않아도 슬프면 슬프다 행복하면 행복하다 말할 수 있게 되었다.

지나가는 말로 한 말이라도 이렇게 기억하고 그는 행동으로 보여 줬다. 편지를 품에 안은 선이 마음에 행복이 넘쳐났다. 너무 행복하면 눈물이 난다더니 선이 눈에 눈물이 차오르기 시작했다. 선이 행복한 웃음을 지으며 서둘러 눈물을 닦았다.

편지를 잘 보관해야겠다. 고이 간직했다가 태어날 아이들에게 보여 주고 싶다. 아빠가 엄마를 얼마나 사랑하는지.

요즘만 같으면 이제 죽어도 여한이 없을 것 같은 이수복 영감은 밤에 꿈을 꿨다. 그리고 꿈에서 그렇게 보고 싶던 친구를 만

314

났다.

하얀 안개 속 큰 연못 낚시터에서 자신을 기다리고 있었다.

"잘 지냈나? 수복이."

한걸음에 달려가 보고 싶던 친구의 손을 잡았다.

"아니, 왜 다시 나타나지 않았어이. 내 보고 싶었네."

"나도 보고 싶었어이."

친구 손을 꼭 잡고는 이 영감이 말했다.

"오늘은 또 말만 하고이 가 버리진 않을 거지?"

김 영감이 이 영감 손을 이끌고는 낚싯대가 앞에 있는 자리로 이끌었다.

"아냐, 오늘은 자네랑 좀 더 있으려고. 같이 낚시나 하며 이야기나 나누세."

그제야 안심하고는 친구의 손을 놓고는 옆자리에 앉아 말했다.

"자네가 손녀를 아주 잘 키웠으이, 내 손자 놈하고 결혼했어. 알고 있지?"

"그래, 당연히 알고 있지. 내 고마워서. 자네 좋은 손자, 선이 짝으로 줘서 고마워."

"내 손자가 선이에 비해 많이 모자라지만 그래도 그 녀석이 선이 생각하는 맘이 세상 세일이니 걱정 안 해도 될 끼야."

김 영감이 이 영감을 보며 진심으로 말했다.

"고마워, 친구. 내 다음 생에 꼭 이 은혜 갚을게."

"우리 사이에 그런 소리 하지 마시게. 그래, 마누라 곁으로 가니 좋은 게야?"

"뭐 그렇지. 좋고 나쁜 게 어디 있나. 아 참, 그리고 자네 아들은 걱정 마시게."

이 영감이 깊숙이 넣어 두었던 마음에 아무 말을 할 수 없었다. 어떻게 아들이 보고 싶지 않고 슬프지 않았겠는가. 하지만 살아야 했고 아들이 남긴 손자를 봐야 했다.

자신이 슬플까 봐 자신 꿈에 한 번도 나타나지 않은 아들을 지금 자신의 친구가 걱정하지 마라 하니 마음이 놓였다.

계속해서 그리웠던 지난 시절 이야기부터 못다 한 이야기 꾸러미를 풀고 있었다.

그 때 두 낚싯대에 토도독 입질이 왔는지 움직였다. 놀란 두 사람이 낚싯대를 힘겹게 들어 올렸다.

"아니, 이게 뭔가?"

이 영감이 팔뚝만 한 잉어를 잡았다. 같이 낚싯대를 들어 올린 김 영감은 더 큰 붕어를 잡았다. 이 영감이 놀라 말했다.

"내 평생 이렇게 큰 물고기는 첨이야, 하하하."

"좋은가?"

"그럼 좋지, 함께 회라도 떠 먹을까이?"

그러자 김 필두가 웃으면서 손을 젓고는 자신이 잡은 붕어도 자신의 품에 안겨 주는 게 아닌가. 그러더니 말했다.

"내 이것밖에 해 줄 게 없어, 잘 부탁하네."

붕어까지 받아 큰 두 마리 물고기를 품에 안고 버거워하면서
이 영감은 잠에서 깼다. 너무나 생생한 꿈이었다. 혹시나 싶어
재빨리 거실로 나가 어멈을 불렀다.

"어멈, 밖에 계신가?"

아침 일찍 들려온 자신의 부르는 소리에 놀란 도 여사가 밖으
로 나왔다.

"아버님? 무슨 일 있으세요?"

"글쎄, 아무래도 내가 태몽을 꾼 거 같은데."

태몽이라면 자신의 아들네밖에 없는데 어머니가 놀라 물었다.

"어떤 꿈인데요?"

"내가 큰 잉어를 잡고 이 필두가 붕어를 잡았는디 나한테 주고
는 가 버리는 기야."

"혹시? 한번 물어볼까요?"

"아, 그랬다 아니기라도 하믄 우야노."

혹시나 아이를 빨리 보고 싶어 하는 걸 알면 우리 손부가 마음
이 불편해질까 봐 이 영감이 골똘히 생각하더니 좋은 생각이 있
다며 말했다.

"어멈, 오늘 저녁에 현재네 식사하자고 하고 불러이. 그리고
오늘 저녁은 생선으로 한 상 사려뵈이."

"네?"

"입덧 하나 좀 슬며시 보게이."

이제 알겠다는 듯이 어머니는 아줌마를 새벽부터 수산시장으로 보내고서는 현재에게 전화를 넣었다. 저녁에 식사하러 오라고.

주말 아침 항상 선을 품에 안고 늦잠을 자는 현재는 옆에서 울리는 핸드폰 진동 소리에 깨서 전화를 받았다. 저녁 먹으러 오라는 본가 호출이다. 알겠다며 전화를 끊고는 그는 언제나처럼 옆자리로 손을 뻗어 선을 안으려 했지만 옆자리는 휑하니 비어 있었다.

놀라 일어나서는 맨몸에 파자마 바지만 꿰어 입고는 거실로 나갔다. 나가서는 발견했다. 식탁에 앉아 큰 아이스크림 통을 끌어안고는 울면서 밥숟가락으로 아이스크림을 퍼먹고 있는 자신의 아내를.

"아침부터 아이스크림이야?"

"흑흑. 너무 맛있어서. 어제 저녁에 당신이 못 먹게 했잖아요."

현재가 아이스크림을 빼앗아 갈까 봐 선이 아이스크림 통을 더 꽉 쥐었다. 현재가 한숨을 쉬면서 의자에 앉았다.

"당신 열 있는데 아이스크림만 먹으니깐 그랬지."

뭐가 그리 서러운지 계속 우는 아내를 보고는 현재가 다가서서는 품에 안았다. 그러고는 슬며시 안고 있는 아이스크림 통을 빼서는 치우고 말했다.

"저녁에 어머니께서 저녁 먹으러 오라시는데?"

아침부터 울었던 게 민망해진 선이 울음 멈추고 눈을 들어 현재를 봤다.

"그래요? 드시고 싶으신 거 있으시대요?"

"아니, 어머니가 준비하신다고 몸만 오라시는데?"

"그럼 우리 갈 때 어머니 좋아하시는 체리 사 가요."

"알았어."

현재가 뜨거운 눈빛으로 응시하다 아이스크림이 묻어 있는 아내의 입술을 빨아들였다. 딸기맛이 나는 혀를 잡아 강하게 휘감았다. 그러고는 원피스를 끌어 올려 안으로 손을 집어넣었다. 아내가 놀란 눈을 하고 현재를 밀어냈다.

"어젯밤에도 했잖아요."

"저녁이랑 아침이랑 같아?"

씩 사악하게 웃은 현재는 식탁 테이블에 놓인 아이스크림 통을 밀어내고 그 위에 하얀 원피스를 입은 선이를 안아 눕혔다. 놀라 발버둥 치는 그녀의 다리를 잡고 고개를 내려 그녀의 정점을 빨아 당겼다. 그리고 한 손으로는 따뜻함이 흘러넘치는 은밀한 곳을 지분댔다. 아침이라 더 민감한 선이는 새어 나오는 신음을 주체하지 못했다.

"으음. 음, 현, 현재 씨."

선의 입에서 나오는 열띤 이름에 현재가 심술을 부렸다.

"아직도 현재 씨야? 여보라고 불러 보라니깐?"

"그, 그게, 익숙하지 않아서."

"벌을 줘야겠네."

현재가 다시 고개를 숙여 더 깊숙이 정점을 빨아 댔다. 식탁에 누인 선이의 몸이 열락에 뒤틀렸다. 선의 가슴을 한참이나 입에서 놓지 않고 빨던 그가 고개를 올려 열에 오른 그녀에게 키스했다. 오랜 키스로 숨이 차오를 즈음 현재가 입을 떼자 선의 입에서 가쁜 숨이 내뱉어졌다.

"아, 아, 하아하아."

신음 소리에 더 이상 참을 수 없는 현재가 순식간에 바지를 벗고 급하게 선이에게 몸을 묻었다. 이제는 자신의 아내가 된 그녀를 안아도 만족하기는커녕 점점 더 갖고 싶고 더 깊숙이 안고 싶었다. 안을 가득 채우는 현재의 남성을 받아들이는 선의 정신이 아득해졌다.

"하아, 현, 재 씨."

"으음, 여보라 하라니깐. 안 되겠네."

현재가 계속해서 자신을 물고 놓지 않는 선이의 안으로 느긋이 움직이기 시작했다. 부드럽게 천천히 움직이는 현재에 반응하던 그녀가 몸을 일으켜 현재의 목을 끌어안았다.

더 깊이 그녀 속으로 들어간 그가 더 흥분해서는 그녀를 안고 세차게 움직이기 시작했다. 두 사람 입에서 나온 신음 소리와 흥분이 주방을 가득 채웠다.

"아, 아아."

"음, 하아, 아. 좋아."

두 사람이 함께 절정을 맞이하고 나서도 안에 머물던 남성이 천천히 다시 고개를 들었다. 선이 놀란 얼굴로 현재를 올려다봤다. 현재는 어깨를 으쓱하고 말았다.

"2라운드 갈까?"

2라운드를 시작하는 현재가 가뿐히 그녀를 안아 들고 침대로 향했다. 감기 기운 있는 아내를 또다시 주방에서 안을 수는 없기 때문에.

열기에 아이스크림이 녹아 흐를 때까지 그들은 침실을 벗어나지 않았다.

선과 현재가 결혼한 지 4개월이 지나가고 있다. 남들이 좋을 때다라고 하는 신혼이다.

본가의 주방에서는 이상한 일이 벌어지고 있다. 새벽부터 바다에 나가 고기잡이라도 하고 왔는지 밥을 빼고는 모든 음식이 생선으로 만든 요리가 자리 잡은 밥상이다.

해물탕을 비롯한 갈치조림, 고등어 갈비, 코다리 강정, 민어전까지 김치와 밥을 빼고는 생선 냄새가 진동을 했다.

식사 준비가 거의 다 마무리되어 갈 때 초인종 소리가 들린다. 현재와 선이 반갑게 인사하며 들어왔다.

"할아버지, 어머니 저희 왔어요."

"오냐 오냐, 왔냐? 배고프지? 어멈이 새벽부터 수산시장 갔다 왔어이."

"힘드시게, 제가 좀 도울까요?"

선이 손을 걷고는 주방으로 들어갔다. 주방으로 들어가는 그녀를 유심히 보던 할아버지와 어머니는 선이 아무렇지도 않자 서로를 보고는 웃었다.

'아직 너무 이르긴 하지.'

'네. 아버님.'

식사준비가 끝나고 식탁에 앉은 할아버지와 어머니가 수저를 들자 그때서야 현재와 선이 식사를 시작했다. 선이 해물탕 국물을 떠먹더니 어머니를 향해 감탄했다.

"어머니, 국물이 너무 시원해요. 맛있어요."

"많이 먹어, 오늘 새벽에 사 온 거라 싱싱해."

선이 해물탕이며 전까지 맛깔나게 먹자 할아버지는 개꿈이었음 확신했다. 그런데 아까 집에 들어오면서 인상을 찌푸리던 현재가 결국은 못 참고 말했다.

"속이 안 좋아요. 비린내가 너무 심한데요?"

현재의 밥투정에 어머니가 까다로운 아들을 향해 눈을 흘기셨다.

"그럼 생선에서 비린내가 좀 날 수도 있지. 너무 까다롭게 구는 거 아니니? 너 좋아하는 갈치조림이야 먹어 봐."

현재가 좋아하는 갈치조림을 현재 쪽으로 밀어 주자 마지못해 한 입 먹고서는 일어나서는 화장실로 달려갔다.

"우웨엑."

밥을 잘 먹다가 갑자기 뛰어 나간 현재의 구역질 소리에 선이 놀라 화장실로 달려갔다. 할아버지와 어머니는 서로를 보며 확신했다.

"입덧이다!"

그리고 선은 쌍둥이를 임신했다.

※

T호텔 사장실.

박 비서는 로비 밑으로 뛰어 내려가는 사장을 보고는 이제는 고개를 절레절레 흔들지도 않았다. 가끔은 옛날의 그 성질이 나오기는 하지만 사모님이 임신하시고 나서는 많이 부드러워지셨다.

평소에는 능력 있는 사장 코스프레를 하고 있다가도 사모님이 나타나시기만 하면 팔불출이 되는 사장님이다. 사장님이 그렇게 아끼시는 사모님은 딱 한 번 뵀다. 결혼하신 지 한 달쯤 됐을 때인가? 도시락을 싸서 들르셨다.

"인사하러 들렀어요. 말씀 많이 들었습니다."

박 비서는 사장이 자신에 대해 시시콜콜 말할 게 뭐가 있다고 설마 자신의 욕이라도 했을까 걱정했다. 하지만 들려오는 말에

이 회사에 뼈를 묻겠다 결심했다.

"말씀 많이 들었습니다. 자기 더러운 성질 다 받아 주고 유능한 비서라고, 현재 씨 잘 부탁드립니다."

하며 사모님이 정중히 허리를 굽혀 인사하셨다. 그러고는 부족하지만 도시락을 싸 왔다고 전해 주셨다. 점심시간, 사모님의 도시락을 연 순간 박 비서와 막내 비서는 각자의 남편과 남자 친구에게 똑같은 도시락을 만들어 주겠다고 사진까지 찍으며 소란을 떨었다.

그 후로는 로비에서만 기다리시고 한 번도 사장실로 올라오신 적이 없다. 저렇게 단아하고 착한 사모님이라니 거기다 최고의 요리 솜씨까지. 여하튼 사장님이 봉 잡으셨네.

현재는 오늘 아내와 산부인과에 가기로 했다. 그는 아주 급한 일이 있더라도 그 일은 포기하고 아내가 검진을 가는 날이면 함께 동행한다.

초음파 사진을 지갑에 들고 다니면서 시도 때도 없이 만나는 회사 사람들에게 자랑하는 바람에 직원들이 초음파 사진 보고 잘생겼다 말하고 억지웃음을 짓느라 입에 경련이 일고 인내심이 바닥나고 있다는 것을 그는 눈치채지 못했다.

현재가 재빨리 로비로 내려가 제법 부른 배를 하고 하얀 임부복을 입고 있는 아내를 보고는 뒤에서 안았다.

"올라와서 기다리라니깐 왜 자꾸 밑에서 기다리는 거야?"

선이 고개를 저으며 말한다.

"현재 씨 일하는 데 방해될 거 같아서요."

절대 그녀의 말을 이길 수 없는 그는 이내 포기하고 손을 잡고 천천히 선을 보호하듯 걸었다.

"오늘 심장 소리 들려주신다고 했지? 얼른 가자."

"네."

병원에 도착해서 선이 이름을 호명하자 손을 잡고 들어간 두 사람은 진찰실로 들어갔다. 화면에 보이는 쌍둥이들의 모습에 현재가 팔불출처럼 입을 벌리고 하하 웃었다.

"우리 쌍둥이들 너무 예쁘다. 진짜 한 인물 하겠어."

선이 현재의 옆구리를 치자 산부인과 여자 의사는 익숙하다는 듯이 웃었다.

"아버지께서 자상하셔서 좋은 아버지가 되시겠네요."

"그럼요, 당연하죠."

현재가 두 주먹을 굳세게 쥐고 다짐했다. 그리고 의사는 아이들의 심장 소리를 들려주었다. 기차처럼 힘차게 뛰고 있는 두 심장 소리에 현재는 연신 감격해서 선이 이마에 입을 맞추었다.

"고마워, 정말 고마워."

진찰이 끝나고 의자에 앉은 선에게 의사기 주의사항을 알려주었다.

"지금은 먹고 싶은 게 있으시면 많이 드셔야 해요. 남편분께서

325

잘 챙겨 주세요."

"알겠습니다. 감사합니다."

병원에서 나와 의사선생님의 당부처럼 현재는 아내에게 계속
뭐가 먹고 싶냐고 물었다.

어머님이 매일 맛있는 것을 해 주셔서 별로 생각나는 게 없는
데. 아 참. 며칠 전부터 먹고 싶은 게 하나 있는데 가능할지 모르
겠다.

"음. 상아가 해 주는 치즈 떡볶이?"

"장모님이 해 주시는 음식이 먹고 싶은 거야?"

"큭큭, 상아보고 계속 장모님이라 할 거예요? 상아가 다른 건
못해도 떡볶이는 진짜 잘해요. 그거 먹고 싶어요. 네?"

"알았어."

현재가 할 수 없다는 듯이 전화를 걸었다.

— 여보세요?

"현재입니다. 어디십니까?"

방학이라 집에서 열심히 누워 꽃중년 깁스 아저씨가 나오는
미드를 달리고 있던 상아는 현재의 전화에 놀라 일어났다. 현재
가 자신에게 전화를 거는 날은 선이에게 무슨 일이 있는 경우밖
에 없다.

— 무슨 일 있어요? 벌써 애가 나오는 건 아닐 테고.

"그게, 선이가 떡볶이가 먹고 싶다는데."

다른 요리에는 자신 없지만 떡볶이라면 모 유명한 할매 떡볶

이보다 더 맛있다 자부하는 상아가 흔쾌히 허락했다.

— 다른 재료는 있는데, 치즈랑 떡이 없어요. 올 때 사서 와요.

선과 현재가 마트에 들러 재료를 사고 오피스텔에 내리자 입구에 현재가 얼마 전 출장 갔다 사다 준 아메리칸 스타일 추리닝을 입은 상아가 마중 나와 있었다.

상아가 이제 괜찮다고 말렸지만 현재는 출장을 가서는 가족들 선물을 살 때 장모님인 상아의 선물도 꼭 챙기는 게 습관이 되어 버렸다.

차가 서자 내려서는 현재는 투명 인간 취급하고 둘은 서로 손을 잡고 이야기하면서 들어가 버렸다. 현재가 고개를 흔들며 마트 봉지를 들고 마님들 따르는 머슴처럼 따라 올라간다.

상아가 저절로 주방으로 향하는 선을 소파에 얌전히 앉히고는 스페셜 치즈 떡볶이를 만들기 시작했다. 집 안 가득 달콤새콤한 냄새에다가 고소한 치즈 냄새까지 가득했다. 맛있는 냄새를 맡은 선이 엉덩이를 들썩이며 주방을 계속 쳐다보며 보챘다.

"아직 멀었어?"

선이 보채는 소리에 상아가 가스레인지 불을 끄고 그녀를 불렀다.

"다 됐어. 이제 오세요."

현재가 뒤에서 뛰지 마라 말려도 들은 체 만 체 하고 선이 재빨리 주방으로 달려갔다.

상아가 떡볶이가 든 냄비를 조심히 식탁에 내려놨다. 상아가 만들어 준 떡볶이가 먹고 싶다 노래를 부르더니 선이 냄비가 식탁에 닿자마자 포크를 들고 허겁지겁 냄비를 초토화시키고 있었다.

"우리 둥이들도 이모를 완전 사랑하나 봐. 이게 그렇게 먹고 싶어서."

상아가 선이가 맛나게 잘 먹어 줘서 뿌듯한 듯 냄비를 선이 쪽으로 밀어줬다.

"많이 먹어. 나중에 또 만들어 줄게."

옆에서 듣고 있던 현재가 맛있어 봤자 떡볶이가 거기서 거기지 얼마나 맛있기에, 하더니 떡 하나를 집어 먹고는 두 손 들고 인정했다.

"음, 장모님 맛있는데요? 선생님 그만두고 장사하셔도 되겠어요."

현재의 말에 상아가 진지하게 고민했다.

"이 서방, 자네가 가게를 차려 준다면 한번 내 생각해 보지."

두 사람이 하는 대화를 듣고 있던 선이 현재에게 눈을 흘기며 말했다.

"둥이들 들어요. 장모님이라 계속 그러면 진짜 난중에 이모보고 할머니라고 하면 어떡해요?"

가만히 듣고 있던 상아가 중재에 나섰다.

"엄마는 장모님 호칭이 싫고 아빠는 이모가 싫은 것 같으니,

선생님 어때요? 네?"

상아가 선의 배에 대고는 선생님이라 부르라 하고 현재는 할머니, 선은 이모라며 둥이들에게 계속 호칭을 가르쳤다. 후에 쌍둥이들이 상아를 뭐라고 불렀을까나?

에필로그 2

　해질녘 운동장. 여덟 살쯤 되어 보이는 귀염상의 멜빵바지를 입은 여자아이가 색깔만 다른 옷을 입고 있는 남자아이를 나무라고 있다.

　"야, 이빈. 내가 사지 말라 했지?"

　저렇게 맘이 약해서야. 동생 이빈. 남자인 주제에 강하지 못하고 약해 빠져서는.

　빈이는 길거리에 떠도는 모든 불쌍한 동물을 보면 지나치지 못한다. 그래서 얼마 전 이 놀이터에서 비 맞고 길 잃은 고양이를 보고서는 집을 난장판 만들고 냉장고 안에 있는 음식이란 음식은 다 털어 가져다주는 바람에 엄마가 도둑이 든 줄 알고 아빠에게 전화했다. 그 전화에 아빠는 사색이 되어 집으로 왔다.

덕분에 있는 대로 속도를 내서 밟는 바람에 과속딱지가 집으로 우수수 날아왔었다.

오늘 또 학교 오는 길, 병아리 파는 할머니를 지나치지 못하고 또 자기가 과자 사는 동안 몰래 병아리를 샀다.

"저번처럼 병아리 또 죽으면 엉엉 울 거면서."

빈이가 누나에게서 병아리를 보호하겠다는 듯이 끌어안고는 말했다.

"아니야. 이번엔 정말 잘 키울 수 있단 말야."

이제 여덟 살이 된 이빈과 이린은 이란성 쌍둥이다. 빈이보다 10분 더 일찍 태어난 누나인 이린은 여자아이여서 얼굴은 고운 선을 닮았으나, 성격은 제 아빠인 현재를 꼭 닮았고, 이빈은 남자아이여서 얼굴은 당연히 잘생긴 현재를 닮았으나 성격은 엄마인 선을 닮았다. 둘은 싸우기도 잘 싸우지만 세상에 둘도 없는 친구였다.

이제 세월의 흔적이 보이지만 여전히 고운 선은 오늘도 아이들 줄 간식을 만들고 있다. 오븐에서 나오는 달달하고 달콤한 냄새가 집 안을 진동한다.

오늘 간식은 아이들이 좋아하는 호박 카스테라다. 단호박의 씨를 빼고 카스테라 반죽을 해서 안을 재우고 오븐에 굽기만 하면 된다. 영양도 만점이고 맛도 좋아 아이들이 가장 좋아하는 간식이다.

아이들이 커 가면서 본가도 많은 변화가 생겼다.

첫 번째로, 할아버지는 현재에게 백화점 땅만 물려주시고 다른 재산으로 다른 일을 해 보고 싶다고 하시면서 손자에게 더 이상의 재산은 없다고 말하셨다. 그때 아마 현재가 이렇게 말했지.

"우리 잘하는 거래하셔야죠. 땅값은 받으세요. 그래야 공정하죠."

남은 재산으로 어려운 아이들에게 장학금을 주는 재단을 설립하셨다. 그녀는 할아버지께서 하셨던 말씀을 듣고 더 할아버지를 존경하게 됐다.

"착한 일이란 게 돌고 돌아야, 받은 사람이 줄 수도 있어야. 한 명의 아이라도 꿈을 이룰 수 있다면 내 인생 헛살지 않았겠냐."

두 번째, 어머니는 어린 손자들 키우는 게 적성에 맞으셨는지 뒤늦게 유아교육과를 지원해 다니고 계셨다. 졸업하면 조그마한 유치원을 하시고 싶다고 하셨다.

마지막으로 가장 많이 변한 건 현재였다.

울트라 캡짱 팔불출!

아이들을 데리고 한 달에 한 번은 어디론가 여행을 간다. 자신에게는 비밀로 하고 아침 일찍 어디론가 사라져 버린다. 그리고 따라가려는 자신에게 아마 이렇게 말했었지.

"매일 애들만 보고 있으면 힘들 거 아니야. 한 달에 한 번은 휴가라 생각하고 상아 씨랑 간단하게 여행이라도 갔다 와."

아빠와 여행 가는 것이 즐거운 아이들은 엄마랑 떨어진다고 울기는커녕 아빠에게 매일 묻는다.

"아빠, 어디 가?"

현재는 아이들을 데리고 들이든 산이든 때로는 역사 유적지를 찾아가기도 하는 것 같았다. 하루는 샘이 나서 애들을 앉혀 놓고 물었다. 아빠와 약속을 굳게 한 린이는 절대 가르쳐 주지 않았지만 맘 약한 빈이가 바로 그녀에게 털어놨다.

"저번에는 양로원에 가서 할머니들이랑 놀았어."

놀러만 다니는 줄 알았더니 자신 몰래 양로원에 가서 아이들과 빨래며 설거지며 어르신들 말동무도 해드리면서 봉사활동도 하고 있었다. 현재가 아이들에게 가르쳐 주고 싶은 것은 아마 작은 부분이라도 남을 배려하고 돕는 것이 아닐까?

현재는 아이들에게 가장 좋은 친구 같은 아빠였다. 한없이 아이들에게 져 주는 아빠. 선이 아이들 버릇 나빠진다고 그러지 말라고 말했지만 그가 하는 말에 더는 뭐라 할 수 없었다.

"나는 아버지가 일찍 돌아가셔서 기억하는 추억이 별로 없어, 지금 이 순간에 줄 수 있는 모든 사랑을 주고 싶어."

그 말에 그녀는 아무 말도 할 수 없었다.

현재가 퇴근하고 들어오는 시간, 아이들은 현관에서 아빠를 기다린다. 차 소리가 들리자 아이들은 언제나처럼 발을 동동 구른다.

현재가 들어오자 아이들이 품으로 달려가 안긴다. 현재가 아이들 볼에 뽀뽀를 날리고는 제법 무거워진 아이들을 내려놓았다. 땅에 발이 닿자 린이 아빠에게 하루 종일 입이 근질거렸던 말을 꺼냈다.

"아빠. 오늘 빈이가 또 병아리 샀대요."

자기와 약속해 놓고는 억울해진 빈이 눈에 눈물이 그렁한 채로 말했다.

"누나 말 안 하기로 했잖아, 흑."

툭하면 우는 맘 약한 아들의 울음에 놀란 현재가 빈이를 달래기 시작했다.

"그랬어? 이번엔 잘 키울 수 있을 거 같애?"

"응."

옆에 린이 팔짱을 끼고는 짝다리를 짚고는 시크하게 말했다.

"학교 앞에 파는 병아리는 빨리 죽어. 이 바보야."

빈이 또 노란 병아리가 죽는다는 것에 놀라 더 크게 울음을 터뜨렸다. 현재가 웃으며 빈을 안아 올렸다.

"이번에는 조금 더 열심히 보살펴 주면 되겠네. 그지?"

아빠에 말에 용기를 얻은 빈이 대답했다.

"응, 잘할 수 있어."

며칠 후 학교 앞에서 산 약한 병아리는 예상대로 얼마 못 가 죽어 있었다.

새벽에 그걸 발견한 현재가 몰래 나가 어디선가 병아리를 구해 와서 인형 집에 넣어 놨다. 죽은 병아리는 저번에 운명을 달리 한 병아리 무덤 옆에 묻어 줬다.

새벽부터 차가운 공기를 몰고 들어온 현재의 허리를 선이 안고는 잠결에 말했다.

"당신 요즘 날 닮아 가나 봐요. 나는 당신을 닮아 가고요."

"응?"

"당신은 이렇게 착한 아빠고, 나는 화만 내는 나쁜 엄마란 말예요."

현재가 웃으며 여전히 아름다운 아내를 끌어안고는 입 맞췄다. 그리고 선이만 들리게 속삭이며 말했다.

"상관없어 그리고 이건 비밀인데. 당신이 나쁜 엄마라도 나는 애들보다 당신을 더 사랑해."

현재가 선을 끌어안고 다시 잠에 빠져들었다. 아침 햇살이 침대를 비추고 밖이 밝아졌을 때 평소보다 일찍 일어난 린이 방문을 열고 들어와 침대로 점프했다.

갑자기 침대로 뛰어든 딸내미 때문에 두 사람은 잠에서 깼다. 현재가 웃으며 딸의 이마에 뽀뽀했다.

"린이 잘 잤어?"

"어, 아빠 근데 병아리 죽었어요?"

린이의 물음에 현재는 당황을 감추지 못했다. 분명히 아무도 일어나지 않은 시간에 조심해서 다녀왔는데, 어떻게 알았나.

혹시나 린이가 동생 빈이한테 이야기라도 하는 날에는 집안이 난리가 날 것이다. 맘 약한 빈이 또 병아리가 죽었다는 걸 알게 되면 대성통곡을 할 테니. 벌써부터 빈이 울음소리가 들리는 듯해서 선이와 현재의 머리가 아파 오기 시작했다. 현재가 수습에 들어갔다.

"아니야. 죽긴 왜 죽어. 인형 집에 병아리 들어 있는 거 못 봤어?"

"피. 내가 바본 줄 알아? 전에 있던 병아리는 눈 옆에 까만 점이 있었는데 아침에 본 병아리는 점이 없던데?"

린이의 날카로운 관찰력에 선이와 현재는 당황했다. 두 사람은 서로 눈을 마주하며 묘책을 생각하느라 머리를 굴리기 시작했다. 어떻게 좀 해 보라고 서로 눈치를 주고받다가 현재가 결국 먼저

운을 뗐다.

"우리 린이 똑똑하네. 그런데 빈이한테는 비밀로 해 주면 안 될까?"

현재가 린이를 불쌍한 표정으로 보며 애원했다. 하지만 린이는 옛날 현재가 잘 짓던 시니컬한 표정과 똑같은 표정을 지으며 대답했다.

"글쎄?"

아빠와 다른 점을 찾는 게 더 어려운 첫째 딸, 린이가 쉽게 부탁을 들어줄 것처럼은 안 보였다. 그러든 말든 현재는 딸이 하는 짓이라면 뭐든 귀엽고 사랑스럽다. 지금도 벌써 갖고 싶은 것을 생각해 둔 상태일 것이다. 현재가 딸을 안아 올리고는 웃으며 말했다.

"뭐 갖고 싶은 거 있어? 아빠가 다 사 줄게."

딸 바보 현재가 또 아이가 원한다면 별이라도 따다 줄 것처럼 린이에게 장담했다. 옆에서 두 사람이 하고 있는 양을 보고 있던 선이 현재를 때리며 말렸다.

"버릇 나빠진다니깐요. 무조건 다 들어주지 말라니깐."

하지만 선이 말은 귓등으로 흘리고 현재가 다시 린이를 고쳐 안고 물었다.

"린이, 말헤 뵈, 응?"

손가락을 머리에 대고 곰곰이 생각하는 척하더니 린이 오랫동안 생각해 오고 있던 소원을 말했다.

"여자 동생 갖고 싶어."

얼마 전 같은 반 친구 민혁이네 집에 놀러 갔다가 민혁이의 갓 태어난 동생 민주를 만났었다. 태어난 지 얼마 되지 않았는지 빨간 작은 얼굴에 눈을 감고 있는 모습이 천사 같았다. 거기다 손도 발도 얼마나 작은지 부서질 것만 같았다.

살며시 손가락을 가져다 대니 자신의 손을 잡고는 방긋방긋 웃는 게 아닌가. 그때부터 린이는 같은 나이의 빈이 같은 남자 동생 말고 귀엽고 작은 여동생이 갖고 싶었다.

"뭐?"

"뭐라고?"

아침부터 들려오는 딸의 소원에 선이와 현재는 당황했다. 현재가 잘못 들었나 싶어 다시 딸에게 물었다.

"동생? 빈이가 있잖아."

"아니, 남동생 말고 여자 아기 동생 갖고 싶다고."

잘못 들은 게 아니었다. 린이가 아빠를 끌어안고 그의 얼굴에 볼이 부비며 졸랐다.

"아빠, 여자 아기 동생 갖고 싶어. 응?"

선이가 곤란한 표정으로 계속 조르는 딸을 말렸다.

"린아. 아기는 당장 갖고 싶다고 사 줄 수 있는 게 아니야."

아빠 품에 안겨 있던 린이가 당차게 말했다.

"엄마, 아빠가 힘을 합쳐서 달리기 시합한 씨앗 중에 일등 한 씨앗이 아기가 되는 거잖아."

한 번도 아기가 어떻게 생기는지 가르쳐 준 적이 없는 데 아이는 얼추 비슷하게 알고 있었다.

"그런 건 어디서 배운 거야?"

"책에서 읽었어. 아빠 달리기 잘하니깐 빨리 시합해. 응?"

현재가 웃으며 린이를 끌어안고 딸의 귀에 속삭였다.

"아빠가 밤에 열심히 달려볼게."

자신의 말이라면 뭐든 들어주는 아빠가 이번에도 약속을 지킬 것을 믿어 의심하지 않았다.

"아빠. 완전 최고, 사랑해."

옆에서 부녀가 하고 있는 양을 보고 있던 선이 현재의 옆구리를 꼬집으며 곱게 눈을 흘겼다.

그날 밤, 잠자리에 들기 전 현재가 슬쩍 아내를 은밀하게 유혹하는 손을 뻗었다. 선이 놀라 현재의 손을 쳐냈다.

"뭐하는 거예요?"

"음, 우리 딸이 동생이 갖고 싶으시다는데."

"그냥 해 본 말 아니었어요?"

"린이한테 약속까지 했는데 아빠가 돼서는 당연히 지켜야지."

"하지만."

선이의 계속되는 말은 현재가 심뒀 버렸다.

어두컴컴하고 깊은 밤, 현재가 열심히 달려 선이에게 도착한 일등 한 씨앗은 선이 배 속에서 무럭무럭 자랐다.

그리고 1년 후, 본가에는 여자아이처럼 예쁘게 생긴 남자아이가 태어났다. 빈이는 남자 동생이 생겼다는 사실에 날아갈 듯이 좋아했지만 여자 동생이 갖고 싶었던 린이는 아빠에게 다시 여동생이 갖고 싶다고 졸랐다.

외전
상아 이야기

토요일, 상아네 오피스텔.

주인이 없는 집에 선이만 덜렁 소파에 앉아 있었다.

오피스텔에 도착하면 초인종을 누르기도 전에 문을 열고 달려 나오는 친구가 오늘은 무슨 일인지 아무리 기다려도 안에서는 답이 없었다. 선이 잠긴 문을 두드려도 보고는 상아에게 전화를 걸었다. 수화기 너머로 분주한 아이들 목소리와 상아의 큰 목소리가 들려왔다.

— 여보세, 선아, 잠시만. 방송실 다시 음악 틀어 봐.

"상아야?"

— 응, 벌써 도착한 거야? 나 내일 학교 행사 있어서 좀 늦을 거 같아. 혹시나 싶어서 경비실에 열쇠 맡겨 놨어. 집에 들어가

341

있어, 응?

"알겠어. 밥은 먹었어?"

— 아니, 아직.

"아직도 안 먹었어?"

저녁은 항상 하루 동안 고생한 몸에게 기름지고 찰진 음식으로 저녁 6시에 땡 하고 보답해 줘야 한다고 주장하는 그녀가 저녁 7시가 되도록 밥을 안 먹는 경우는 학교에서 아이들을 돌볼 때뿐이다.

상아에게 교사라는 직업이 천직인지 그녀는 아이들과 함께 있으면 밥 먹는 것도 까먹을 정도로 열성을 다한다.

— 바빠서 그렇게 됐어. 집 좀 어지러울 거야. 나 한 시간 정도 더 있다가 들어갈 거 같으니깐 괜히 집 치우고 그러지 마. 알겠지?

"그래, 마치고 조심해서 와."

전화를 끊고 1층 경비실로 내려가 열쇠를 받아 온 선이 상아의 오피스텔 문을 열고 현관을 들어서고는 고개를 흔들며 어쩔 수 없다는 듯이 팔을 걷어붙였다.

"못 말려, 정말."

그녀는 거실 바닥에 널려 있는 몸만 빼내어 간 허물로만 남은 추리닝과 아무렇게 던져진 수건을 가지고 다용도실로 향했다.

빨래통에 넣어만 놓으려고 했지만 혹시나 해서 세탁기를 열어보니 빨랫감이 한가득이었다. 가져온 빨래까지 다 넣고는 세탁기

342

를 돌리기 시작했다.

세탁기가 돌아갈 동안 그녀는 청소기를 들고 구석구석 청소를 시작했다. 선이가 지나간 자리는 요술사가 빗자루로 요술이라도 부린 것같이 어지럽던 자리가 깨끗하게 바뀌고 있었다.

거실 청소를 마무리하고 선이 부엌으로 몸을 돌려 싱크대에 쌓인 설거지거리를 처리하는 손이 빨라졌다. 말끔히 치우고 빨래까지 널고 나서야 선이 만족한 듯이 고개를 끄덕였다. 그리고 풀썩 소파에 앉아 네모난 명함을 바라만 보고 있었다.

얼마 전 요리 클래스의 열혈 수강생이신 한 여사님의 아드님이 준 명함이었다.

문화센터 앞에서 어떻게 두 사람이 어떻게 만났는지는 모르겠지만 꼭 좀 상아에게 명함을 전해 달라고 했다. 그때는 자신이 사랑의 큐피트라도 된 것 같은 기분에 마냥 좋아서 받아오긴 했는데 어떻게 말을 전해야 할지 모르겠다. 이런 일을 한 번도 해본 적이 없어 놔서.

명함만 쳐다보고 있는데 열쇠로 문이 열리는 소리가 들린다. 상아가 왔나 보다.

"뭐야, 청소하지 말라니깐. 또 청소한 거야?"

아침에는 어디 거지소굴 같던 집이 선이가 또 요술을 부려서 새 집저럼 민들어 놨다. 친구 집에 와서 편하게 하룻밤 자고 가면 되지 신세 지는 게 미안하다고 밥하고, 설거지하고, 청소하는 선이가 못마땅해 하지 말라고 부탁도 하고 화도 내 봤지만 그때만 알겠다고 해 버리고 만다.

"어, 대충만 치웠어."

"이게 대충이야? 하여튼 못 말려요. 짠! 내가 족발 사 왔다."

상아가 자신의 커다란 숄더백 안에서 '먹다가 울어 버린 불족발'이라 적힌 봉투를 꺼내 흔들었다.

"그냥 밥 먹지."

"네가 또 밥 차린다고 할 것 같아서 사 왔지요."

상아가 부지런 떨며 일어서는 선이를 말리며 거실에 신문지를 깔고 사 온 불족발을 꺼내서 세팅하고는 젓가락을 들고 야식 타임을 시작하려는데 그 순간 아차하며 부엌 냉장고로 한걸음에 달려가 이슬을 한 병 가지고 와서야 본격적인 야식 타임을 시작했다.

보기에도 매워 보이는 불족발을 한 점 입에 넣고 난 뒤, 상아가 이슬 한 모금을 넘기며 감탄했다.

"캬~ 죽인다. 그래, 애인도 없는 우리는 이런 화하고 매운 걸 먹어 줘야 기운이 나지."

상아에게 어떻게 얘기해야 하나 고민하고 있었는데 친구의 입에서 애인이라는 말이 나오자마자 선이 재빠르게 대답했다.

"혹시 쓸쓸하다거나 애인 만들고 싶은 거야?"

"아니, 말이 그렇단 말이지. 난 초등학교 선생님이다 보니 생활반경이 학교를 벗어나지 못하니깐 어디 가서 남자를 만날 수가 없어요. 거기다 내가 상대하는 아이들이 너무 연하다 보니 내가 웬만한 남자는 눈에도 안 차요. 거기다 전부 소개팅이나 선이니. 나는 아직은 그렇게까지 해서 누굴 만나고 싶지는 않답니다."

"그래? 혹시 너 전에 문화센터 앞에서 면바지에 남방 입고 키는 좀 크고 잘생긴 남자 만나지 않았어?"

"잘생긴 남자? 잘 모르, 아 그 바람둥이같이 생긴 놈?"

저번에 진혁을 본 현재도 그를 보고는 바람둥이 같으니 조심하라고 자신에게 경고를 날렸었다. 근데 상아도 진혁을 보고는 바람둥이같이 생겼다고 하니 도대체 바람둥이같이 생긴 게 어떤 건가 궁금해지는 선이다.

선이가 잠시 생각하는 듯하고 있으니 혹시나 하며 불길한 예감이 든 상아가 재빨리 물었다.

"뭐야, 내가 건드리지 말라고 했는데, 너한테 수작 걸었어? 내이 바람둥이 같은 놈을……."

상아가 흥분해서는 들고 있던 젓가락을 하늘 높이 치켜들고 단번에 일어나 당장이라도 누군지도 모르는 그를 찾아가려고 했다. 선이 웃으며 상아 손을 잡고는 진정시켰다.

"아니야. 나한테 수작 거는 게 아니라던데?"

"그래?"

그때서야 민망해진 상아가 다시 조용히 자리에 앉아 젓가락을 들고 다시 시뻘건 불족발을 상추에 싸서 파와 쌈무 등 갖은 야채를 다 집어넣어 만든 큰 쌈을 한 입에 넣었다.

"나 말고 너한테 관심이 있다던데?"

"켁! 켁! 뭐, 뭐라고?"

큰 쌈을 한입에 넣고 음미하며 씹고 있던 상아는 예상하지 못한 말에 사레가 걸려 크게 기침했다. 크기가 큰 쌈도 문제였지만 매운 족발에 사레가 걸린 그녀는 연신 물을 찾으며 한참 동안 눈물에 콧물까지 흘리며 기침했다.

선이 상아의 등을 조심히 두드렸다. 얼마쯤 진정이 되고 나서야 상아가 다시 물었다.

"뭐야? 너한테 작업 걸어서 안 넘어오니깐 나한테 작업 거는 거야?"

분명히 상아의 뛰어난 시력으로 그 광경을 목격했었다. 중간에 어떤 부인이 서서는 선이와 그 남자를 이어 주려고 인사시키는 분위기가 마치 우연을 가장한 인연 만들기처럼 보였었는데 말이다.

"아니야, 나한테는 아예 관심이 없던 것 같은데?"

"그럼 아까 강의실 앞에서 인사하던 건 뭐였어?"

"그냥 인사만 한 거였는데?"

"그래?"

"응. 그분이 정확히 '저 지금 그 친구분한테 껄떡거리는 거예요.' 라고 말했지, 아마?"

"껄떡? 웃기시네, 내가 넘어갈 줄 알고?"

그럼 그렇지. 딱 생긴 것도 바람둥이처럼 생겨서는 웃는 것도 능글능글거려서 맘에 안 들었는데 거기다가 껄떡댄다고? 열 번

찍어 봐라 내가 넘어가나. 상아는 흥 하고 콧방귀만 꼈다.

상아의 부정적인 반응에 선이가 다시 한 번 설득했다.

"왜. 괜찮아 보이던데? 너랑 잘 어울릴 것 같았어. 응? 잘해
봐, 한번? 응?"

"몰라, 귀찮아."

"너한테 꼭 좀 전해 달라고 명함도 줬어."

선이가 내릴 때 꼭 좀 전해 달라고 부탁한다던 명함을 상아에
게 건넸다. 명함을 받은 상아는 명함을 자세히 보지도 않고 바닥
에 아무렇게나 던져 놨다.

어떤 남자가 자신을 맘에 들어 한다고 하는데도 전혀 아무런
느낌도 없는지 그녀는 개의치 않고 연신 족발과 이슬을 함께 목
구멍으로 넘기고 있었다.

부탁한다던 진혁의 목소리가 아련히 들리는 것 같아 선이 다
시 캬아 하며 술맛을 음미하는 친구에게 강조했다.

"나 명함 전해 줬어. 거절을 하더라도 전화해서 정중히 거절해
야 해. 알겠지?"

선이가 다시 한 번 강조해서 당부의 말을 전했지만 주량인 소
주 반병을 넘겼는지 술에 취한 듯 상아의 혀 꼬인 대답이 들려온
다.

"알겠어이, 전화한다, 해이."

"너 전화 안 하면 내가 네 전화번호 확 알려 줘 버린다?"

"그, 그러시든가요."

그 말을 끝으로 상아는 족발 옆으로 풀썩 쓰러졌다. 선이 못 말린다는 듯이 고개를 흔들고는 먹다 남은 흔적들을 치우기 시작했다. 그러고는 바닥에 아무렇게나 놓인 명함을 텔레비전 선반 위의 잘 보이는 곳에 가지런히 놓아두었다.

상아가 냠냠거리며 깊은 잠에 빠져 들었다.

술에 취해 잠든 상아는 그날 밤 돼지꿈을 꿨다. 돼지가 몸소 희생해 만든 족발을 먹어서인지 꿈에 커다란 돼지 한 마리를 봤다.

목에 빨간 리본이 묶인 돼지는 자신과 눈이 마주치자 마자 씩 웃더니 자신을 향해 돌진해왔다. 놀란 상아는 걸음아 나 살려라 하고 달아났다. 아무리 힘껏 달려 피해도 지치지도 않는지 계속해서 따라왔다.

순간 힘차게 달려가던 상아가 뒤에 따라오던 돼지를 돌아보다 돌부리에 걸려 넘어졌다. 따라오던 돼지가 멈춰 씩 웃더니 그 큰 몸을 자신을 향해 던지는 순간 상아는 흠칫 떨며 꿈에서 깼다.

잠에서 깬 상아는 바로 현관으로 나가 슬리퍼를 꿰신고는 편의점으로 달려가 복권을 열 장이나 샀다. 일주일 동안 당첨 날을 기다리면서 상아는 복권이 당첨되지도 않았는데 김칫국부터 한 사발 하셨다. 그리고 수첩을 꺼내 당첨되면 할 일들을 써내려 갔다.

"첫 번째로는 엄마한테 좀 드리고, 두 번째로 선이한테도 좀 주고, 음, 세 번째로는 평생소원인 배낭을 메고 세계 일주를 해 볼까? 아 맞다. 우리 반 애들 비싸서 한 번도 안 사 준 햄버거 세트 한 번 쏴야지. 그리고도 돈이 남으면. 으아, 어쩌지? 전부 기부해 버릴까? 크크."

일주일 뒤 부푼 맘을 안고 그녀는 거실에 앉아 열 장의 복권을 쫙 펼치고 자리를 잡고 경건한 마음으로 리모컨을 들어 텔레비전을 켰다.

채널을 돌려 텔레비전에서 복권번호를 추첨하는 프로를 떨리는 맘으로 지켜보고 있던 상아는 발표된 당첨 번호에 열 장이나 사 놨던 복권을 갈기갈기 찢어 버렸다.

'그럼 그렇지. 돼지꿈이 아니라 술 좀 그만 좀 먹으라는 하늘의 계시였던 게지.'

열장이나 산 복권이 모두 꽝이란 걸 안 상아는 씩씩거리며 거실을 돌아다녔다. 아침 일찍부터 뭐가 그렇게 억울한지 분함을 이기지 못하는 상아를 보고 선이 의아하게 물었다.

"아침부터 무슨 일이야?"

"아니, 내가 저번 주에 돼지꿈 꿔서 복권 당첨되는 꿈인 줄 알고 복권을 열 장이나 샀는데 전부 다 꽝이야. 이씨, 그 돈이면 우리 반 애들 아이스크림 사 줄 수 있는 돈인데. 억울해."

복권이 당첨될 확률은 복권을 사러 가는 길에 교통사고로 죽을 확률보다 낮다는 것을 아는 상아는 절대로 복권 같은 것에 돈을 쓰지 않는다. 그런 친구가 얼마나 대단한 돼지꿈을 꿨기에 복권을 열 장이나 샀는지 궁금해졌다.

"저번 주면 언제? 족발 먹고 뻗은 날?"

"엉, 도망가도 끝까지 쫓아와서는 내게 안겼다니깐?"

"그래?"

"억울해, 돈 아까워."

상아가 분함을 못 이기고 계속해서 아까 찢었던 복권을 형체도 알아볼 수 없을 만큼 잘게 자르고 있었다. 생각해 보니 그날이라면 명함을 전해 준 날이기도 했다. 일주일이나 지났는데 혹시나 싶어 선이 상아에게 물었다.

"너, 내가 그날 전해 준 명함으로 연락 한 통 드렸어?"

"명함? 무슨 명함?"

그럼 그렇지. 선이가 바로 옆에서 앉히고 전화번호를 눌러 상아 귀에 대 줬어야 하는데 역시나 전화는커녕 그 흔한 메시지도 한 통 안 넣어 줬나 보다.

선이 전에 명함을 둔 텔레비전 선반으로 가서 고이 놓아두었던 명함을 찾기 시작했다.

"너 여기 올려둔 명함 못 봤어?"

"몰라."

선이 아무리 이리 찾고 저리 찾아보아도 명함은 보이지 않았다. 선이 혹시나 옆에 종이가 수북한 쓰레기통도 뒤져 봤지만 보이지 않았다.

선이가 머리를 쥐어뜯고 있는 상아를 흘겨봤다.

"내가 거절하더라도 연락은 한 통 해 주라고 했잖아."

"몰라, 어차피 내 연락 기다리지도 않았을 건데. 뭐. 아, 아까워, 내 돈."

상아는 아직도 분이 안 풀리는지 집에서 그냥 밥 해 먹자는 선이를 이끌고 자주 가는 단골 삼겹살집으로 향했다. 테이블이 9개밖에 안 되고 거기다 허름하지만 그녀들은 이곳의 완전 두툼한 삼겹살을 사랑한다.

두 사람이 문을 열고 들어가자 알아본 아주머니는 반갑게 맞이하며 그녀들을 구석 자리로 안내했다.

"내가 돼지, 너를 먹어 주마, 어머니, 여기 삼겹살 3인분만 우선 주세요."

자리를 잡고 앉자마자 상아가 굳은 다짐으로 눈이 활활 타오르는 것을 본 선이 고개를 흔들며 물을 따라 상아 앞에 놓아줬다.

"못 말려, 정말."

두툼한 삼겹살을 노릇하게 구워서는 구워진 마늘과 김치를 상추에 올려 파와 된장을 넣고는 동그랗게 말아 입에 넣고 먹기 시작했다. 구워진 고기를 전투적으로 해치우고는 그만 먹어도 될 것 같은데 2인분이나 더 시켜서는 굽고 있는 상아를 보고 선이 말렸다.

"그만 먹어, 체한다니깐?"

"내가 지구상의 돼지, 씨를 말려 버리겠어."

배가 부른 지 한참이나 지났고 한계를 넘은 지 좀 된 거 같은데도 상아는 오기로 남은 고기를 집어넣고 있었다.

선이 계속 말리고 말리는데도 남은 고기를 다 해치운 상아는 그날 저녁 체한 정도가 아니라 급체를 했다.

선이가 등을 팍팍 두드리고 손을 따는데도 정신을 못 차리더니 그렇게 무서워하는 선이의 장침이 상아의 머리에 꽂히고 나서야 제정신으로 돌아왔다.

"나 이제부터라도 채식할까?"

✳

토요일, 선이의 약선 요리 클래스가 마치고 수강생들을 모두 다 내보내고 나서 마무리 정리를 하고 있을 때 뜻밖의 손님이 찾아왔다. 전에 상아에게 명함을 꼭 좀 전해 달라 부탁하던 진혁이었다.

여기까지 찾아온 걸 보니 역시나 상아가 그냥 지나가는 인연은 아닌가 보다. 진혁이 쑥스러운 듯 머리를 긁적이며 말을 걸어왔다.

"안녕하셨어요?"

"네. 안녕하세요."

"네. 혹시나 깜빡하고 안 전해 주신 건 아닌가 싶어서. 여기까지 찾아왔습니다."

"전해 줬어요. 상아가 명함을 잃어버렸더라고요."

"네, 그래요? 혹시 친구분 연락처 좀 알려 주실 수 있나요?"

상아의 연락처를 물어오는 진혁의 얼굴에 부끄러움과 민망함이 떠올랐다. 부러 여기까지 찾아와 친구의 연락처를 묻는 그의 얼굴에서 나 완전 진심이요, 하는 굳건한 표정이 떠올랐다.

조금 더 알아봐야겠지만 선이는 진혁이 맘에 들었다. 편한 것을 최고로 알아 학교 갈 때나 중요한 자리가 아니면 항상 내추럴하게 돌아다니는 상아를 어떤 남자들은 겉모습만 보고 판단해 버린다.

하지만 앞의 남자는 보석 같은 자신의 친구를 한눈에 알아봤다. 거기다 다시 만나고 싶다고 포기하지 않고 찾아온 근성이 맘에 들었다. 그래서 선이는 진혁을 적극 밀어 주고 싶었다.

그녀가 가방에서 메모지를 꺼내 상아의 핸드폰 번호를 적어 줬다. 그리고 부탁의 말도 잊지 않았다.

"여기요. 우리 상아, 잘 부탁드려요."

메모지를 받아 드는 진혁이 그제야 아까의 쭈뼛거림을 버리고 처음 만났을 때의 젠틀하고 당당한 남자로 돌아왔다. 그가 정중히 선이를 향해 고개를 숙였다.

"감사합니다."

같은 시각 토요일 점심.

요즘 한 학기의 성적 처리와 아이들 생활기록부 정리로 바쁜 나날을 보내고 있는 상아는 금요일인 어제 밤늦게까지 처리하지 못한 일을 집으로 가지고 와서 처리하느라 밤을 꼴딱 샜다.

오늘은 토요일이고 하니 그녀는 침대를 벗어나지 않고 여유로운 시간을 만끽하며 쿨쿨 잘 자고 있었다. 조용한 시간을 깨우는 핸드폰 소리가 들려왔다.

띠리리리.

웬만하면 안 받으려고 했지만 혹시나 요즘 학교에서 처리한 일이 잘못됐을 경우 어느 때고 교감선생님이나 부장선생님의 급한 연락이 올 수도 있어서 핸드폰을 들었다.

"음음, 여보세요?"

— 이상아 님 되십니까?

"네, 제가 이상아입니다."

전화상으로 아름다운 여직원의 상냥한 목소리가 들려왔다.

— 다름이 아니오라 저희 올라TV에서 가정 인터넷과 텔레비전, 핸드폰을 묶어 최저 가격으로 바꿔 드리고 있습니다. 그리고 이번에 바꾸시면.

"안 바꿉니다. 지금이 좋습니다."

상아는 끊어지려 하는 이성을 붙잡고 좋게 말하고는 전화를 끊었다. 그리고 다시 몽롱한 단잠에 빠져들었다. 다시 깊게 잠들려고 할 때 상아의 핸드폰이 그녀를 다시 깨웠다.

띠리리리.

두 번째 전화에 짜증이 난 그녀는 몸을 일으키고 목소리를 가다듬고 전화를 받았다.

"여보세요?"

— 이상아 님 되십니까?

"네? 네."

— 고객님 현재 중앙 우체국에서 조회한 결과 170만 원이 인출되셨어요. 빨리 조치를 취하셔야 됩니다.

"아, 그거 제가 인출한 거 맞아요. 제가 급해서 어제 돈 뽑아 썼어요."

— ⋯⋯.

"여보세요?"

— 에이씨, 뚜뚜뚜⋯⋯.

보이스 피싱 전화였다. 개인 정보가 대량으로 유출됐다고 하더니 자신의 번호도 유출이 됐는지 틈만 나면 광고전화에 거기다 보이스 피싱 전화도 계속해서 걸려오고 있었다.

처음에 보이스 피싱 전화를 받았을 때는 정말인 줄 알고 당황해서 사기를 당할 뻔했다. 은행에 전화하고 경찰서에 연락하고 난리도 아니었다.

하지만 그녀는 이제 속지도 않고, 오히려 전화 건 사람을 당황시킬 정도로 당당히게 받아칠 줄도 안다.

상아는 모처럼의 주말 낮잠을 자다 걸려온 전화들에 속에 열불이 올랐다. 아니나 다를까 핸드폰은 열심히도 울려 댔다. 또다시 모르는 번호로 전화가 들어오자 안 받으려고 하다가 마지막으로 전화를 들었다.

"여보세요?"

― 이상아 씨 되시나요? 저는.

그럼 그렇지. 내가 이상아고 이 번호가 내 번호라는 걸 아는 사람이 어떻게 이리도 많단 말인가 싶어 상아가 들려오는 말을 다 듣지도 않고 막았다.

"잘못 거셨습니다."

― 네? 이상아 씨 핸드폰 아닙니까?

"아닙니다."

그리고 상아는 더 들어 보지도 않고 바로 전화를 끊었다. 그리고 핸드폰 전원을 꺼 버리고는 침대에 몸을 던졌다. 그러고는 저녁이 될 때까지 침대에서 벗어나지 않았다.

진혁은 그녀의 친구가 가르쳐 준 전화번호를 받고 크게 심호흡하고 할 말도 머릿속으로 여러 번 연습하고는 떨리는 손으로 전화를 걸었다.

그런데 들려온 소리는 아니 웬걸, 잘못 걸린 전화라는 것이다. 끊긴 전화 사이로 기계음만 들려오고 있었다.

메모에 적힌 번호를 확인하고 다시 한 번 전화를 걸었지만 전화기가 꺼져 있다는 소리만 들려오고 있었다. 진혁이 허탈한 듯 웃어 버리고 말았다.

시간은 빠르게도 흘렀고 진혁도 상아에 대해 조금씩 잊어 가고 있었다. 어느 날 저녁, 한 여사는 저녁 식탁에서 밥을 먹고 있는 아들의 얼굴을 빤히 쳐다보고 있다.

그녀가 어떻게 낳은 아들인데, 큰 복덩이 돼지가 자신에게 안기는 꿈을 꾸고 바로 찾아온 아들이었다. 남편의 외도로 이혼한 후에도 힘들었을 텐데도 아무 내색 없이 집에 가장 노릇도 다 했다.

거기다 뒷바라지해 준 것도 없는데 사법시험에 떡하니 합격하더니 이제 잘나가는 로펌의 변호사가 됐다.

그런데 엄마의 욕심이란 것은 끝이 없는지 한 가지가 딱 걱정이었다. 아들 녀석이 여자를 사귈 맘이 전혀 없는지 결혼할 생각이 전혀 없어 보이는 것이다.

아무래도 엄마인 내가 나서야겠다 싶어 친한 친구에게 물어 중매쟁이 중에서도 알아주는 뚜 여사의 연락처를 알아내서는 자리 하나를 받아 왔다.

말을 꺼내야 하는데 쉽사리 말이 나오지가 않는다.

"아들?"

퇴근하자마자 고픈 배를 채우기 위해 씻지도 않고 식탁에 앉아 식사를 하고 있던 진혁은 어머니의 계속된 눈길에 고개 숙이고 입으로 연신 퍼 나르던 수저질을 멈추고 그녀를 올려다봤다.

"하시고 싶으신 말씀이라도 있으세요?"

"음음, 그래, 있다. 너 결혼은 안 할 거니?"

또 나오는 결혼 소리에 진혁이 인상을 썼다. 아들이 인상을 쓰든 말든 관심도 없이 어머니는 다시 물어 왔다.

"선 선생은 결혼한다고 하던데, 너는 네가 맘에 든다는 그 아가씨랑 어떻게 되고 있는 거야?"

요리 클래스의 선이와 이어 주고 싶어 안달이시던 어머니께서 다른 여자를 맘에 두고 있다는 말을 들으시고는 한발 후퇴하셨다가 얼마 전 문화센터에서 받아 온 청첩장에 다시 작전을 개시하셨다.

하지만 무슨 진도가 나간 게 있어야 보고를 하든가 하지 않겠나.

"그게, 아직 만나지도 못했어요."

"아직 만나지 못했단 말야? 잘됐다. 이번에 좋은 자리 하나 들어왔으니깐 한번 만나 봐."

"하지만 어머니, 저는 별로 내키지가 않는데요?"

"아, 글쎄. 만나만 보라니깐. 알겠어?"

"······."

"이번 주말 T호텔 커피숍이야."

물론 선이 잘못된 것이라 생각하지 않는다. 하지만 진혁은 항상 결혼이라는 것을 하게 된다면 이런 맞선이나 인위적인 만남보다는 자유롭게 만나 마음이 통하고 시간이 흘러서 서로가 서로에게 꼭 맞다 싶으면 결혼하고 싶었다.

그리고 그는 결혼을 해 보겠다고 호텔 커피숍에 앉아 웃으며 대화할 자신도 없었다.

"근데 왜 항상 맞선 같은 건 호텔 커피숍인 거예요?"

"뚜 여사가 여기 호텔에서 선보면 꼭 맘에 드는 사람을 만난단다. 호텔 커피숍이라고 해도 다 같은 커피숍은 아니라더라. 명당자리가 있대요. 꼭 나가야 해. 알겠지?"

어머니가 저렇게 원하시는데 한 번 나가긴 해야 될 듯하다. 혹시 모르지, 정말 그 명당 커피숍에서 맘에 쏙 드는 여자를 만날지. 마지못해 대답했다.

"알겠습니다."

❀

주말 T호텔 커피숍.

목덜미를 잡혀 약속 장소에 던져진 진혁은 호텔 커피숍을 둘러봤다. 역시나 나 선 보러 나왔어요, 하는 표정과 옷차림으로 여러 커플들이 마주 보고 앉아 있었다. 한 여사의 재촉에 삼십 분이나 일찍 도착한 그는 창가 쪽의 자리에 자리를 잡고 앉아 있었다.

핸드폰을 만지작거리다 눈을 들어 입구를 본 순간, 진혁의 머리에 천상의 종이 울리기 시작했다. 그녀다! 추리닝이 아니라 하얀 투피스 세트에 옅은 화장까지 해서 못 알아볼 뻔했지만 다시 한 번 쳐다봐도 그녀가 맞았다.

혹시나 오늘 자신과 선 보기로 한 여자가 저 여자인가 싶어 진혁의 가슴이 두근거리기 시작했다. 하지만 그녀는 그가 앉은 앞자리에 등을 보이고 앉았다. 다급히 일어나 다가서서 말을 걸려고 하는데 웬 남자가 그녀에게 다가서서 인사했다.

기회를 놓친 진혁은 조심히 두 사람의 대화를 엿들었다. 역시 맞선 보러 나온 모양이다. 맞선 남은 바로 그녀에 대해 물어보기 시작했다.

"저기 초면에 죄송하지만 키가 어떻게 되십니까?"

"네? 170cm 정도 돼요."

"1년 연봉이 얼마쯤 되십니까? 세전으로요."

"네?"

"교사 월급이 박봉이라 좀 걱정되기는 하지만 결혼 후나 출산 후에도 계속 벌 수 있으니까 그리 나쁘지는 않을 거 같네요. 양친 부모님은 살아 계십니까?"

"네. 살아 계세요."

그 뒤로도 남자는 쉴 새 없이 그녀에 대한 것들을 물어보고 있었다. 계속되는 신상 조사에 여자는 계속해서 물컵을 들어 물을 마셔 댔다. 결국 남자는 진상 맞선 남의 진수를 보여줬다.

"나이는 32살이라고 하셨죠?"

"네……."

"서른둘이면 여자로는 적지 않은 나이라…… 산부인과는 다니고 계시죠?"

"……네?"

"……솔직히 노산이 걱정이 되긴 하네요. 문제없으신 거죠?"

여자의 이성이 끊어지는 소리가 들렸다. 어깨를 으쓱하고 남은 물을 벌컥 마시더니 그녀는 한 방에 맞선 남을 K.O 시켜 버렸다.

"그럼요. 매일 밤 쉬지 않고 하고 있는걸요. 걱정하지 않으셔도 돼요. 호호호, 그런데 저는 이제까지 연하만 수두룩 빽빽하게 만나서요. 김준 씨가 절 만족시킬 수 있을지…… 그게 좀 걱정이 되네요."

그녀의 말에 앞에 있던 남자의 서늘하던 얼굴이 붉게 물든다. 그리고 자리를 박차고 일어나서는 아까 기세 좋게 쏟아 내던 말들은 다 쏙 집어넣고는 기분 안 좋은 표정으로 나가 버렸다.

웃음을 참으려 해 봤지만 커피숍이 다 들리게 큰 소리로 웃어 버렸다.

"흐흐, 하하하하."

뒤에서 들리는 그의 웃음소리에 돌아본 그녀는 얼굴에 당황한 표정을 지어 보이고는 가방을 들고 재빨리 밖으로 나가 버렸다. 진혁이 약속 시간이 다 된 것을 알면서도 그녀 뒤를 쫓아갔다.

"저기, 잠시만요."

"누구요? 저요? 왜 따라오세요?"

진혁이 따라가서 그녀를 불러 세우자 놀란 그녀가 물음을 연신 뱉어 냈다.

"네, 저 기억나지 않으세요?"

"잘 모르겠는데요."

"저한테 지켜보겠다고 막 경고 주고 그러셨는데요."

"네? 사람 잘못 보신 것 같습니다."

역시나 앞의 여자는 자신이 누군지도 알아보지 못했다. 하지만 그것이 무슨 대수겠는가? 이제부터 차근차근 알아 가면 되지.

진혁이 자기소개를 하려는 순간, 여자는 걸음아 나 살려라 하며 쏜살같이 달려 차에 타고는 급하게 시동을 걸어 호텔을 벗어나 버렸다.

손을 꼭 잡고 도망가지 못하게 붙잡고 있었어야 했는데 잠깐 사이에 또 그녀를 놓쳐 버리고 만 진혁의 얼굴에서 만감이 교차했다.

아무리 조건을 우선시하고 그런 조건에 맞는 사람을 만나러 나가는 곳이 맞선이라지만 아까의 남자는 너무 무례했다.

상아는 잘 참아 보려 했지만 또 욱하는 성질을 참지 못하고 하고 싶은 말을 다 해 버렸다. 역시나 말이 너무 충격적이었는지 뒤에 있던 남자도 큰 소리로 웃지 않았던가.

거기다 얼마나 헤픈 여자로 보였으면 쫓아와서 어디서 보지 않았냐는 그 흔한 멘트로 작업을 건단 말인가? 아직도 부끄러워 붉은 얼굴의 열이 내려갈 생각을 하지 않는다.

몸과 마음까지 지친 상태로 오피스텔 문을 열었다. 결혼해서 현재가 붙잡고 놔주지도 않아 코빼기도 안 보이던 친구, 선이 와 있었다.

"그래서 그 남자는 어떻게 됐어?"

"맞선 남? 내가 한바탕 엎어 버리고 나왔지."

"아니, 맞선 본 남자 말고 너 따라온 남자."

"넌 어떻게 그렇게 잘 아는데?"

설마 몰래 커피숍에서 지켜보고 있었던가? 그게 아니라면 그 자리에 있지도 않았으면서 어쩜 모든 상황을 알고 있는 듯이 맞선 남뿐만 아니라 따라 나온 남자도 안단 말인가, 싶어 상아가 물었다. 역시나 현장 중계 리포터가 따로 있었다.

"나야 현재 씨가 생중계해 줬지."

어제 저녁부터 잠을 못 이루고 궁금해서 어쩔 줄 모르는 선이 를 보다보다 못한 현재가 몰래 와서 보면 되지 않겠냐고 권했지 만 그러면 상아가 눈치챌 거라며 고민했다.

밤이 깊어 가는데 눕지도 않고 침대를 서성이는 그녀를 본 현 재가 그런 자기가 내일 내려가서 전화해 주겠다고 했다. 그때야 안심하고 현재에 품에 안겨 잠들었다.

그리고 맞선이 시작하자마자 일어나는 상황을 남편이 전화로

토씨 하나 바꾸지 않고 생 라이브로 전해 줬다.

"장모님에 대한 예의가 없구먼, 몰라, 나보고 어디서 보지 않았냐고, 작업 걸잖아. 얼마나 내가 만만해 보였으면 무슨 쌍팔년도 수법을 쓰냐고."

"혹시 그 남자 좀 하얀 얼굴에 쌍꺼풀 없는 눈에 키도 좀 크지 않았어?"

다시 그 남자의 얼굴을 떠올려보니 맞는 것도 같다.

"어떻게 알아? 너 아는 사람이야?"

"그럼 그렇지. 전에 너 맘에 든다던 한 여사님 아들이잖아!"

선이 흥분하면서 이야기했지만 상아는 몸을 갑갑하게 만들던 투피스 세트를 벗어 버리고 추리닝으로 갈아입고 있었다. 상아의 관심 없다는 듯 무심한 말만 나오고 있었다.

"그래?"

"그분 정말 괜찮은 것 같은데 잘해 봐. 응?"

"관심 없어, 나 이제 결혼을 못하는 일이 있어도 절대 선 같은 거 안 본다."

상아가 말을 마치고 부엌으로 가서는 냉장고에서 물통을 꺼내 컵에 따르지도 않고 꿀꺽 마셔 버렸다.

선이는 정말 그 남자랑 상아가 잘됐으면 싶었다. 자신도 현재와 결혼해서 이렇게 하루하루가 행복이 뭔지 느끼면서 살아가고 있는데 하나뿐인 친구도 그랬으면 좋겠다.

인연이 닿는 시각을 피할 도리는 없는 것이다. 그것을 피하는 첫 길은 아예 인연을 아니 맺을 것이요, 이왕 맺힌 인연이거든 앙탈 없이 순순히 받는 것이 둘째 길이다.

벌써 진혁과 상아는 인연이라는 고리를 맺었으니 아마도 다시 만나지 않을까?

작가 후기

　그저 읽기를 좋아하고 아무 데나 막 메모하는 것을 좋아하는
제가 따뜻한 이야기를 해 보고 싶어 시작한 글입니다.

　처음 쓴 글이라 많이 미숙하고 엉성한 부분도 많았지만 많은
분들의 댓글과 응원에 이야기의 끝을 맺을 수 있게 되었습니다.

　처음 써 올린 글이 너무 많은 관심을 받았을 때 기쁘기도 했지
만 글 쓰는 능력 없음에 두려워졌습니다. 그래도 쓰는 것을 포기
할 수가 없어 계속 달렸습니다.

　어떻게 이야기가 맘에 드셨는지 모르겠습니다. 사실 처음 글을
쓸 때부터 갈등 없고 조용한 이야기를 들려 드리고 싶었습니다.
아직 세상에는 착한 사람이 더 많다고 생각하는 작가입니다. 글
에 등장하는 매력적인 친구 상아 이야기는 '그녀의 클래스' 라는

제목으로 열심히 쓰고 있습니다.

책이 나오는 데 도움을 주신 감사드릴 분들이 너무 많습니다. 우선 스칼렛 주종숙 팀장님, 초짜 작가를 믿고 인내와 상냥함으로 대해 주셔서 진심으로 감사드립니다. 복 받으실 거예요!

글에 대한 회의로 힘들어할 때 로망띠끄의 비밀댓글로 중심을 잡으세요! 라고 격려의 말씀을 해 주신 분께 진심으로 감사드립니다.

마지막으로 세상에서 가장 사랑하는 나의 동생에게 이 책을 바칩니다. 네가 없었으면 이 책은 탄생하지도 못했을 거야. 사랑해!!

선이와 현재의 이야기를 읽고 난 후의 모든 분들이 조금은 따뜻해지셨으면 좋겠습니다.

여러분 진심으로 감사드립니다. 그리고 항상 행복하시길 기도드립니다.

선
의

밥

상

1판 1쇄 찍음 2014년 7월 11일
1판 1쇄 펴냄 2014년 7월 17일

지은이 | 민(MIN)
펴낸이 | 정 필
펴낸곳 | 도서출판 **뿔미디어**

편집장 | 이재권
기획 · 편집 | 주종숙, 정시연

출판등록 | 2002년 9월 11일 (제1081-1-132호)
주소 | 경기도 부천시 원미구 상동로 117번길 49(상동) 503호
전화 | 032)651-6513 / 팩스 032)651-6094
E-mail | scarlets2012@hanmail.net
블로그 | http://blog.naver.com/dahyangs
홈페이지 | http://bbulmedia.com

값 9,000원

ISBN 979-11-315-2578-4 03810